COLLECTION SÉRIE NOIRE

Créée par Marcel Duhamel

Parutions du mois de mai

11. DANS LA PEAU
(JAMES CAIN)

17. LE PETIT CÉSAR
(RICHARD BURNETT)

27. LES SPAGHETTIS PAR LA RACINE
(ROBERT FINNEGAN)

36. À TOMBEAU OUVERT
(PAUL CAIN)

136. JE SUIS UN TRUAND
(ANONYME)

163. BAS LES MASQUES
(JAMES EASTWOOD)

275. COLÈRE NOIRE
(WILLIAM PETER)

378. LA FEMME À ABATTRE
(JAMES EASTWOOD)

379. TIREZ SUR LE PIANISTE
(DAVID GOODIS)

487. CHANTEUR DE CHOC
(RICHARD JESSUP)

522. COUCHÉ DANS LE PAIN
(CHESTER HIMES)

1404. JOUR DE FUREUR
(RICHARD MATHESON)

1407. L'AFFAIRE N'GUSTRO
(JEAN-PATRICK MANCHETTE)

1489. Ô DINGOS, Ô CHÂTEAUX !
(JEAN-PATRICK MANCHETTE)

1575. MORGUE PLEINE
(JEAN-PATRICK MANCHETTE)

1749. LE SALON DU PRÊT-À-SAIGNER
(JOSEPH BIALOT)

1881. LE BOUCHER DES HURLUS
(JEAN AMILA)

1902. LE SOLEIL QUI S'ÉTEINT
(ROBIN COOK)

1919. ON NE MEURT QUE DEUX FOIS
(ROBIN COOK)

1945. MEURTRES POUR MÉMOIRE
(DIDIER DAENINCKX)

1967. LES MOIS D'AVRIL SONT MEURTRIERS
(ROBIN COOK)

1992. HUIT MILLIONS DE FAÇONS DE MOURIR
(LAWRENCE BLOCK)

2042. LA PÊCHE AUX ANGES
(JEAN-BERNARD POUY)

2082. AIX ABRUPTO
(JEAN-PAUL DEMURE)

Parutions du mois de juin

354. BOÎTE À MOUSTIQUES
(HARRY WHITTINGTON)

682. LE PRÉ AUX VACHES
(HARRY WHITTINGTON)

875. LA PANNE FANTÔME
(HARRY WHITTINGTON)

1028. SHOCK CORRIDOR
(SAMUEL FULLER)

1136. LONDRES EXPRESS
(PETER LOUGHRAN)

1725. JE VAIS FAIRE UN MALHEUR
(RUSSELL GREENAN)

ROBERT FINNEGAN

Les spaghettis par la racine

TRADUIT DE L'AMÉRICAIN
PAR FRANÇOIS GROMMAIRE
ET MARCEL DUHAMEL

nrf

GALLIMARD

Titre original :

THE BANDAGED NUDE

CHAPITRE PREMIER

Quand le jeune homme pénétra dans le bar et vint enjamber le tabouret le plus proche, Dan Banion ne lui prêta guère attention. Il était bien assez occupé de lui-même, et au milieu de l'après-midi, un bar est l'endroit rêvé pour réfléchir; c'est comme une accalmie au milieu d'une bataille. La ruée de midi est passée, et le coup de feu de cinq heures, à la sortie du travail, n'est pas encore commencé. Quant à la bagarre du soir, elle est encore loin. On peut siroter sa bière en paix, sans que des ivrognes viennent vous bousculer et sans que le pick-up vous casse les oreilles avec ses romances à la guimauve.

Le bar en question s'appelait *L'Epave*. Il était nouveau pour Dan, comme la ville elle-même. Nouvelle et pourtant toujours pareille. Combien de villes n'avait-il pas essayées depuis sa démobilisation? New York, Chicago, la Nouvelle Orléans, et maintenant San Francisco.

Les autres lui avaient porté sur les nerfs au bout d'une semaine ou deux. San Francisco ne paraissait ni mieux ni pire, mais peut-être y resterait-il. Il y était depuis une semaine et avait déjà trouvé un boulot de reporter au *Journal*. Le *Journal* n'avait pas l'air d'une trop sale tôle, au point où en étaient les autres. De toute façon, il fallait bien qu'il se range un jour ou l'autre.

C'était peut-être tout simplement ce monde où Ethel n'était plus qui lui portait sur les nerfs. Sa femme était morte pendant qu'il était dans l'armée, et son retour avait été décevant. Mais probablement y avait-il quelque chose de plus. D'autres que lui le sentaient aussi. Il le voyait dans leurs yeux, il le percevait dans leur conversation. De l'inquiétude. Du mécontentement. Une incertitude au regard du monde et d'eux-mêmes. La guerre les avait tous laissés à cran.

La conversation entre le garçon qui venait d'entrer et le barman vint distraire Dan de ses pensées.

— As-tu retrouvé ce nom, Chuck? demanda le jeune homme.

Le barman, un gros Irlandais chauve, mains grasses et doigts trapus, s'arrêta de frotter un verre, ôta son cigare de sa bouche, et se mit à considérer pensivement le plafond.

— Jefferson? Jeffries? Jepperson?

Il reprit son cigare entre ses dents, et recommença à frotter son verre.

— Je n'arrive pas à me rappeler, Kent. C'était un avocat, je crois. Mais un avocat marron. Minable d'allure. Qu'est-ce que tu prends, Kent?

Le jeune portait un costume de tweed tout neuf, né de la « reconversion » hâtive, un costume de démobilisé. Dan remarqua qu'il portait à la boutonnière le familier « canard hernieux (1) ». Son chapeau repoussé en arrière découvrait ses cheveux bruns coupés courts. Dan lui trouva une tête sympathique.

— Et le patron? dit le jeune homme, l'air assez soucieux, il n'a pas gardé un papier, marqué le nom? Donne-moi un demi.

Chuck fronça son nez en signe de dégoût.

(1) Surnom familier de l'insigne des anciens combattants américains.

— Non, bon Dieu, cet idiot ne marque jamais rien, quand il peut faire autrement. Il ne se souvient pas.

Il déplaça paresseusement son énorme masse vers le frigidaire. Comme il passait devant lui, Dan tendit de façon significative son verre vide. Chuck grommela :

— Je suis à vous dans une minute, camarade.

La porte vitrée se trouvait en dessous du niveau du bar, et il dut se pencher pour l'atteindre.

— Ça sera une ale pour moi aussi, puisque vous y êtes, dit Dan.

— Vous deviendrez tous cinglés à boire ce truc, les gars.

Chuck se releva, tenant d'une seule main deux bouteilles entre ses doigts. De l'autre main, il balaya la cendre tombée sur sa bedaine.

— Ils ont tous laissé tomber le vin pour la bière.

Il décapuchonna les bouteilles et déposa pesamment bouteilles et verres devant les deux hommes.

— Pourquoi donc? demanda Dan en faisant tourner la bouteille dans sa main.

— Trois bouteilles suffisent à vous saouler, dit le jeune homme avec un sourire.

— A vous envoyer au sous-sol, tu veux dire, corrigea Chuck. Pour moi, ils l'assaisonnent avec quelque chose pour lui donner plus de nerf.

Le jeune homme versa pensivement son ale.

— Il faut bien qu'on ait quelque chose pour se stimuler, Chuck. C'est déjà beau qu'on ne soit pas tous dingues.

— Ça te passera, dit Chuck, il y a eu d'autres guerres.

— Pas comme celle-là, dit le jeune homme.

— Dans quelle unité étiez-vous? demanda Dan.

— Le 104ᵉ... les Timberwolves.

— Vous en avez vu de dures. J'étais au 90ᵉ.

— Le 90e?

Le jeune homme réfléchit.

— Vous aussi vous en avez eu votre part.

— Et bien servie, dit Dan.

Le jeune homme leva son verre.

— Pour que ça nous serve de leçon!

Chuck grogna.

— Si tu peux tirer une leçon de toute cette pagaille, tu es fortiche. J'ai fait l'autre guerre.

— Un type a besoin d'un monde pour vivre, dit le jeune homme.

Chuck haussa les sourcils.

— Tu appelles ça un monde?

— Oh, ça va, fit le jeune homme en haussant les épaules.

Puis il reprit, d'un ton plus terre à terre :

— Dis-moi, Chuck, si tu revoyais ce type, crois-tu que tu le reconnaîtrais?

— Le type qui a acheté le tableau?

— Ouais.

Chuck opina du chef.

— Oh! oui, je le reconnaîtrais. Je n'oublie jamais une tête.

— Si jamais tu le revois, essaye de savoir son nom, hein?

— Bien sûr, Kent. Avec plaisir. Y a quelque chose qui ne va pas?

— Je ne suis pas sûr. Mais je voudrais le savoir.

Chuck prit une mine chagrinée.

— Le patron est un sacré imbécile d'avoir vendu ce tableau. Ça amenait des tas de monde. Je le regardais souvent, moi aussi.

Il fit pivoter sa tête et leva les yeux vers la reproduction en sepia qui était accrochée au-dessus du bar, et qui représentait un séquoia. L'arbre était percé à sa base d'un tunnel, que traversait une automobile démodée.

— Ce sacré machin! ricana-t-il, dégoûté.

— Je donnerais beaucoup pour savoir qui l'a acheté, dit le jeune homme.

Chuck se tourna vers Dan.

— Bon Dieu, que c'était joli! Le portrait d'une poule. A poil. De ces hanches! Hou la la! Et une de ces paires de tomates à vous mettre l'eau à la bouche.

Il mit ses mains sur sa poitrine pour donner une idée du volume.

— Elle était accrochée là, au-dessus du bar.

— Tout ce que je veux savoir c'est qui l'a acheté, répéta le jeune homme avec entêtement.

Les épaules de Chuck étaient secouées par un fou rire.

— Les gars venaient ici rien que pour la reluquer.

Il s'appuya au bar et se livra à une mimique suggestive.

— Ils faisaient semblant de ne pas s'y intéresser. Ils buvaient leur verre, mine de rien. Dès qu'ils croyaient que personne ne les regardait, hop! ils levaient les yeux.

Il roula des yeux lascifs.

Elle était entrée tellement silencieusement que personne ne l'avait remarquée.

— Kent, dit-elle d'une voix douce.

Les trois hommes tressaillirent et se retournèrent.

— Oh! Hello, Mariam, dit le jeune homme. Tu prends un verre?

Il parlait sur un ton aisé et naturel.

Chuck se remit à frotter furieusement un verre. Il paraissait honteux d'avoir été surpris au beau milieu d'une telle histoire.

Dan avait du mal à la quitter des yeux. Il détourna son regard mais ses yeux revinrent à elle, comme malgré lui. Elle le remarqua. Elle lui tourna le dos et contempla son image dans le miroir situé derrière le bar.

Le ton de sa voix était pressant.

— Non, Kent. Ne pourrions-nous aller quelque part pour parler? Il *faut* que je te parle.

— Mais bien sûr.

Kent lui répondit d'un ton poli et dégagé; pourtant Dan trouva quelque chose de forcé dans sa voix. Kent vida son verre et glissa à bas de son tabouret.

— A tout à l'heure, Chuck.

Au moment où la jeune femme se retournait pour s'en aller, ses yeux rencontrèrent ceux de Dan dans la glace. Il y avait de l'inquiétude et comme un appel dans ses yeux noirs. Pendant un instant, ils fouillèrent profondément ceux de Dan, puis se détachèrent. Tandis que la porte se refermait, Dan laissa échapper un :

— Ouaou!

Chuck s'appuya du dos sur sa desserte et soupira :

— Beau petit lot, hein? Moi, j'aime les brunes.

Pourtant il secoua la tête de façon désapprobatrice.

— Ça va mal? demanda Dan.

Chuck sortit lentement de sa rêverie.

— Mal? Oh, non. Du moins pas de quoi vous faire du mauvais sang.

— Y en a beaucoup comme elle dans ce patelin?

— Des belles poupées? Je comprends. De toutes les formes et de toutes les tailles.

Chuck parlait avec fierté, comme s'il les avait faites. Soudain une lueur de gaieté apparut dans ses yeux, et il se pencha vers Dan :

— Biglez-moi le type qui entre. C'est un de mes habitués.

Un petit homme osseux et grisonnant, vêtu d'un costume râpé, traversait distraitement la salle en se parlant à lui-même rapidement, d'un ton courroucé et provoquant. Il s'assit sur un tabouret, à quelque distance, mais son bredouillage s'entendait distinctement.

— Nettoyez-moi ça, dit-il, indigné. Nettoyez-moi

ça. Comme s'ils savaient. Les sacrés imbéciles! Cinq dollars, qu'elle dit. Cinq dollars pour quoi? Bon Dieu! Quarante ans pour rien. Je les ai vus, Cristi! Il y en avait partout. Nettoyer ça vous-même. Quatre-vingt-dix dollars la livre. Fumiers de menteurs. A qui le dites-vous? J'y étais. Enlevez-le vous-même. Qui est-ce qui ne se sauverait pas? Faites donner la vapeur, sacré nom de nom, faites donner la vapeur! Quatre-vingt-dix dollars la livre. Comme si on ne voyait pas la différence. Z'ont le pantalon amidonné. Pffuit! Le pantalon amidonné! Vous n'avez qu'à me le demander. Je vous le dirai.

— Qu'est-ce qu'il raconte? demanda Dan.

Chuck haussa les épaules.

— Je ne comprends pas le chinois. Je l'ai écouté pendant des heures. Ça n'a ni queue ni tête.

Sans même lui demander son avis, Chuck fit sauter la capsule d'une bouteille d'ale, la posa devant le petit bonhomme et ramassa les quinze cents. Revenant vers Dan, il dit :

— Ce gars-là n'arrête pas de causer le jour comme la nuit. J'ai un autre client qu'est muet comme une carpe. Peut pas dire un mot. Marrant, non?

CHAPITRE II

Le lendemain matin, vers onze heures, un conducteur de camion du nom de Steve Hannegan roulait dans Valencia street avec un chargement de caisses d'emballage. Il pensait à sa femme; elle s'était montrée d'humeur changeante et irritable depuis qu'il avait été démobilisé des fusiliers marins. Il conduisait distraitement.

Soudain la vue d'un petit cabriolet marron qui se dirigeait droit sur lui le ramena brutalement à la réalité. C'était trop tard. Il braqua furieusement son volant vers la droite et bloqua ses freins, mais son gros camion mit en morceaux la grande vitre d'une boutique de coiffeur avant qu'il ait pu s'arrêter. Le cabriolet effleura l'arrière du camion, accrochant plusieurs caisses qui vinrent s'écraser lourdement sur la chaussée.

La petite voiture pencha follement sur le côté, mais finit par s'arrêter sur ses quatre roues. Son côté gauche était sérieusement endommagé. Le bruit de l'accident et le fracas de verre brisé firent sortir les gens de leurs maisons à un bloc à la ronde. Le coiffeur, son rasoir à la main, et un client à moitié rasé, la serviette autour du cou, se mirent hors de la boutique, les yeux hagards.

Tout en marmonnant des jurons, Hannegan descendit sans se presser de la cabine du camion. Lançant un regard vers le cabriolet, il aperçut une femme terrifiée à laquelle des gens portaient secours. Pas la peine d'aller exhaler sa colère là-bas. En silence, il commença à inspecter son camion.

— Qu'est-ce qui vous a pris? hurla le coiffeur. Vous êtes malade? Vous me paierez cette vitrine jusqu'au dernier sou!

Hannegan l'ignora. Sa colère commençait à monter. Avec la dignité d'un gladiateur, il s'éloigna lentement et se mit à examiner l'arrière du camion.

— Qu'est-ce qui est arrivé? demanda sottement un homme, dans la foule qui s'amassait. C'est un accident?

Hannegan se retourna, dévisagea l'homme de la tête aux pieds sans mot dire, et cracha par terre.

La foule se rapprocha pour mieux voir. Pâle et tremblante, la femme du cabriolet marron gagnait le trottoir, aidée par un homme. Hannegan secoua gravement la tête.

— Tss, tss, tss, tss, tss!

— Elle n'a pas l'air d'être blessée, dit l'homme qui lui portait secours. C'est juste le choc.

— Il vaudrait mieux appeler une ambulance, dit Hannegan.

Avec force moulinets, un flic se fraya un chemin à travers la foule.

— Dégagez! Faites de la place! Reculez! Laissez passer! Allons!

— C'est la dame qui était dans son tort, fit un volontaire, j'ai tout vu. Elle était sur sa gauche.

— Elle a essayé de passer quand il ne fallait pas, dit un autre.

Hannegan prenait tranquillement par écrit les noms des témoins, avec un petit bout de crayon qu'il léchait et reléchait à chaque instant.

— Qu'est-ce qui est arrivé? demanda le flic.

Hannegan pointa son bout de crayon vers le camion :

— La poule s'est amenée sur sa gauche. J'ai braqué par là pour l'éviter.

Il se remit à écrire.

Poings aux hanches, le flic estima l'étendue des dégâts. Il hocha la tête de façon désapprobatrice et se mit à haranguer la foule.

— Allons, maintenant! Dégagez! Retourner chez vous. Ne restez pas sur la chaussée. Dégagez le passage!

Peu à peu, la foule se désintéressa de la question et se dispersa. L'ambulance était arrivée dans un sinistre hululement et le brancard blanc avait emmené son fardeau frissonnant.

Un groupe d'hommes et de garçons zélés avait rangé le coupé le long du trottoir. Le coiffeur balayait le verre tombé dans sa boutique.

— Bon, dit le flic à Hannegan. Je ne crois pas que votre camion ait beaucoup de mal. Vous pouvez repartir quand vous voudrez.

Hannegan passa sur ses lèvres le dos de sa main sale.

— Je me taperais bien quelque chose avant.

— Il y a un petit bistrot au coin, suggéra le flic. *Chez Mickey*.

— Vous venez en prendre un?

— Ma foi, je ne sais pas trop. C'est défendu par le règlement.

— Qu'est-ce que ça fout? Allons-y.

Le flic montra du doigt l'arrière du camion.

— Vous ne rechargez pas ces caisses?

— J'ai bien failli les oublier.

Hannegan revint sur ses pas. Trois des longues caisses étaient tombées. Une seule était sérieusement détériorée. Il se baissa pour les examiner.

— Qu'est-ce qu'il y a dedans? demanda le flic.

— Des spaghettis, répondit Hannegan.

— Des spaghettis?

— Ouais. A moins que ça soit des macaronis.

— Dans ces vieilles caisses toutes sales?

Hannegan ne parut pas avoir entendu. Il était accroupi près de la caisse brisée, silencieux et immobile.

Le flic répéta :

— Des spaghettis dans ces vieilles caisses toutes sales?

Hannegan ne paraissait toujours pas entendre. Il avait soulevé les lattes d'un côté et fixait l'intérieur avec des yeux horrifiés. Ce qu'il regardait, c'était un pied humain nu, qui dépassait de la caisse.

CHAPITRE III

L'inspecteur Gallagher était en train de devenir rapidement fou, mais il était décidé à ne pas se montrer. Il passa une main énorme sur son visage flasque et effleura le bouton qui ornait son nez épaté, comme pour s'assurer qu'il était toujours là. Puis il se mit à triturer du bout des doigts ses cheveux gris et rares.

Il ne paraissait pas à sa place derrière un bureau. Il était trop massif. Il avait plutôt l'air d'un déménageur en train de se reposer un moment derrière le bureau qu'il vient de porter sur son dos. Le bureau lui-même semblait négligé, comme peut paraître négligé un meuble destiné à des transactions financières compliquées et dont les gens ne se servent que pour poser leurs pieds. Il ne portait qu'un cendrier en métal, rempli jusqu'au bord, et un journal qui avait été déployé, lu, et replié à l'envers.

L'inspecteur Gallagher, sentant qu'il avait été réduit à la défensive, décida d'avoir recours à l'ironie. Il fixa Hannegan de ses petits yeux bleus.

— Alors comme ça, l'orgueil et la joie de Mme Hannegan sortait de la ville avec un cadavre dans son camion, et il n'en savait rien du tout.

Hannegan était une montagne apathique de chair blasée.

— C'est ça, dit-il calmement.

— Dites-moi donc où vous alliez avec ce cadavre? Je ne savais pas qu'il y était.

— Je vous ai demandé où vous alliez.

— A l'incinérateur.

— Quel incinérateur?

— Notre incinérateur.

— Et qui, demanda Gallagher, est « nôtre »?

— Le nôtre, fit Hannegan d'un ton cassant. La Compagnie de Récupération Hogby et Engles.

— Et qu'alliez-vous faire là-bas?

— Brûler les spaghettis, répondit Hannegan sans hésiter.

Gallagher s'appuya sur ses coudes et joignit les bouts de ses doigts.

— Et pourquoi brûler des spaghettis?

— Parce qu'ils sont mauvais.

— Comment ça?

Hannegan le regarda comme s'il avait eu affaire à un idiot.

— C'est l'eau salée. Ils viennent de l'*Albert C. Decker* qui a coulé en eau peu profonde et qui a été renfloué. Nous avons acheté le chargement.

Gallagher se radossa et le joint de son fauteuil tournant grinça. Il eut un sourire caustique.

— Pourquoi le « nous »? Vous êtes un des propriétaires?

— Non. Je conduis le camion.

— Alors, pourquoi le « nous »?

Hannegan parut offensé et croisa les jambes.

— Façon de parler.

Gallagher se redressa, faisant à nouveau grincer son fauteuil.

— Bon. La compagnie a acheté les spaghettis du bateau. Pour quoi faire?

— Nous avons acheté toute la cargaison. Ce n'était pas tout des spaghettis. Mais il y en avait trois mille caisses. Nous, on ne voulait pas du spaghetti, mais on voulait le reste. C'était tout ou rien. Maintenant, il faut qu'on se débarrasse des spaghettis. Nous avons des tas de choses comme ça. C'est pour ça qu'on a un incinérateur.

— Vous êtes obligés de les brûler?

— Qu'est-ce que vous voulez en faire? Ils ne sont plus bons. Ça tient de la place. On n'a pas d'endroit pour les jeter. Si on les jette à la mer, ça flotte et ça vient se déposer sur la plage. C'est là que vous nous sauteriez sur les reins. Le mètre carré est trop cher dans les entrepôts pour qu'on gâche de la place. Alors on les brûle.

Gallagher plongea sa main dans sa poche et en sortit un paquet de cigarettes tout froissé. Il en prit une et se la fourra dans la bouche.

— Où est-il, votre incinérateur?

— A peu près à un mille de Daly City.

— Et c'est là que vous alliez?

— J'y ai transporté des caisses de spaghettis toute la semaine. Trois mille caisses, c'est un paquet.

Gallagher mit sa main à sa poche et en retira une grosse allumette de cuisine qu'il tint entre ses doigts.

— Et qu'est-ce que vous en faites, une fois là-bas?

— Je vous l'ai dit, nous les brûlons.

— Dans l'incinérateur?

— Evidemment!

Gallagher frotta l'allumette sous le bord de son bureau et alluma sa cigarette.

— A quoi il ressemble, cet incinérateur?

— A l'enfer, j'imagine.

— Je veux dire : comment fonctionne-t-il?

Gallagher secoua l'allumette pour l'éteindre et la déposa au sommet du tas qui encombrait le cendrier.

— C'est simplement un grand four.

— Entouré de murs?

— Evidemment.

Gallagher fit un geste vague de la main :

— Tous ces trucs que vous brûlez, c'est à découvert? vous pouvez les voir brûler? Ou bien est-ce que vous ouvrez simplement une porte, enfournez le tout, et refermez la porte?

— Evidemment, on referme la porte. Essayez seulement d'y mettre le nez : vous auriez la figure complètement brûlée.

— Donc vous ne pouvez pas voir tout ça brûler?

— Pas une fois que la porte est fermée, ça non. Comment voudriez-vous qu'on fasse?

— Bon. Et ces spaghettis que vous brûliez, est-ce que vous les sortiez des caisses pour les brûler?

— Pourquoi faire, bon Dieu!

Gallagher aspira une longue bouffée et souffla la fumée dans une espèce de bâillement.

— Je ne vous demande pas pourquoi. Est-ce que vous les sortez des caisses, oui ou non?

— Non.

— Vous flanquez tout bonnement les caisses là-dedans dans l'état où elles sont quand elles decendent du camion?

— Oui.

— Où les preniez-vous ces caisses?

— Elles sont entassées dans un terrain proche de la Jetée 33. C'est là que l'*Albert C. Decker* est amarré... du moins ce qu'il en reste. Nous avons tout déchargé sur le quai, mais on ne pouvait pas laisser ça là. Alors on a emmené la cargaison dans le terrain, mais on ne peut pas la laisser là non plus. Alors on l'emmène à l'incinérateur et on la brûle.

Gallagher fit pivoter son fauteuil de façon à pouvoir regarder par la fenêtre par-dessus le toit crasseux de l'immeuble voisin.

— Est-ce que toute cette camelote était surveillée? Y avait pas un gardien ou quelque chose?

— Pourquoi faire surveiller un tas de spaghettis pourris? Si quelqu'un veut y goûter, il n'a qu'à se servir. Y a des chances pour qu'il en crève. L'*Albert C. Decker* est resté par le fond plus d'un an. C'est plein de sel. Et imbibé de mazout par-dessus le marché.

— Ainsi n'importe qui, à n'importe quelle heure du jour ou de la nuit, pouvait venir par là en voiture, ramasser une caisse et s'en aller. Et personne n'en aurait rien su.

— Exact.

— On pourrait emmener la caisse quelque part, jeter les spaghettis, mettre un cadavre à la place, reclouer le couvercle, remettre la caisse avec les autres, sans que personne le remarque?

— C'est juste.

Gallagher fit à nouveau pivoter son fauteuil, et ses petits yeux bleus scrutèrent les traits de Hannegan.

— Sauf l'homme qui a chargé la caisse sur le camion.

Hannegan ne sourcilla même pas.

— Oh! la barbe!

— Vous avez bien chargé le camion, non?

— J'ai chargé le camion.

— Et vous voulez me faire croire qu'en soulevant une caisse avec un cadavre dedans, vous n'avez pas senti une différence entre ça et une caisse de spaghettis?

— Non.

— C'était plus lourd, non?

— Non.

— Combien pèsent ces caisses?

— Dans les soixante-dix kilos, je pense.

Gallagher prit un air railleur, ô combien!

— Alors, monsieur vous empoigne des caisses de

soixante-dix kilos et vous les balance à droite et à gauche comme des sucettes...

Hannegan bougea sur sa chaise et prit un air las.

— J'avais un type pour m'aider.

— Vous ne m'aviez pas dit ça.

— Vous ne me l'aviez pas demandé.

— Comment s'appelle-t-il?

— Carlson n'a jamais rien eu à faire avec tout ça.

— C'est à nous de voir! aboya Gallagher avec rage. Comment savez-vous que ce n'est pas lui?

Hannegan mit sa voix au diapason de celle de l'inspecteur.

— Je vous le dis, c'est tout!

— Pourquoi n'était-il pas dans le camion avec vous?

— Parce qu'il travaille à la jetée 33 sur le reste de la cargaison. Voilà pourquoi!

— Vous n'avez pas besoin de brailler. Je ne suis pas sourd.

— Vous braillez bien, vous.

Gallagher baissa le ton.

— Voyons un peu, maintenant. Et là-bas, à l'incinérateur? C'est vous qui déchargez le camion?

— Il y a un autre type là-bas pour m'aider.

— Et vous l'aidez à jeter le tout au feu?

— Et après?

Gallagher prit un ton grave :

— Comprenez-moi bien, Hannegan. Celui qui a mis ce macchab dans la caisse savait exactement où ces caisses devaient aller; il savait ce qu'on allait en faire et il savait comment l'incinérateur fonctionne. Il savait exactement dans quelles circonstances on les ferait disparaître.

— Possible. Y a des tas de gens qui auraient pu le savoir. Bon Dieu, ça fait des années qu'on se sert de cet incinérateur. Nous travaillons pour toutes sortes de gens. N'importe qui aurait pu le savoir. N'importe qui aurait pu l'apprendre. N'importe qui aurait pu faire le coup.

Gallagher ferma à demi les yeux et sa voix devint mauvaise.

— Et dans ces conditions, *vous* auriez pu le faire.

Hannegan décroisa les jambes, les recroisa dans l'autre sens, soupira et considéra Gallagher comme s'il avait pitié de son ignorance.

— Inspecteur, servez-vous de votre cigare un peu. Si je voulais tuer un type, je choisirais quelqu'un que je connais, non? Quelqu'un à qui j'en voudrais. Pourquoi aurais-je tué ce gars-là? Je ne le connais même pas.

CHAPITRE IV

Nix Peters ouvrit un des battants d'une double porte et s'effaça pour permettre à Dan Banion de passer la tête et de jeter un coup d'œil.

— C'est ici qu'ils jugent les drogués, les pickpockets, les prostituées, les types qui battent leur femme, et autres flagrants délits, dit-il. Bien entendu il n'y a pas de session en cours en ce moment.

— C'est plutôt cra-cra, observa Dan.

— Oui, mais il s'agit d'un filou de grande envergure ou d'une femme du monde qui a descendu son mari, nous avons un vrai tribunal.

Nix ferma la porte et, montrant le chemin, suivit le couloir pavé de marbre.

— C'est gentil de m'initier, dit Dan.

— Ce n'est rien du tout, fiston. D'ailleurs, je compte bien te taper quand je serai fauché. Ici, c'est le tribunal de la circulation. Rien à voir d'intéressant. C'est pareil à l'autre.

Nix Peters était reporter dans un journal rival, le *Herald-Dispatch*. Il avait six pieds de haut et dominait Dan. Ses épaules, se coudes et ses genoux faisaient bosse sous un costume qui demandait un coup de fer. Son chapeau semblait avoir été posé sur sa tête par quelqu'un d'autre, et une légère rougeur due à l'alcool ornait ses pommettes, de chaque côté d'un nez pointu et proéminent. Il y avait de la cordialité, mais aussi de la timidité dans son regard.

Dan était plus jeune et ses vêtements étaient mieux coupés, mais un coup de fer ne leur aurait pas fait de mal non plus. Il était de taille moyenne et ses traits étaient presque beaux. Ses yeux, intelligents et curieux, étaient la première chose qu'on remarquait chez lui et on ne les oubliait jamais. Il avait un regard amical, mais timide.

Ils venaient de tourner l'angle du couloir quand ils virent l'inspecteur Gallagher sortir de son bureau et se diriger vers l'autre bout du hall. Nix l'appela :

— Hé, Neil!

Gallagher s'arrêta et se retourna.

— Ne viens pas m'embêter maintenant, Nix.

Ils le rejoignirent.

— Je voudrais te présenter Dan Banion, Neil. Il est au *Journal*. Dan, je te présente l'inspecteur Gallagher... Brigade criminelle.

— Enchanté. Je suis occupé. Je vous verrai une autre fois.

Gallagher s'arrêta devant l'ascenseur et appuya sur le bouton.

— Du nouveau dans l'affaire du macchab aux spaghettis? demanda Nix.

Gallagher lui jeta un regard chargé de rancune.

— Il y a à peine une heure qu'ils l'ont amené. Je ne suis pas le bon Dieu.

— Et le conducteur du camion? demanda Nix.

— Il ne reconnaîtrait pas ses fesses de son coude.

— Quelle tête a le macchab?

L'ascenseur était arrivé.

— Je descends justement le voir. Vous pouvez venir, si vous voulez.

L'acoustique de la morgue semblait étrange, mais ce n'était pas entièrement exact. En réalité, la voix de la plupart des gens change quand ils sont en présence de morts.

L'inspecteur Gallagher, Nix Peters, Dan Banion et un coroner assistant se placèrent autour de la table à dessus de porcelaine sur laquelle gisait le cadavre recouvert d'un drap.

Nix s'apprêta à arborer une expression d'horreur franche et sans honte. Le visage de Dan était tendu, mais il restait maître de lui. L'inspecteur Gallagher affectait un sang-froid de dur à cuire. Le coroner assistant prenait un air détaché.

— Naturellement, on n'a pas encore eu le temps de faire l'autopsie, expliqua-t-il.

— Enlevez le drap, qu'on voie un peu ça, dit Gallagher.

Le coroner-assistant écarta vivement le drap.

Nix appliqua une main sur sa bouche et se la passa lentement sur le menton. Les muscles se serrèrent autour des yeux de Gallagher. Dan resta bouche bée, l'effroi au visage.

— Vous le connaissez? demanda vivement le coroner.

— Je n'ai pas cette veine, répondit Gallagher.

— C'est à lui que je parlais, fit le coroner en désignant Dan du menton.

Gallagher se tourna vers Banion.

— Vous reconnaissez ce type?

— Ben non.

— Qu'est-ce que ça veut dire : « Ben, non »? Oui ou non?

— Non.

Gallagher s'adressa au coroner :

— Qu'est-ce qui vous a fait poser cette question?

— Il avait un drôle d'air quand j'ai découvert le cadavre.

Gallagher se tourna de nouveau vers Dan.

— Qu'est-ce que vous avez cru voir?

— Rien, dit Dan. J'ai simplement...

Il haussa les épaules.

— Rien.

— Ce n'est rien, dit le coroner. J'ai cru un instant qu'il avait l'air de connaître cet homme. Voilà tout.

— Vous ne le connaissez pas, n'est-ce pas? demanda Gallagher, en scrutant Dan de plus près.

— Non.

Le coroner-assistant haussa les épaules. Gallagher reporta ses yeux sur le cadavre nu. Visage jeune, dans les vingt-sept ou vingt-huit ans. Des cheveux bruns coupés court. Un beau petit gars. Une bouche relevée un peu aux commissures en une sorte de sourire. On remarquait tout de suite que les lèvres étaient par endroits mouchetées de taches vert clair.

— Vous avez des t-t-tuyaux sur lui? demanda Nix avec des trémolos dans la voix. Sa figure était parfaitement livide, quelques taches de couperose sur ses joues.

Gallagher lui jeta un regard de mépris.

— Qu'est-ce qui te prend, bon Dieu? T'as jamais vu de macchab?

— Ils me foutent toujours la chair de poule, dit Nix.
Gallagher ricana.

— Quelle gonzesse tu fais!

— Laisse tomber, dit Nix. Tu as des tuyaux sur lui?

— Non, mais on en aura. On vérifie ses empreintes : on finit toujours par trouver quelqu'un de porté disparu à l'occasion d'une affaire comme celle-là.

— Ce vert sur ses lèvres, dit Dan, qu'est-ce que c'est?

Le coroner-assistant haussa les épaules.

— De la leunatine, à mon avis. Mais je n'ai rien dit.

— De la leunatine? Qu'est-ce que c'est que ça? demanda Nix.

— Comprenez-moi bien : je n'ai rien dit, fit le coroner. Ce n'est qu'une hypothèse personnelle. C'est un poison extrêmement rare. Je ne l'ai vu utiliser qu'une fois de cette manière, et c'était il y a bien longtemps. Ça laisse cette tache verte sur les lèvres.

— Et où aurait-on pu se procurer ce truc-là? demanda Gallagher.

— Ça doit être plutôt difficile, j'imagine. Il en existe en petites quantités dans quelques laboratoires de chimie. Mais on s'en sert rarement, même pour des expériences.

— De toute évidence, c'est le genre violent, dit Dan.

— Je comprends. Une quantité infime entraîne une mort pratiquement instantanée. C'est tiré d'une plante qui pousse en Afrique. Il faut en raffiner une tonne avant d'obtenir un dé à coudre de poison. Il se présente sous la forme de minuscules cristaux qui, dissous, donnent un liquide limpide et incolore. Puis, en séchant, il redevient vert. C'est pourquoi ça laisse une tache verte sur les lèvres.

— Alors, vous croyez que ce type a été empoisonné? dit Nix.

— Je ne veux rien dire qui soit susceptible d'être

publié avant qu'on ait pratiqué l'autopsie. Je me borne à dire ce que je crois, et seulement officieusement.

Gallagher serra les mâchoires et secoua la tête.

— Encore un sacré tordu qu'a été manigancer ce coup-là. Ça va être un casse-tête chinois. Je le sens. Depuis combien de temps est-il mort?

— Oh, à vue de nez, je dirais à peu près douze heures.

Gallagher pointa sa langue contre sa joue et réfléchit.

— Ça nous met vers les deux heures du matin.

Dan s'éclaircit la gorge avant de parler, puis il articula d'un ton lugubre :

— Quel genre de vêtements portait-il?

— Qu'est-ce qu'il y a qui ne va pas? demanda Gallagher; vous aussi, vous êtes dans le genre poule mouillée?

— Ça vous fait quand même de l'effet, dit calmement Dan.

Le coroner-assistant répondit à sa question.

— Il ne portait pas exactement des vêtements. Un pyjama et un peignoir de bain. Et il y avait une paire de pantoufles dans la caisse.

Gallagher abaissa le drap un peu plus.

— C'était un garçon bien bâti.

La raideur cadavérique donnait au corps une position grotesque. Le bout des doigts était encore barbouillé d'encre à empreintes.

— Grain de beauté sur la jambe gauche. Petite cicatrice au bras gauche. Nous trouverons peut-être autre chose à l'autopsie.

— Et dire, fit lugubrement Nix, qu'hier, à la même heure, il se baladait comme vous et moi.

— Il connaît son affaire, le salaud qui a fait ça, remarqua Gallagher. Tout a été prévu jusqu'au moindre détail. S'il n'y avait pas eu cet incident de la circulation, personne n'aurait jamais rien su.

— Une chance sur un million, dit Nix.

— Ce sont des choses de ce genre-là qui vous donnent à penser qu'il y a quelqu'un au-dessus de nous, dit Gallagher pensivement.

— Comment ça? fit Nix, tu veux dire que c'est Dieu qui a fait rentrer cette bonne femme dans le camion?

— Ne plaisante pas avec ces choses-là, dit Gallagher.

— Sale coup pour la poule. Comment va-t-elle?

— La peur lui a un peu dérangé la tête. A part ça, elle n'est pas blessée.

— Pourquoi Dieu a-t-il laissé empoisonner le pauvre type, si c'est pour faire une colère après? demanda Nix.

— Tu ne connais rien à Dieu, alors n'essaye pas d'en parler.

— Tu n'y connais rien non plus, Neil.

— Possible, dit Gallagher, mais moi au moins quand je ne connais rien à quelque chose, je la boucle. S'il n'y a pas de Dieu, à quoi rime cette foutue existence, bon Dieu!

— C'est trop fort pour moi.

Gallagher reprit d'un ton irrité et anxieux :

— Il doit y avoir quelque chose. Autrement, quoi, bon Dieu, ça n'a pas de sens. Un type est vivant : il se démène et se décarcasse pour ceci ou cela et le reste. Après il meurt. A quoi ça rime? Recouvrez-le, Jeff. Et dites-moi ce que vous aurez trouvé à l'intérieur, quand vous l'aurez ouvert. Venez, les enfants. Tirons-nous d'ici.

CHAPITRE V

En quittant le palais de justice, Dan Banion se dirigea à pas pressés vers la rue Montgomery. Une étrange colère brûlait en lui. Il avait menti à l'inspecteur Gallagher et aux autres, à la morgue. Il avait déjà vu ce visage. Il l'avait vu par hasard dans un bar, la veille. Il l'avait vu chaud et plein de vie et sympathique. Un homme comme lui, retour de la guerre, essayant de reprendre le fil de sa vie là où il l'avait laissé. Un homme qui, selon ses propres mots, voulait « tirer la leçon de choses », et qui voulait « un monde où on pût vivre ».

Et maintenant il était à la morgue, mort, et Dan ressentait une inimitié personnelle envers son assassin. Une forte impulsion le poussait à rechercher cet homme et à le détruire.

De combien de temps disposait-il? Il faudrait au moins vingt-quatre heures à l'inspecteur Gallagher pour identifier le cadavre. Dans l'intervalle, personne ne saurait que l'homme était mort. C'est-à-dire personne sauf l'assassin et ses complices, s'il en avait. Les amis et les camarades de la victime continueraient à penser à lui et à parler de lui comme s'il était encore vivant.

D'ordinaire, l'atmosphère de la vie d'un homme meurt avec lui. La nouvelle même de sa mort altère ou détruit le délicat mélange d'émotions et d'amitiés qui constituent une partie de son existence au même titre que sa respiration et sa pensée.

L'homme que Dan venait de voir à la morgue n'était pas complètement mort. Son cœur s'était arrêté. Ses veines ne charriaient plus de sang. Ses mains étaient froides. Mais cette autre partie de lui-même continuait à vivre. Il vivait encore dans le cœur et dans l'esprit de ses camarades. Il était encore un facteur de vie, et le resterait jusqu'à ce que la nouvelle de sa mort se répande.

Dan sentit intensément que s'il pouvait découvrir les amis de l'homme et se mêler à eux avant que la nouvelle leur parvienne, il pourrait ensuite prendre un départ avantageux dans la chasse au tueur.

Bien des fois déjà, il avait suivi des pistes froides en se guidant sur la trame altérée de la vie d'un mort. Une chance lui était offerte de pénétrer dans le cadre vivant d'un homme et d'étudier les attitudes des gens avant que sa mort fût connue.

Que savait-il sur cet homme? Le barman l'avait appelé Kent. Il y avait eu une conversation au sujet d'un tableau. Un nu qui avait jadis été accroché au-dessus du bar. L'homme essayait de découvrir qui l'avait acheté. Ensuite il y avait cette fille aux yeux inquiets qui était entrée et avait interrompu la conversation.

Il avait plu et le trottoir était encore humide. La foule de cinq heures cinq, secrétaires et sténos des grands immeubles — bureaux de la rue Montgomery, se hâtait vers les tramways, avec des airs d'esclaves libérés. Dan se fraya un chemin parmi eux jusqu'au bar de *l'Epave*.

Il pénétra dans un brouhaha de cornets à dés, d'éclats de rire et de pick-up automatique. Les hommes d'affaires prenaient leur verre de fin de journée.

Dan enjamba un tabouret entre deux groupes de

joueurs de dés. Le gros barman, Chuck, assisté d'un collègue, versait les consommations et secouait les cocktails aussi vite que le lui permettait sa graisse, tout en bavardant sans arrêt avec les clients.

Dan commanda un demi et, tandis que Chuck le lui versait, il lui demanda :

— Au fait, vous vous souvenez du garçon qui était ici hier après-midi?

Chuck leva les sourcils et parut sur le point de répondre quand un homme de haute taille, au visage austère, vêtu d'un costume d'après-midi très correct, tendit son bras par-dessus l'épaule de Dan et dit :

— Vous avez ma baguette, Chuck?

— Votre baguette? Oh, oui, bien sûr, Larry.

Chuck chercha sous le bar et lui tendit une baguette de bois longue de deux pieds environ. A l'autre bout du bar, d'autres clients se mirent à brailler pour se faire servir et Chuck se porta dans leur direction, oubliant la question de Dan.

L'homme à la baguette alla au pick-up illuminé de rose et de bleu, étudia gravement la liste des disques et mit une pièce dans l'appareil. Puis il recula de quelques pas, s'immobilisa et attendit, l'air blasé. Dan pivota sur son tabouret pour le regarder. Il était le seul à se soucier de lui.

Soudain, le corps de l'homme se raidit. Il fit un rapide moulinet avec sa baguette, au moment précis où retentissait la première note du morceau. Quelqu'un qui eût ignoré l'existence du pick-up aurait pu jurer que c'était lui qui avait mis l'orchestre en branle... que les yeux des musiciens soumis étaient fixés sur sa baguette.

C'était un arrangement vulgarisé de la *Symphonie pathétique* de Tchaïkovsky. La main gauche de l'homme s'était élevée délicatement pour ajouter à l'autorité de la baguette. Sa tête se balançait vigoureusement, et son corps tout entier participait au travail épuisant qu'était la conduite de l'orchestre. On sentait de l'angoisse dans chacun de ses muscles, tandis qu'il luttait pour tirer le meilleur parti de chaque instrument et réfréner ceux qui prenaient trop d'importance. Des gouttes de sueur s'accumulaient sur son front. A plusieurs reprises il fronça le sourcil et se mit à gesticuler pour adoucir un cor trop enthousiaste ou pour insuffler plus de passion à un violon. A d'autres moments, il souriait de façon paternelle pour exprimer sa satisfaction... récompense qui voulait dire : « Bravo, vous commencez à comprendre ».

Quand le disque fut terminé, l'homme poussa un profond soupir et son corps se détendit. Il sortit un mouchoir de sa poche et s'épongea le front. Balançant négligemment sa baguette, il revint vers le bar et enjamba le tabouret voisin de celui de Dan.

— C'est ma passion, dit-il à Dan. C'est fou ce que ça me stimule.

— Vous êtes musicien? demanda Dan.

— Non, mais je voudrais bien l'être.

Profitant d'une accalmie momentanée, Chuck se rapprocha d'eux, nonchalamment. Il arracha la bande de papier d'un cigare, en coupa le bout avec ses dents et le recracha.

— Ces sacrés coups de feu, ça me tue.

Il approcha une allumette de son cigare.

L'homme à la baguette commanda un whisky-soda. Tandis que Chuck versait le whisky dans un verre, Dan lui dit :

— J'étais là hier après-midi. Vous vous souvenez de ce garçon que vous avez appelé Kent?

Chuck opina du chef.

— Ouais, je me souviens de vous. Vous êtes le journaliste.

Dan insista :

— Non, je veux dire le garçon qui était là en même temps que moi? Il était assis par là. Vous l'avez appelé Kent.

Chuck regarda au plafond.

— Ah! vous voulez dire Kent?

Il se tourna vers l'homme au bâton.

— Il veut dire Kent. Ouais. Bien sûr. Kent Kipper. Il ne va pas tarder à arriver.

Il consulta la pendule.

— Encore un peu tôt. Il sera là dans un moment.

L'homme à la baguette pinça les lèvres et hocha gravement la tête.

— Très chic type, Kipper. Sans blague, très chic type. Je l'aime bien, moi, ce petit gars-là.

Chuck pointa son cigare vers la reproduction du gigantesque séquoia.

— Kent est à la recherche de ce portrait qu'il a peint. Le portrait de la poule, celui qu'était accroché ici. Tu t'en souviens, Larry?

— Oh! oui, je m'en souviens.

— Qu'est-ce qu'il fait? Il est peintre? demanda Dan.

— Un très bon peintre, dit Larry.

Chuck leur lança une œillade.

— Si vous aviez vu c'te souris!

— Oh, ce n'est pas ce qu'il a fait de mieux, dit Larry d'un air légèrement désapprobateur. Il avait fait ça pour s'amuser.

Chuck, indigné, retira son cigare de sa bouche.

— C'était rudement bien.

— C'était bien, dit Larry. Mais ce n'était qu'un nu. Il l'a fait plus ou moins pour faire plaisir à Falletti, et aussi pour boire à l'œil.

— C'était tellement vivant qu'on avait envie de lui foutre une fessée, dit Chuck.

Il sourit.

— Moi, c'est le pansement qui m'épatait.

— C'est bien ce que je veux dire, fit Larry. Ce n'était qu'une blague.

Chuck s'accouda au bar et expliqua pour Dan :

— C'était formidable! Il peint son tableau, comprenez? Juste un nu pour mettre au-dessus du bar. Mais vous parlez d'un nu! Il vous fondait dans la bouche, non mais, vous vous rendez compte, la poule, elle est là allongée sur un divan, à poil... et au poil, sauf son doigt de pied. Son foutu radis avec un pansement autour, comme si elle l'avait buté contre quelque chose. Rien qu'une petite poupée mal faite comme les gosses en ont aux doigts. Je vous le dis, ça faisait un effet!

— Qu'est devenu le tableau? demanda Dan.

— Eh ben, Falleti — c'est l'ancien tôlier — il a vendu.

— C'était pendant que Kent était à la guerre, ajouta Larry.

— Il a vendu, continua Chuck, et le nouveau tôlier, Dolan, il a mis dans l'affaire tout ce qu'il avait pu racler comme fonds de tiroirs. Il avait besoin d'argent liquide. A ce moment-là arrive un gars qui lui fait une offre pour le tableau. D'abord, il n'a pas voulu vendre. Ce truc donnait de la classe à la boîte. Mais voilà que le type augmente son offre. Alors, Dolan, qu'était de plus en plus à court de pognon, il a laissé filer le tableau. Moi, je vous le dis, il a été couillon.

— Qui est-ce le type qui l'a acheté? demanda Dan.

— Justement, ce qui me chiffonne, c'est que j'en sais rien. Je ne peux plus me rappeler le nom du type; ça commençait par un « J », comme Jefferson, ou Jessel ou quelque chose comme ça.

— Et Dolan, demanda Dan, il ne sait pas?

— Dolan ne se souvient de rien. Le type a payé comptant et Dolan n'a même jamais pris son nom par écrit. Pourtant, je le reconnaîtrais si je le voyais. Faudra bien qu'il revienne ici un jour et je le reconnaîtrai.

— Et c'est comme ça que Kipper gagnait... gagne sa vie? demanda Dan, en faisant de la peinture?

— Je ne sais pas si on peut vivre de ça, dit Chuck. En tout cas, il essaye.

— Kent a fait tous les boulots, dit Larry. Il a navigué, pendant un bout de temps. Ensuite, il a été docker. Je crois même qu'il a été chauffeur de taxi, hein, Chuck?

— Je crois que oui. Mais ce que Kent préfère, c'est peindre. Il n'est démobilisé que depuis quatre mois.

— Qui est la fille qui est venue le rejoindre ici, hier? La petite brune excitante?

— Oh elle?

Chuck secoua du petit doigt la cendre de son cigare.

— C'est Marian.

Larry parut surpris.

— Pas Marian Cleave?

— Si.

— Ne me dis pas qu'il s'est remis avec elle!

— Je ne sais pas où ils en sont. Je les vois de temps en temps ensemble.

— Eh bien merde alors!

— Pourquoi? Qu'est-ce qui se passe? demanda Dan.

— Ils étaient mariés, dit Chuck, mais ils se sont séparés. C'était avant la guerre.

— C'est une belle fille, remarqua Larry.

— C'est un beau morceau, d'accord, convint Chuck. Mais c'est un vrai poison pour Kent. Elle a le feu au cul. Toutes les poules avec des grands yeux de vache, elles ont le feu quelque part.

— Elle n'a pas des yeux de vache, dit Larry. Elle a des yeux magnifiques.

— Et ceux des vaches, ils ne sont pas magnifiques? s'indigna Chuck.

— Bien sûr que non.

— T'es malade! T'as déjà regardé une vache dans les yeux?

— Et pourquoi j'irai regarder une vache dans les yeux?

— Voilà! C'est bien ce que je pensais. Tu ne sais même pas de quoi tu parles.

Chuck s'éloigna pour s'occuper de quelques clients qui commençaient à réclamer bruyamment le barman.

Quand il fut parti, Larry se tourna vers Dan et il lui dit avec beaucoup de sérieux :

— Vous trouvez que les vaches ont de beaux yeux?

Dan adopta une position neutre sur la question et tenta de ramener la conversation sur Kent Kipper, mais Larry s'obstinait à parler vaches. Chuck s'était mêlé à une autre conversation un peu plus loin, et les avait oubliés.

Dans vida son verre, se dépêtra de la conversation sur les vaches, et sortit.

CHAPITRE VI

Kent Kipper était un artiste! Cela simplifiait les choses. Les artistes vont généralement par bandes, fréquentent les mêmes quartiers et s'accrochent aux mêmes bars.

Qui était susceptible de connaître des artistes à San Francisco? Peut-être Nix Peters. Mais ce serait moche de se servir de Nix sans lui donner de tuyaux pour son papier. D'ailleurs, Dan sentait plus ou moins que ce n'était pas seulement un « papier » qu'il cherchait, mais quelque chose de plus profond. La vue de l'homme de la morgue avait éveillé en lui une colère qui le poussait à en faire une affaire personnelle. Peut-être était-ce une colère que des tas de choses avaient fait naître et amassé en lui au cours des dernières années. Des choses auxquelles il n'avait rien pu changer.

En vérité, il ne connaissait même pas la victime. Mais la simple rencontre de la veille lui avait laissé l'impression solide que c'était un bon type. Et Dan en avait assez de voir les bons types prendre sur la gueule.

Non, il ne voulait pas faire équipe avec Nix dans une course vorace à la grande « manchette ». Mais à part Nix, qui?

Il se souvint de Ike Miller. Si quelqu'un en ville pouvait connaître les artistes, c'était bien Ike. Il avait toujours frayé avec ces gens-là. Etant lui-même un romancier raté, Ike évoluait généralement dans ces milieux. De toute façon, Dan lui devait une visite.

Les studios de la station de radio KZY n'étaient pas loin de *l'Epave*. Dan trouva Ike dans la salle de rédaction, au milieu du vacarme d'une demi-douzaine de téléscripteurs.

— Bien sûr, dit Ike, je connais Kenton Kipper. Je le connais bien. Qu'est-ce que tu lui veux?

Ike était un personnage aux cheveux jaune sable, un visage de gosse et des yeux brillants plein d'enthousiasme.

— Rien de spécial, répondit Dan. Un de ses amis m'a demandé de passé le voir.

— Au fait, je vais probablement le voir ce soir, dit Ike.

Il enleva sa visière verte et la jeta dans un tiroir de son bureau.

— J'allais filer. Pourquoi ne viendrais-tu pas avec moi? On va se taper la cloche et je te ferai visiter un peu le patelin.

Ike précisa que des gens, du nom de Hobart, donnaient une petite soirée et que Kipper s'y trouverait presque sûrement. Dan accueillit avec satisfaction l'idée d'y aller. Cela lui donnerait une chance, pensa-t-il, de juger les gens que Kipper fréquentait.

Dans la rue, ils montèrent dans le coupé fatigué de Ike et allèrent manger dans un restaurant basque de North Beach. Dan essaya d'amener la conversation sur Kipper, mais Ike tenait à évoquer le bon vieux temps du journalisme d'avant-guerre.

Il y avait peu de temps qu'ils étaient installés quand un grand type, à la moustache brune et à l'air endormi, se dirigea vers leur table, en compagnie de deux filles. Ike se montra l'hospitalité même, et les deux groupes s'entassèrent à la même table.

L'endormi s'appelait Arnold Winkleman. Dan, d'après la conversation, comprit qu'il était peintre. La première des filles, Lorna Carvill, était une mince brune aux yeux noirs; une mèche folle lui pendait sur la figure, cachant presque entièrement un œil. Il y eut entre Ike et elle une petite bisbille qui dénotait des relations assez intimes.

L'autre fille, Janey Navarro, avait les cheveux d'un brun roux et son nez était légèrement retroussé. Malgré l'épaisseur de l'étoffe, un corps parfait s'affirmait sous le tailleur de tweed. Ses yeux brillaient d'un éclat passionné. « Elle est amoureuse », pensa Dan. Il étudia Winkleman et décida que ce ne pouvait être de lui. Le triste regard des yeux veinés de rouge du peintre et la façon indifférente dont il parlait aux filles faisaient de lui un amant improbable.

Ike se tourna brusquement vers Janey, et dit :

— Où est Kent?

La lueur de passion s'aviva dans ses yeux.

— Il devait aller à Berkeley aujourd'hui, dit-elle. Il doit me rejoindre plus tard chez les Hobart.

— Dan, que voilà, voudrait le voir, dit Ike. Il connaît un de ses vieux amis ou quelque chose comme ça. Qu'est-ce que c'est exactement, Dan?

Dan ouvrit la bouche pour répondre, mais sa voix était tellement rauque qu'il dut s'éclaircir la gorge.

— J'ai rencontré dans l'armée un type qui le connaissait. Il m'a dit d'aller le voir de sa part.

— Qui était-ce? demanda Winkleman.

Dan tâtonna pour inventer un nom.

— Jeff... Ah oui... Jeff Warren.

Ils se mirent tous à réfléchir, se répétant le nom à eux-mêmes, mais aucun ne put s'en souvenir.

Ike saisit l'occasion pour orienter la conversation vers la peinture et une discussion assez chaude s'ensuivit. Apparemment, Winkleman ne pensait pas grand-chose de l'œuvre de Kipper. Janey Navarre défendait ses mérites avec furie et finit par dire :

— Simplement parce que Kent ne fait pas aux gens des têtes en triangle, et des intestins apparents, il y en a qui trouvent que ce n'est pas de l'art.

La pique parut porter, car Winkleman rougit de colère et dit :

— C'est bon. Laissons tomber. Vous m'avez demandé mon opinion, je vous l'ai donnée.

Un peu plus tard, Ike remarqua que Winkleman paraissait fatigué.

— Faut croire que je ne tiens plus aussi bien le coup qu'avant, dit Winkleman. Nous sommes allés à la Péninsule hier soir, avec Lance et Foisie. Nous avons peut-être trop bu. En tout cas, j'avais un de ces mal aux cheveux, ce matin! Nous sommes restés toute la nuit là-bas, chez Lance. Mais il faut croire que je ne suis pas le seul; eux aussi l'avaient la gueule de bois, ce matin.

Le dîner terminé, Ike les conduisit sur le versant Nord de Telegraph Hill. Les filles se serrèrent sur le siège avant avec Ike. Dan et Winkleman montèrent dans le spider. De l'endroit où ils descendirent, ils avaient vue sur le port et ses lumières scintillantes au loin, de l'autre côté de la baie. Ike les fit entrer par une vieille porte de fer dans un sombre jardin qui sentait l'engrais frais. Ils suivirent un sentier dallé jusqu'à un cottage en retrait. Les fenêtres étaient éclairées et un brouhaha de voix et d'éclats de rire leur parvint.

Une blonde replète les fit entrer dans une pièce remplie de gens qui jacassaient. Winkleman et les deux filles disparurent dans la foule. Ike pilota Dan jusqu'à une table où un personnage énorme, au ventre proéminent de polichinelle, s'occupait à vider une bouteille de scotch.

— Nom de Dieu! fit Ike, c'est du « Chardon bleu »?

— Ceci, mon petit Ikey, dit le gros homme, est du « Chardon Bleu » et qui mieux est, de l'avant-guerre. Nous sommes allés à la Péninsule, hier soir, avec Lance et Arnie. Lance est tombé sur quatre bouteilles qu'il avait complètement oubliées. Je l'ai persuadé d'en apporter deux bouteilles ce soir.

Ike lui présenta Dan et le gros homme dit :

— Mon petit Danny! Je suis tellement content de faire votre connaissance!

Il saisit la main de Dan entre ses deux grandes pattes visqueuses et l'y tint serrée, comme pour la réchauffer. En la retirant, Dan eut l'impression de l'extraire de la bouche d'une vache.

Le gros homme s'appelait Guy Foisie, et tenait absolument à parler aquarelles, mais la blonde potelée s'interposa et l'entraîna vers une autre partie de la pièce.

— Quel genre de soirée est-ce donc, bon Dieu? demanda Dan quand Foisie se fut éloigné.

— Ne te tracasse pas, dit Ike. Tu rencontreras des gens de toutes sortes, ici.

Il alla retrouver Lorna, laissant Dan se débrouiller tout seul. Dan erra autour de la pièce, écoutant des bribes d'une discussion, puis des bribes d'une autre, et se demandant s'il n'avait pas été un peu fou d'espérer tirer quelque chose de cette abstraite confusion de bla-bla-bla.

La vue de Janey Navarro, assise tranquillement dans un coin, guettant avidemment le hall chaque fois que retentissait la sonnerie de la porte, troubla Dan, et il se fit l'effet d'un intrus. Si Kipper était responsable de la flamme qui brillait dans ses yeux, on pouvait dire à son crédit qu'il avait très bon goût.

Tandis que Dan regardait Janey, une autre silhouette vint s'interposer entre la jeune femme et lui : la fille qu'il avait vue la veille à *l'Epave,* en compagnie de Kipper... celle que le barman lui avait dit s'appeler Marian Cleave, l'ex-femme de Kipper. Ses yeux rencontrèrent ceux de Dan et ils eurent ce même regard inquiet et suppliant que Dan avait déjà remarqué. Elle le considéra quelques instants, d'un air interrogateur, et Dan crut discerner dans ses yeux un éclair de reconnaissance. Puis ils se détachèrent brusquement des siens et elle s'éloigna.

Une ex-femme et une petite amie dans la même pièce. Mais peut-être Dan se faisait-il des idées? Mais non, le regard de Janey... il n'y avait pas à s'y tromper. Quant à Marian Cleave, une ex-femme qui rencontre son ex-mari dans un bar et qui demande à lui parler de seul à seul, ne peut pas être définitivement classée dans la catégorie « ex ».

Une tape dans le dos donnée par Ike interrompit le fil de ses pensées.

— Dan, je voudrais te présenter deux types.

Il y avait un petit homme trapu, cheveux et moustache noirs, et un homme bronzé, athlétique, d'âge mûr, aux yeux alertes, et dont les tempes commençaient à grisonner.

Le petit homme était Mark Wiener, un psychiatre. L'autre était Lance Mallory, qui s'attribuait l'occupation vague d' « homme d'affaires ». Ils se lancèrent dans une discussion sur la bombe atomique. Dan les laissa parler pendant quelques minutes, puis les interrompit pour leur demander s'ils avaient vu Kenton Kipper.

Ils se dressèrent sur la pointe des pieds et firent des yeux le tour de la pièce.

— J'ai cru entendre quelqu'un prononcer son nom, dit Lance Mallory.

— Je crois qu'il est venu et qu'il est reparti, dit Mark Wiener.

Ike ne pensait pas qu'il fût encore arrivé.

Un certain nombre de peintures originales ornaient les murs de la pièce. Dan les désigna de la tête et demanda s'il y avait des Kipper parmi elles.

Mark Wiener arrêta la blonde potelée qui passait avec un plateau chargé de verres.

— Kay, est-ce que vous n'aviez pas quelques aquarelles de Kipper?

— J'en avais, Mark, mais je les ai perdues, répondit-elle. A moins qu'elles n'aient été volées; je suis malade rien que d'y penser.

Guy Foisie, le gros homme à la bedaine de polichinelle, intervint :

— Aquarelles, vous disiez? Quelles aquarelles?

— Celles de Kent, avec les cordes à linge, dit la femme blonde. Vous vous souvenez? Je les ai perdues.

— Vous les avez perdues? Mais comment diable? Je ne comprends pas.

— Ce doit être quand nous avons déménagé. C'est la seule explication possible.

— Pas possible. Quel dommage! dit Foisie.

— J'ai cherché partout, reprit la blonde. Je ne sais pas comment cela a pu se produire, car j'avais tout empaqueté très soigneusement.

Jetant un coup d'œil du côté de la porte, Dan vit entrer un nouvel arrivant. C'était un homme aux cheveux noirs, aux yeux vagues d'ivrogne, pour qui chaque pas représentait un effort considérable. Il avait les traits réguliers, mais creusés par la dissipation. Ses cheveux étaient en désordre, son gilet déboutonné et des traces poudreuses sur son costume bleu révélaient qu'il s'était appuyé quelque part.

Il entra en titubant dans la pièce, et accrocha du pied une table basse, faisant chavirer un vase de fleurs. La blonde bondit pour le rattraper et l'homme s'excusa de façon incohérente. Lance Mallory l'empoigna par le bras et le conduisit à un fauteuil; il s'assit en vacillant et guigna autour de lui en clignotant des paupières. Cet intermède mit fin à la conversation sur les peintures de Kipper. Les autres s'éloignèrent et Dan se retrouva seul une fois de plus. Il remarqua que le poivrot se penchait hors de son fauteuil et tâtait le plancher autour de lui. Dan s'approcha de lui et lui demanda s'il avait perdu quelque chose.

L'homme le lorgna par en dessous.

— Pipe. Perdu ma pipe.

Il se pencha trop avant et dégringola. Dan l'aida à se rasseoir.

— Pipe, marmonna-t-il. J'avais ma pipe et je l'ai perdue.

— Vous êtes sûr que vous l'aviez sur vous? demanda Dan.

L'homme ne parut pas avoir entendu. Ses yeux s'étaient rapetissés et il regardait fixement devant lui. Dan suivit son regard et s'aperçut qu'il dévisageait Marian Cleave. Soudain, l'homme se leva et se dirigea vers elle en chancelant.

Comme il s'approchait de Marian, Ike s'interposa et essaya de le faire asseoir. L'autre se dégagea et lui lança un swing désordonné d'ivrogne, qui manqua son but d'un kilomètre. Lance Mallory s'avança, maintint l'homme par les bras et lui dit quelque chose. Immédiatement, l'homme parut se calmer.

Entre-temps, Marian Cleave, apparemment très bouleversée, s'était dirigée vers la porte. En passant devant Mark Wiener, elle lui dit :

— Je vous en prie, Mark, reconduisez-moi chez moi.

Quelques minutes plus tard, Mallory emmena le poivrot dehors, en lui disant :

— Allons, viens, Greg, allons prendre l'air, tous les deux.

Quand ils furent sortis, Guy Foisie s'exclama :

— Dieux du Ciel! Qu'est-ce qui est arrivé à Greggy? C'était le plus charmant des garçons.

Arnold Winkleman hocha la tête.

— Ça va bougrement mal. Et c'est bougrement triste.

— Il y a longtemps que tu le connais, Arnie. Tu devrais lui parler, dit Foisie.

— Ça ne sert pas à grand-chose de lui parler, dit Winkleman. Je le connais depuis l'Université. Nous étions dans la même classe à Stanford. Il était difficile à cette époque. Mais je crois qu'il y a deux faces à ce problème.

— Tu veux parler de Marian? Grands Dieux! On ne peut pas lui en vouloir à elle.

La blonde potelée, pressentant que le sujet allait devenir délicat, les interrompit :

— J'ai l'impression que nous avons tous besoin de boire un coup.

Ike vint trouver Dan et lui dit :

— Tu veux attendre le dénommé Kipper, ou bien est-ce qu'on fout le camp? Je te montrerai la ville.

— On pourrait peut-être passer chez Kipper voir s'il est là, suggéra Dan. Tu as son adresse?

Ike lui donna une bourrade.

— Bonne idée.

Il essaya de persuader Lorna Cargill de les accompagner, mais elle refusa.

CHAPITRE VII

Dans la voiture, Dan dit :

— Qu'est-ce que c'était que toute cette histoire avec le poivrot? Je n'y ai rien compris.

— Tu veux dire Greg? Oh! ce n'est rien. Il était marié avec cette poule, Marian Cleave. Ils ont rompu, et depuis, il s'est mis à biberonner.

C'était une nouvelle complication. Dan y réfléchit un instant, puis il dit :

— Je croyais qu'elle était mariée à Kenton Kipper.

— D'où sais-tu cela?

— J'ai entendu quelqu'un en parler.

— Marian t'intéresse?

— Pas particulièrement. Pourquoi?

— C'est que c'est assez drôle. Elle m'a pris dans un coin, au cours de la soirée, pour me demander ce que je savais de toi. Et voilà que tu te mets à me poser des questions sur elle.

— Elle ne me connaît même pas.

— Eh bien, elle te connaît, maintenant.

— Que lui as-tu dit?

— Que veux-tu que je lui dise? Je t'ai monté en épingle, naturellement.

— Elle a été mariée avec Kipper, n'est-ce pas?

— Oui. Mais il y a longtemps de ça. Avant la guerre. Elle a rompu avec Kent et a épousé ce type, Gregory Fallon.

— Pourquoi donc?

— Oh, bon Dieu! Dan, c'est un peu long. Tu sais comment ça se passe : Elle était partie voir sa mère. La vieille était malade, je crois. D'ailleurs, elle en est morte. Bref, pendant que Marian était partie, Greg a eu une aventure avec une blonde. Le mari de la blonde les a trouvés tous les deux au lit, et il a fait un foin terrible. Et il a poursuivi Greg pour adultère; tout ça a été publié dans les journaux. Sale histoire. Toujours est-il qu'elle a demandé le divorce. C'est ici que Kipper habite, mais je doute qu'il soit là.

Ike enfila une étroite ruelle et stoppa. Il passa la tête par la portière et leva les yeux vers les fenêtres.

— Pas de lumière. Il ne doit pas être chez lui.

Dan descendit. La petite ruelle était bordée de maisons de bois d'aspect crasseux. L'air était froid et humide. Une lampe à arc perchée au haut d'un long poteau donnait une lumière crue.

— Quelle maison?

— Juste en face. La façade brune.

L'immeuble que Ike désignait se composait de trois étages complètement délabrés.

— Il a le numéro 183, au dernier étage, dit Ike. On pourrait entrer : il laisse toujours la clef au-dessus de la porte. Mais à quoi bon? Il n'y a pas de lumière.

Dan considéra les fenêtres noires, silencieuses... aussi dépourvues de vie que les yeux de l'homme de la morgue.

— Allons voir quand même, suggéra-t-il. Il est peut-être sur le derrière.

— Mais non. Monte donc. Allons au *Pot Noir.* Si on le rencontre quelque part, ce sera là.

— Comment s'appelle cette rue?

— Prawn street.

Dan remonta dans la voiture.

— Drôle de taudis.

— Ce n'est pas si mal. C'est fichtrement mieux que chez moi.

Ike démarra.

— Kipper n'a pas beaucoup d'argent, si je comprends bien?

— Kent? Bon Dieu, non! Pourtant il a eu pas mal de chance pendant qu'il était dans l'armée. Vendu pas mal de toiles. Des trucs qu'il avait laissés chez des marchands, à droite et à gauche. A croire que pendant la guerre les gens ne savaient plus quoi faire de leur fric.

— Que s'est-il passé entre lui et Marian?

— Oh! bon Dieu, c'est une longue histoire, Dan.

— Ils n'arrivaient pas à s'entendre, hein?

— Il y avait autre chose. L'argent y était pour beaucoup. Elle n'est pas faite pour lui, voilà tout.

— Qu'est-ce qui te fait dire ça?

— Eh bien, elle avait de l'argent et lui n'en avait pas : une telle combinaison ne marche pas souvent. Quoique en ce qui me concerne, ça ne me dérangerait pas d'essayer.

— Que fait ce Gregory Fallon?

— Il est avocat. Bon avocat, à ce qu'il paraît.

Ike emmena Dan dans un bar baptisé *le Pot Noir.* Aux murs étaient accrochés des tableaux à vendre. Ike expliqua que c'était l'antre favori des artistes du crû. Il présenta Dan à un nommé André de Carlo qui avait la concession artistique de l'établissement.

Dan demanda s'il avait des Kipper. De Carlo secoua

négativement la tête. Il en avait eu deux, mais il les avait vendus pendant que Kipper était dans l'armée. Kipper, dit-il, avait demandé ce qu'ils étaient devenus. Il lui avait donné le nom de l'acheteuse, mais quand Kipper avait essayé d'entrer en rapport avec elle, il avait découvert que l'adresse donnée n'existait pas. Elle s'appelait miss Adèle Wolgast, et tout ce que de Carlo pouvait se rappeler, c'est que c'était « une grosse blonde lascive ».

Le bar où ils allèrent ensuite s'appelait *Le Chat de Fer*. Une plaque de fer forgé rouillé ressemblant vaguement à un chat, pendait au-dessus de la porte. Dans la vitrine restaient des enseignes poussiéreuses indiquant que l'endroit était « interdit aux soldats et aux marins ».

Ils pénétrèrent dans une atmosphère jaunâtre et enfumée, peuplée de visages chagrins. Comme au *Pot Noir,* les murs étaient couverts de tableaux et de dessins.

Ike paraissait être connu de tous : quand ils entrèrent, il se mit à adresser des petits saluts de la tête à droite et à gauche. Ils s'assirent à une table du fond et un garçon mélancolique vint essuyer la toile cirée et prendre leurs commandes.

Tandis qu'ils attendaient leurs consommations, Ike, qui en était au stade des épanchements, vint à parler de ses propres inquiétudes.

— Tu sais quoi, Dan?... Je me disais... tiens par exemple, on vit dans des foutus hôtels qui sont des pièges à pous, on se saoule tous les soirs, on se drogue le cerveau avec ce tord-boyaux, et on couche à droite et à gauche avec un tas de grognasses... On a besoin d'aut'chose que ça dans la vie. Je me disais...

Ike n'alla pas plus loin. Un personnage massif, aux épaules de lutteur et aux cheveux bruns ondulés, posa ses poings sur leur table et fixa Ike d'un air mauvais :

— Où est Kipper? fit-il à voix brève.

Ike parut sidéré.

— Mais... je ne sais pas. Il n'est pas venu?

— Vous savez bougrement bien qu'il n'est pas venu.

L'homme était puissamment bâti, mais, contraste singulier, il avait de grands yeux marrons et de longs cils de fille. Sous son œil gauche s'étalait une large ecchymose violette.

— Et après? demanda Ike.

— Ce salaud se planque, ragea l'homme. Vous lui direz de ma part que la prochaine fois que je le rencontre, je lui fais sortir la saloperie qu'il a dans le corps à coups de pied dans le ventre.

Ike se mit à rire.

— Oh, allez donc vous asseoir! Kent vous a déjà mis un cocard. Qu'est-ce que vous voulez de plus? Qu'il vous noircisse l'autre œil?

L'homme empoigna Ike par le revers de son veston.

— Tiens, tiens! Un petit dessalé! J'ai comme une idée que...

Dans leva le bras et tapa sur l'épaule de l'homme.

— Lâchez mon ami.

L'homme libéra Ike et, furieux, se tourna vers Dan.

— Vous cherchez la bagarre?

— Laissez mon ami tranquille, c'est tout, dit Dan.

— Je suis assez grand pour me débrouiller tout seul, Dan, protesta Ike sans trop de conviction.

L'homme regardait Dan avec des yeux furibonds d'ivrogne.

— Vous voulez sortir dans la rue, qu'on s'explique?

— Je ne traverserais pas la rue pour vous cracher dessus. Mais si vous ne vous en allez pas de cette table si vous ne nous foutez pas la paix, je vous casse un ou deux os, et au besoin, je vous arrache un œil. Allez ouste! De l'air!

Le ton pris par Dan et son vocabulaire choisi stoppèrent le gros homme. Il hésita, puis dit :

— Tout ce que je vous demande c'est de ne pas vous occuper de mes affaires.

— Vous ne m'intéressez pas. De l'air!

L'homme braqua son doigt sur Dan.

— C'est pas fini entre nous deux. Compris?

Il retourna à sa table.

— Qu'est-ce que c'est que ce gros sac? demanda Dan.

— Oh! rien que du vent. Kent l'a mouché l'autre soir, et il lui a poché l'œil. Ça le travaille.

— A propos de quoi se sont-ils battus?

— Je ne sais pas. C'était avant-hier soir, dans le quartier chinois. Janey Navarro était avec lui. Elle est peut-être au courant. Kent l'a dérouillé et l'a viré du bar. Glotcher n'encaissera jamais ça.

— C'est son nom?

— Ouais. Armand Glotcher. Il est photographe d'art. Mais, si tu veux me croire, il passe surtout son temps à persuader des petites poules de poser nues. Le père Noël pour ce genre de filles. Du moins, c'est ce qu'il croit. Tiens, tiens, voilà de la compagnie!

Arnold Winkleman et Lorna Cargill vinrent s'asseoir à leur table. Ils avaient quitté la réception peu de temps après Dan et Ike. Kent Kipper ne s'était pas montré, dirent-ils, et la soirée avait perdu tout intérêt.

Dan remarqua que la présence de Lorna Cargill avait eu le don de remonter considérablement Ike et il se demanda si Lorna n'était pas la cause de son brusque dégoût des hôtels et des coucheries passagères.

Un petit homme aux épaules en St-Galmier, aux yeux châssieux, chaussé de pantoufles, vint s'asseoir à leur table. Ike le présenta comme Oliver Hinkleburger, propriétaire de la boîte, mais tout le monde l'appela Hinky.

Histoire de voir ce que ça donnerait, Dan lui demanda si Kenton Kipper était venu dans la soirée.

— Nan, pas venu, répondit Hinky. Che ne sais rien au sujet de sa toile. Qui a acheté sa toile? Est-ce que je sais? Berlenbach. C'est le nom que cet homme m'a tonné. C'est tout ce que che sais.

— De quoi parlez-vous, demanda Ike.

— Te Kipper, dit Hinky. Il est parti à la querre. Il a laissé une toile. Un homme l'a achetée. J'ai tonné l'archent à Kipper. Qui est cet homme, il a temandé. Où qu'il hapite? Berlenbach, que ch'ai dit, Paul Berlenbach. Je lui ai tonné le morceau de papier avec l'atresse. Et maintenant, il n'arrive pas à le trouver. Pfff!!

— Quelle toile était-ce? demanda Ike.

— Celle avec la fieille tame toute sale. Je lui ai tonné l'argent. Qu'est-ce que ça peut pien lui foutre qui l'a achetée. Faites d'autres tableaux, che lui ai tit. Cagnez votre fie. Ne restez pas là à poire avec ces inutiles!

A ce moment, le garçon se mit à collecter les bouteilles de bière vides, tout en psalmodiant :

— Finissez vos verres. On va fermer. Minuit. Tout le monde dehors.

Hinky le relaya :

— Tehors! Rentrez chez fous. Allons, allez gagner fotre vie, pande de vagabonds et de poifrots! Allez tormir!

CHAPITRE VIII

Sur le trottoir, Arnold Winkleman proposa le quartier Chinois et une soupe aux nouilles. Les autres se déclarèrent d'accord, mais Dan sentit qu'il était temps pour lui de cesser de se laisser aller à la dérive, et de se mettre au travail. Il marmonna vaguement qu'il devait se lever tôt le lendemain. Ils essayèrent de le fléchir, mais il tint ferme.

Ils le déposèrent à son hôtel de Pine Street. Ike paraissant avoir quelque difficulté à faire repartir sa voiture, Dan, pour sauver les apparences, ouvrit la porte de l'hôtel et pénétra dans le petit vestibule. Le petit homme falot assis derrière le comptoir alla pêcher sa clef dans le casier. Arrivé à mi-chemin de la porte et du bureau, Dan se retourna et vit la voiture s'éloigner du trottoir. Il revint sur ses pas et sortit à nouveau dans la nuit.

Le petit homme aux cheveux gris poussa un juron et lança la clef dans le casier. Décidément, le monde était bien patraque!

Dan fit quelques centaines de mètres dans les rues obscures. Les lumières s'éteignaient derrière les portes closes des bars. Seuls les hôtels et les restaurants de nuit restaient ouverts. Des ivrognes rentraient chez eux en titubant. Quelques marins accompagnés de leurs amies sifflaient des taxis. Il se mit à pleuvoir légèrement, et Dan boutonna le col de son manteau.

Il y avait quelque chose de bizarre dans le fait que les peintures de Kipper semblaient demeurer introuvables. D'abord le nu de *l'Epave*. Un homme l'avait acheté et personne ne pouvait se souvenir de son nom. Quelque chose comme Jeffries ou Jeffers, avait dit Chuck.

Puis les aquarelles volées aux Hobart. Puis les peintures du *Pot Noir*. Du moins ce garçon, de Carlo, se souvenait-il du nom de l'acheteuse, Adèle Wolgast! Curieux nom. Et pourtant vaguement familier.

Hinkleburger, au *Chat de Fer*, se souvenait aussi du nom de l'homme qui lui avait acheté une toile, Berlenbach! Paul Berlenbach! Où avait-il déjà entendu ce nom? Il avait une résonance étrangement familière aussi.

Apparemment, Kipper avait mené une enquête, dans l'espoir de découvrir ce qu'étaient devenues ses toiles. Cela paraissait naturel. Quand un peintre fait des tableaux, il a le droit de savoir où ils sont. Pour en garder la trace. Peut-être pour les emprunter en vue d'une exposition.

Dan vit un taxi s'arrêter un peu plus loin, devant un hôtel. Il allongea le pas. Le taxi dégorgea un gros homme à la cravate défaite, et une fille si saoule qu'elle ne pouvait se tenir debout sans tuteur. Quand le gros homme eut réglé la course et poussé la fille dans la porte tournante de l'hôtel, Dan demanda au chauffeur de le conduire à Prawn Street.

Il commençait à pleuvoir sérieusement et les pneus chuintaient sur la chaussée humide et luisante. Le meilleur endroit pour chercher les mobiles du meurtre de Kenton Kipper serait encore son propre appartement. Ike avait dit qu'il laissait toujours la clef au-dessus de la porte. Pénétrer dans la maison d'un homme à son insu et durant son absence — fût-il mort — est une action discutable. Mais d'une part, il était déjà pas mal engagé et d'autre part, le jeu en valait la chandelle. Il risquait de découvrir quelque chose cette nuit-même, avant que la nouvelle du meurtre se répande. L'appartement de Kipper constituait une dernière chance qu'il ne pouvait laisser passer.

Et puis, il se sentait lié au mort par une étrange camaraderie. Comme s'il se fût agi d'une affaire personnelle.

La pluie martelait lourdement le sol quand le taxi se rapprocha du trottoir de l'étroite ruelle.

— Voilà Prawn Street, dit le chauffeur. Quelle maison?

— Ça ira comme ça.

Dan paya la course et attendit dans l'obscurité d'une porte que le taxi se fût éloigné. Puis, rasant les murs pour éviter la pluie, il gagna la maison de bois délabrée qu'Ike lui avait montrée.

L'entrée était un trou d'ombre. Dan frotta une allumette et vit un escalier abrité grand ouvert sur l'extérieur. Brandissant l'allumette, il se mit à monter. Quand l'allumette fut consumée, il se guida à la rampe. Il atteignit le petit palier qui marquait le premier. Il frotta une autre allumette et aperçut deux portes. Il y avait donc deux appartements par étage. Ike avait dit que Kipper habitait au 183, tout en haut.

Il reprit son ascension. L'étroit escalier grinçait à chaque marche, tournait à angle aigu et revenait sur lui-même à intervalles réguliers. Dans un de ces tournants, Dan mit le pied sur quelque chose et manqua de perdre l'équilibre.

Etendant le bras dans l'obscurité, il chercha l'objet en tâtonnant. Ses doigts lui dirent que c'était une pipe. Il revit Gregory Fallon se plaignant d'une voix avinée d'avoir perdu sa pipe. Il la mit dans sa poche et reprit son escalade.

Le palier suivant semblait être le dernier; il n'y avait plus de marches. A la lumière d'une allumette, il aperçut deux portes. Celle de droite portait le numéro 183. Dan étudia la porte silencieuse, jusqu'à ce que l'allumette lui brûlât les doigts. L'obscurité était complète. Le petit palier était à l'abri de la pluie, mais on l'entendait grésiller.

Dan prit une paire de gants dans la poche de son manteau et les enfila. Dans l'obscurité, il tâta la porte de la main. Ike avait dit que la clef serait au-dessus de la porte. Ses doigts essuyèrent la poussière du chambranle supérieur, mais ne trouvèrent rien. Il chercha un clou auquel on aurait pu la pendre. Il n'y en avait pas. Déçu, il essaya de tourner la poignée. La porte s'ouvrit.

A l'intérieur régnait un silence noir. Dan entra avec précaution et referma la porte derrière lui. Une planche craqua sous son pied et un frisson le parcourut. De sa main gantée, il tâtonna le long des murs de plâtre à la recherche d'un interrupteur et il s'aperçut que sa main tremblait. Pas d'interrupteur. Dans une vielle maison comme celle-là, l'éclairage devait être assuré par un plafonnier commandé directement par un cordon. Il alluma une autre allumette et de vagues silhouettes de meubles jaillirent de l'ombre et l'entourèrent. Apercevant une lampe sur une table, il s'avança de ce côté à tâtons, trouva le bouton et le pressa.

Sa peur s'évanouit dans la chaude lumière. Une chambre confortable, accueillante, venait, dans un déclic, de prendre vie autour de lui. Il eut une telle impression de soulagement qu'il crut voir les meubles lui sourire.

Un petit poêle à bois et au charbon, rond et ventru, avec son régulateur de tirage qui lui faisait comme un gros nombril, se dressait sur ses pieds recourbés, vers le milieu de la pièce. Son long tuyau allait rejoindre une lointaine cheminée.

Dan tira le cordon d'un plafonnier et l'impression de chaleur s'accentua. Sur le sol de planches ordinaires mais propres, s'étalaient deux tapis Navajos usés. Les murs et le plafond, passés à la chaux, s'écaillaient par endroits et découvraient un fond jaunâtre.

Des fenêtres démodées aux vitres carrées donnaient sur la baie. Le grand divan était recouvert d'une courtepointe rapiécée. La petite table basse qui le flanquait était un fouillis de cendriers, de magazines, de crayons, de papiers; une bouteille de vin, des verres et des objets divers l'encombraient.

Sur une vieille commode de noyer surmontée d'une plaque de marbre et d'une grande glace, étaient éparpillés des brosses, des peignes, un rasoir électrique, des cravates et des articles de toilette. Dan aperçut, jeté négligemment sur une chaise, le costume de tweed que Kipper portait la veille. Le veston était accroché au dossier et le pantalon jeté en travers du siège, comme des vêtements qu'on vient de quitter avant de se mettre au lit. Sur le marbre du vide-poches, une petite pile de monnaie, un billet d'un dollar chiffonné, un mouchoir sale et un sachet d'allumettes en carton : probablement tout ce que Kipper avait enlevé de ses poches avant de se déshabiller.

Dan se souvint : le coroner-assistant avait dit que le corps était vêtu d'un pyjama et d'un peignoir de bain et qu'on avait retrouvé une paire de pantoufles dans la caisse.

Apparemment, Kipper était rentré et s'était préparé à se mettre au lit. Il s'était déshabillé, avait enfilé son pyjama, son peignoir et ses pantoufles... et après? Le meurtrier était de toute évidence venu le voir? Kipper avait dû être empoisonné dans cette pièce même.

Dan chercha autour de lui l'indice d'une visite. Il traversa la chambre pour examiner la bouteille de vin et les verres. Ces derniers étaient propres. Le bouchon était bien enfoncé dans la bouteille. Il n'y avait dans le cendrier que deux bouts de cigarettes et tous deux étaient de la même marque que le paquet à moitié vide posé sur la table.

Bien sûr! Le meurtrier avait eu assez de sens commun pour ne laisser aucune empreinte. Mais pourquoi n'avait-il pas pendu ou fait disparaître le complet de Kipper? Pourquoi laisser toutes ces preuves que l'homme avait été sur le point de se coucher? Et pourquoi la porte n'était-elle pas fermée?

Dan remarqua que la porte d'un placard était entrebâillée. La première chose qui attira son regard fut un uniforme kaki, portant, cousu sur l'épaule, le familier écusson vert et gris des « Timberwolles ». La garde-robe de Kipper était mince : un autre complet, gris celui-là; un blouson de cuir; deux pantalons; un pardessus et un imperméable. Mais pas de peignoir de bain.

Dan chercha parmi les chaussures. Pas de pantoufles. Il referma le placard. Un grand buffet, avec placards en bas et étagères en haut et couvert d'ustensiles de peinture, était accoté au mur. Les étagères contenaient des livres, des objets d'ornement et diverses babioles-souvenirs ramenés de nombreux pays.

Un paravent dissimulait une partie de la pièce. Dan passa derrière et découvrit une petite cuisine avec un fourneau à gaz à deux brûleurs, un évier, des étagères couvertes de plats et d'ustensiles de cuisine.

Une autre porte conduisait à une pièce étroite munie d'un appareil à douches et d'un lavabo.

Près d'une fenêtre, se trouvait une table-bureau. Dan s'en approcha, mais s'arrêta en chemin pour examiner une reproduction accrochée au mur. C'était une gravure en couleurs représentant un lapin. Chacun des poils paraissait vivant. Les connaissances artistiques de Dan n'étaient pas très étendues, mais il reconnut un Dürer.

Il devait bien y avoir une œuvre de Kipper quelque part. Il examina les tableaux les uns après les autres. La plupart étaient des reproductions. Le *Garçon à la flûte,* de Manet, deux Van Gogh, et plusieurs autres que Dan ne put identifier. Ils n'étaient pas signés Kipper.

Devant une des fenêtres se trouvait un chevalet tourné vers l'extérieur. Dan en fit le tour et vit une feuille de papier à dessin. Une lampe dépliante était fixée à la planche à dessin posée sur le chevalet. Il l'alluma pour examiner le dessin de plus près.

Durant de longues minutes, il resta planté devant. L'œuvre était inachevée. C'était un fusain qui représentait deux enfants, un garçon et une fille. Les têtes et les épaules étaient terminées, le reste n'étant qu'esquissé. Mais ce qui attira l'attention de Dan ce fut les yeux.

Le dessin reproduisait une image gravée douloureusement dans la mémoire de Dan. Quelque chose qu'il avait vu en Europe et qu'il ne pouvait oublier. Kipper avait vu, lui aussi.

C'étaient des yeux d'enfants pris au piège de l'effrayante violence d'un monde adulte qu'ils ne pouvaient comprendre, mais déterminés à survivre. Un mélange de colère, de terreur et de volonté de vie. Des yeux combatifs dans de petits visages; une puissance de rancune qui changerait la face de ce monde dont ils prenaient conscience parmi les flammes.

Il se détourna du chevalet avec une sensation de vertige. La plaisante gaieté de la pièce le surprit. Le poêle aux pieds courbés, le fauteuil ventru, la commode âgée, tout comme s'il ne s'était rien passé.

Il alla s'asseoir dans le fauteuil, prit sa pipe dans sa poche, puis, changeant d'idée, il tira une cigarette du paquet de la petite table. C'était un fichu travail avec des doigts gantés. En présentant sa cigarette à la flamme d'une allumette, il se rendit compte qu'il était en colère. Il secoua l'allumette et se prépara à la jeter dans le cendrier, quand il se ravisa. Il en pinça le bout pour s'assurer qu'elle était bien éteinte et la mit dans sa poche.

A côté du cendrier gisait un méchant petit carnet de bazar. Il le prit et le feuilleta. Les griffonnages étaient pour la plupart des notations à usage personnel, du genre : « Robe chrome. Falaise terre de Sienne. Jeune Chinois avec cerf-volant. Mains grasses et billets usés... pinçant chaque billet de peur qu'ils restent collés. Mannequin dénudé sans ventre ».

Des détails qui avaient attiré l'œil de Kipper au cours d'une promenade. Des choses dont il avait voulu se souvenir.

Dan referma le carnet et tendit le bras vers la bouteille de vin. A ce moment, il revit les taches vertes sur les lèvres de Kipper et ramena sa main.

Il se leva et se dirigea vers la table qui servait de

bureau. Une enveloppe non cachetée y était posée à côté d'un stylo décapuchonné. Dan la retourna. Elle était adressée à Marian Cleave. Il en retira la lettre qu'il déplia.

Ma chère Marian,

Si quelqu'un m'avait dit, il y a un an, que j'écrirais ces lignes ce soir, je l'aurais traité de fou. T'avoir désirée autant que je t'ai désirée, et tout d'un coup changer si complètement, ce n'est pas là une expérience agréable. Pourtant c'est arrivé. Je le pressentais depuis quelque temps, mais jamais aussi nettement que ce soir. Je crois que pour la première fois je te comprends. Ne t'imagine pas que je veuille te sermonner ni t'écraser de mon mépris. L'histoire Glotcher ne me choque ni ne m'horrifie. C'est bête, tout au plus. Assez répugnant, peut-être, mais ce qui est plus grave, bête. Je crois que Lance est le seul à t'avoir cataloguée dès le début.

Peut-être ne fais-tu pas du mal aux gens intentionnellement, mais ça revient au même. Et tu continueras. Et je crois qu'au fond de ton cœur, tu en es consciente.

Je sais que tu aimerais être différente. Mais qu'y faire? Nous ferions aussi bien d'être beaux joueurs puisque nous n'y pouvons rien. L'offre que tu m'as faite était magnifique et généreuse. Je sais que tu étais sincère. Mais ça ne marcherait pas.

Je t'écris ceci parce que, te connaissant comme je te connais, je ne pense pas que tu aies pris trop à cœur ce que je t'ai dit ce soir. Crois-moi, c'était parfaitement sincère. Je ne me suis jamais senti plus sûr de ce que j'avais à faire. Il faut que tu te mettes dans la tête que tout est fini entre nous.

Si cela peut t'en convaincre encore plus, j'ai décidé de me marier. Ton orgueil en souffrira peut-être quelque temps, mais tu trouveras vite un autre dérivatif. Et je plains le pauvre diable qui en fera les frais.

Je sens que je vais paraître amer, or, je n'éprouve pas d'amertume. Je veux simplement faire preuve d'un peu de sens commun et regarder les choses en face. Nous ne devons plus nous revoir, et tu ne dois plus revenir ici. Si nous nous rencontrons au cours d'une soirée ou autre part, soyons amis.

Je suis déoslé que tu aies dit à tant de gens que nous allions reprendre la vie commune, ou que tu leur aies donné cette impression. C'était une erreur de ta part. Nous n'y pouvons plus rien, maintenant. Il faudra simplement que tu fasses taire ton orgueil et que tu oublies. Je suis désolé, mais c'est ainsi.

Bien à toi,

Kent.

Dan lut la lettre deux fois, puis la replia et la remit dans l'enveloppe. Il était intrigué. Qu'était-ce que cette histoire Glotcher? Dans quel sens Lance pouvait-il avoir « catalogué » Marian? Kipper disait qu'il n'éprouvait pas d'amertume. Tu parles. « L'offre que tu m'as faite était magnifique et généreuse. » Que voulait-il dire par là? Et qui avait-il l'intention d'épouser? Janey Navarro, peut-être?

Il reposa l'enveloppe comme il l'avait trouvée, face contre table. Un peu en arrière, près d'une rangée de livres, il vit une petite pile bien nette de lettres, toutes dans des enveloppes de même taille. Il s'en saisit. Elles étaient toutes cachetées. Il les feuilleta. Elles étaient adressées à diverses personnes, et portaient l'adresse de Kipper dans le coin en haut à gauche. Toutes avaient été retournées par la poste, avec la mention : « Adresse inexistante » ou : « Inconnu à cette adresse ».

La première portait le nom de M. Paul Berlenbach, 426, Euclid Avenue, Oakland. Berlenbach! L'homme qui était censé avoir acheté une toile de Kipper au *Chat de Fer.*

Un couteau de poche ouvert gisait, tentateur, sur la table. Dan hésita un instant, pesant l'opportunité d'un tel acte, puis décida que trop de prudence entretient l'ignorance. Il ouvrit l'enveloppe et déplia la lettre qu'elle contenait.

Cher monsieur Berlenbach,

J'ai appris de M. Hinkleburger, le propriétaire du Chat de Fer, *que vous lui aviez acheté, il y a environ un an, une de mes toiles. Elle représentait une vieille femme miséreuse avec, comme fond, une réclame de parfum.*

Je tiens à vous remercier de l'intérêt que vous avez bien voulu lui porter, au point de l'acheter et je voudrais vous demander une faveur. J'ai été récemment démobilisé et je rentre après une longue absence. Naturellement, avant de me remettre au travail, j'aimerais revoir quelques-unes de mes anciennes toiles et les étudier d'un œil peut-être mûri.

Pourriez-vous vous arranger pour me montrer celle que vous avez achetée, ou, si vous ne l'avez plus, me dire où elle se trouve à l'heure actuelle.

En vous remerciant encore de l'intérêt que vous avez bien voulu me porter, je suis, Monsieur,

Sincèrement vôtre,

Kenton Kipper.

Dan la replia, la remit dans son enveloppe et s'assura que les autres portaient toutes la mention : « Retour à l'envoyeur », pour une raison ou pour une autre. Elles étaient adressées à Mme Frederick Steele, miss Adèle Wolgast, M. Samuel Mandell, M. James Goodrich,

M. Robert Olin, Mme Louis Brouillard, M. John Henry Louis, Mme Peter Latzo, M. Frank Claus, Mme Joseph Walcott et Mme Benjamin Jeby.

Dan en ouvrit quelques-unes. Elles étaient à peu près toutes rédigées de la même façon; seul les différenciait le nom de l'établissement où les tableaux avaient été achetés. Deux lettres faisaient état de la Galerie Bishop de Sutter Street.

Que tant d'adresses fussent inexactes n'était guère vraisemblable. C'était probablement ce qui avait intrigué Kipper. Il y avait du louche dans toute cette histoire. Dan sortit son calepin et copia les noms et les adresses. Tous les noms avaient pour lui une consonance vaguement familière. Il essaya de trouver ce que cela évoquait, mais n'y parvint pas.

Il remit la pile de lettres à sa place près des livres, et examina la table de plus près. Elle comportait un large tiroir plat. Il l'avait à peine entrouvert, qu'il entendit des pas sur les marches vermoulues.

Il repoussa le tiroir et ses yeux parcoururent vivement la pièce. De nouveau les meubles rassurants et le petit poêle ventru semblèrent rire de sa frayeur. A sa connaissance, il n'y avait pas de porte de derrière. Du moins n'avait-il pas songé à en chercher une.

Mais comment pouvait-il savoir si les pas se dirigeaient vers cette pièce? Il y avait au moins un autre appartement à l'étage.

Peut-être était-ce le voisin de palier qui rentrait tard.

Les pas résonnèrent plus fort. La pluie battait toujours régulièrement le toit. Il entendit les planches craquer tout près, de l'autre côté de la porte. Des pieds frappèrent le plancher, comme pour secouer de la boue. Cela pouvait toujours être pour l'autre appartement.

On frappa à la porte. Des petits coups secs, espacés. Maintenant, il était fixé!

Un instant, Dan fut pris de panique; puis il se dit

pris pour pris, mieux valait bluffer et prendre des risques.

On frappa plus violemment.

La personne qui frappait avait vu de la lumière à la fenêtre et savait que quelqu'un était là. Si personne ne répondait, elle essayerait instinctivement de tourner la poignée et la porte s'ouvrirait. Il n'y avait qu'une seule chose à faire et Dan la fit de très mauvais gré.

— Entrez! lança-t-il.

La porte s'ouvrit lentement et un visage souriant, encapuchonné de blanc, se pencha à l'intérieur.

— Oh! fit-elle. Je ne m'attendais pas...

— Ça ne fait rien. Entrez, répéta Dan.

Marian Cleave portait un imperméable blanc à capuchon et des snow-boots assortis. Elle se secoua en entrant dans la chambre, dégouttant de partout.

— Eh bien, je ne m'attendais pas à vous trouver ici.

Elle sourit, comme quelqu'un qui, attrapé la main dans le sac, prend le parti d'en rire.

Dan, gêné, agita gauchement les mains.

— J'attendais Ike... Ike Miller.

Elle déboutonna son imperméable, fit glisser son capuchon et secoua ses cheveux.

— Ike? Ike doit venir?

Dan s'efforça de garder un ton naturel :

— Il avait dit qu'il me rejoindrait ici. Il devait aller quelque part, et me retrouver ici après.

Marian enleva son imperméable dégouttant de pluie et le tint à bout de bras. Elle paraissait détendue et parfaitement à son aise. L'expression troublée et angoissée avait disparu de ses yeux, pour faire place à une lueur d'espièglerie.

— Oh! vous savez comment il est. Il s'est probablement laissé entraîner quelque part. Kent n'est pas là?

— Non. Personne n'est venu. La porte était ouverte et je suis entré pour me mettre à l'abri. Au fait, je m'appelle Banion. Dan Banion.

— Oui, je sais.

Elle pendit son imperméable à un crochet.

— J'en sais pas mal sur vous.

Elle ne paraissait pas trouver curieux que la porte eût été ouverte, ni que Dan se fût installé comme chez lui.

— C'est Ike qui vous a renseignée?

— Oui. Pourquoi n'enlevez-vous pas votre chapeau?

Dan s'aperçut qu'il avait gardé son chapeau, son pardessus et ses gants.

— Je ne savais pas combien de temps je resterais. J'avais un taxi, mais je l'ai laissé filer. Alors...

— Nous pourrions aussi bien nous installer confortablement.

Elle s'assit dans le grand fauteuil et défit la fermeture éclair de ses snow-boots. Comme elle se penchait, ses cheveux noirs ébouriffés et défaits par le séjour sous le capuchon, se répandirent en avant.

— Vous savez où est Kent?

Dan enleva son chapeau et fit des efforts pour se débarrasser de son manteau.

— Non. Ike m'avait dit qu'il serait probablement là.

Il garda ses gants jusqu'au bout, hésitant à les enlever. Puis il se dit que les empreintes digitales n'avaient plus d'importance, maintenant qu'il avait été découvert. Il les retira et les lança sur son manteau, qu'il avait mis sur le bureau pour cacher la lettre.

Elle soupira et lança ses snow-boots l'un après l'autre sur le plancher.

— Je parie qu'il ne viendra pas.

— Qui? Ike?

— Non. Kent.

Elle se leva et fit quelques pas faisant bouffer ses cheveux et se grattant la tête.

— J'adore cette pièce.

Elle n'était pas saoule, mais Dan estima qu'il ne s'en fallait guère.

— C'est très sympathique, dit-il.

— Vous n'êtes pas choqué?

— Devrais-je l'être?

D'un coup de pied, elle se débarrassa de ses chaussures et s'approcha sans bruit du petit poêle.

— A votre guise. Nous avons été mariés. Pourquoi n'avez-vous pas fait de feu?

— Je n'y ai pas pensé. Donnez, laissez-moi faire. Marian avait ouvert le couvercle du poêle, pris un vieux journal dans une caisse proche et le froissait entre ses mains.

— Avez-vous déjà été marié? demanda-t-elle.

Il y avait du bois dans une caisse et un seau plein de charbon. Dan mit quelques brindilles dans le poêle puis une pelletée de charbon.

— Une fois, dit-il.

— Qu'est-ce que vous en dites?

Dan frotta une allumette et mit le feu au papier, puis referma le couvercle et régla le tirage.

— C'était agréable.

Il frotta ses mains l'une contre l'autre pour chasser la poussière.

— Qu'est-il arrivé?

Elle tendit le bras vers la bouteille de vin. Dan revit les lèvres vertes de la morgue.

— Ne buvez pas ça.

— Pourquoi pas?

Il se baissa vivement et lui prit la bouteille.

— Il est aigre.

— Comment le savez-vous?

— Je l'ai goûté. Il est aigre.

Il gagna l'évier, derrière le paravent, ôta le bouchon et s'apprêta à jeter le vin dans le lavabo, quand il réfléchit que ce pourrait être une importante pièce à conviction. Il reboucha la bouteille et la mit sur la plus haute étagère.

Quand il revint, Marian était en train de fureter dans un des placards du grand buffet; elle se releva, tenant une bouteille encore cachetée. Dan se rapprocha d'elle et la lui prit des mains.

— Le tire-bouchon est accroché au-dessus de l'évier, dit-elle, familièrement.

Dan examina la bouteille. « Bourgogne de Californie, Cannelli frères ». L'étiquette paraissait normale. Il commença à décortiquer la matière plastique qui remplaçait les capsules d'étain introuvables pendant la guerre.

Marian se rassit.

— Qu'est-il arrivé?

— Arrivé à quoi?

— Vous venez de dire que vous aviez été marié.

— Je l'ai été, mais elle... enfin, elle est morte.

— Oh!

— Vous me paraissez bien curieuse pour quelqu'un qui vient à peine de faire ma connaissance.

Dan prit deux verres, les emmena à l'évier, les rinça soigneusement, trouva le tire-bouchon et revint dans la pièce. Marian était allongée rêveusement dans le fauteuil, le menton pointant en l'air.

— Avez-vous ce sentiment... le sentiment que nous venons juste de faire connaissance?

Dan posa les verres et commença à enfoncer le tire-bouchon.

— Non.

— Alors, que ressentez-vous?

— Je ressens le besoin de boire quelque chose.

— Vous êtes étrange. Vous étiez au bar, hier, quand

j'ai retrouvé Kent. Vous m'avez regardée fixement. Pourquoi?

Dan haussa les épaules.

— Pourquoi ne me le dites-vous pas? Avez-vous une raison pour ne pas me le dire?

Dan, sur le point de tirer le bouchon, hésita et la regarda d'un air exaspéré :

— C'est bon, se résigna-t-il. Après tout, je n'ai en effet aucune raison... Il se trouve que vous êtes très belle. Vous êtes satisfaite?

Le bouchon sortit avec un « ploc » et Dan versa le vin dans les verres.

Elle rit gaiement.

— Nimporte quelle femme serait satisfaite. Et pourtant, je ne suis pas belle.

— Croyez-moi sur parole, vous l'êtes.

— Vous m'avez fixée à nouveau ce soir, chez les Hobart.

— Même raison.

Il lui tendit à boire.

— Vous avez entendu dire des choses affreuses sur mon compte, n'est-ce pas?

— Non.

Dan tira à lui un vieux rocking-chair. Ils burent. Puis elle lui demanda :

— Il y a longtemps que vous connaissez Kent?

— Pas très longtemps.

Elle l'étudia de son regard profond où était réapparu cette nuance de supplication que Dan avait déjà remarquée.

— Nous avons été mariés. Vous entendrez probablement des horreurs sur mon compte. Elles sont fausses.

— Qu'est-il arrivé?

— Vous voulez dire entre Kent et moi?

— Oui.

— C'était ma faute. J'ai été égoïste. Et par la suite,

j'ai fait l'idiote. J'ai été mariée deux fois, vous savez? ajouta-t-elle brusquement.

Elle se leva et se mit à marcher de long en large, le verre à la main. Remarquant le chevalet, elle s'arrêta devant et considéra pensivement le dessin inachevé. Quand elle se tourna vers lui, elle avait repris son air suppliant :

— Kent est trop bien pour moi. Il l'a toujours été.

— Je ne vois pas pourquoi vous dites ça.

— J'ai des défauts.

— Qui n'en a pas?

Elle se retourna vers le tableau :

— C'est merveilleux, comme tout ce qu'il fait.

Le téléphone sonna. Marchant silencieusement sur ses bas, elle alla répondre :

— Allô! Oui. Oui, bien sûr. Non. Je suis ici par hasard. Non. Bon. Oui. Non, pas du tout. Ça va très bien. Ne fais pas l'idiot. Je viens d'arriver. Je me sentais seule, j'imagine. Pas la moindre idée. Je rentre. Absolument pas. J'ai ma voiture. Absolument pas. Tu le sais bien. Entendu. Bonne nuit. Bonne nuit.

Quand elle raccrocha, elle avait un air bizarre. Dan l'observait, intrigué. Elle resta plantée là, l'air méditatif, tâtant sa joue du bout de sa langue. Finalement, elle dit :

— C'était Kent. Il ne rentre pas. Nous ferions aussi bien de partir. J'ai ma voiture. Je vous reconduirai.

Dan tressaillit.

— C'était *qui*?

— C'était Kent. Pourquoi faites-vous cette tête-là? Il vient de me dire qu'il ne rentrait pas. Nous ferions aussi bien de partir. Je vais vous reconduire.

Dan dit :

— Ah, Kent. Oui, bien sûr. Il ne rentre pas, vous dites?

— Non. Et je n'attendrais plus Ike, si j'étais vous. Il a dû se faire enlever quelque part.

Elle commença à mettre ses souliers.

— Passez-moi mes snow-boots, voulez-vous, Dan. Je peux vous appeler Dan, n'est-ce pas?

— Oh, bien sûr.

Dan ne put s'empêcher de penser qu'on lui jouait la scène du départ précipité.

Quand il prit son manteau sur la table, il aperçut la lettre non cachetée pour Marian, toujours posée à l'envers.

CHAPITRE IX

Tout en conduisant sous la pluie, Marian dit brusquement :

— Tout est fini entre Kent et moi. Je le sais.

L'essuie-glace allait et venait. Dan attendit la suite.

— Je suis une imbécile. J'ai fait tellement de bêtises.

— Pourquoi? Il s'est passé quelque chose?

— En un sens, oui. Mais ça ne voulait rien dire. Kent aurait dû s'en rendre compte.

— Racontez-moi.

— Oh! ce n'était rien. Je suppose que si ça n'avait pas été ça, ç'aurait été autre chose. Quoi qu'il en soit, c'est bien fini. J'en suis sûre.

— Si nous nous arrêtions pour prendre un café?

— D'accord. Dan, vous pouvez entendre dire toutes sortes de choses sur mon compte. Elles sont fausses.

— Je ne les croirai pas.

Elle lâcha le volant d'une main et lui serra le bras.

— Merci.

Ils escaladèrent bientôt une autre colline. Il sembla à Dan, d'après les alentours, qu'ils ne se dirigeaient pas vers un quartier où les cafés étaient ouverts toute la nuit. Dans une rue tranquille, elle tourna soudain dans une allée. Les phares traversèrent une pelouse et vinrent éclairer une maison d'un étage, construite en galets. Dans un crissement de graviers, la voiture s'arrêta sous un hangar.

— C'est chez moi. Ce sera beaucoup plus agréable. Cela ne vous ennuie pas?

— Non, non, pas du tout.

En descendant de voiture, Dan fut accueilli par une odeur humide de végétation et de terre détrempée. Marian chercha ses clefs dans son sac, puis elle lui fit franchir une porte massive. Dans la maison régnait cette odeur de cire et de vernis qui caractérise les intérieurs soigneusement entretenus par des domestiques. Elle alluma une luxueuse lampe de table dont le pied était un gros vase de Chine, puis elle alla prendre un cintre dans un placard.

— Donnez-moi votre manteau.

La pièce principale comportait les inévitables fenêtres donnant sur la Baie. Des lampes disposées en divers endroits de la pièce diffusaient une douce lumière. Les murs étaient boisés de sequoia naturel et encastrés de rayons chargés de livres. Une vaste cheminée en rocaille tenait une extrémité de la pièce.

— Asseyez-vous. Je vais faire un peu de café. J'adore veiller tard.

Elle alla prendre une bouteille dans un petit bar.

— Un peu de scotch, en attendant?

— Oui, merci.

Dan s'installa sur un grand canapé, devant la cheminée.

— C'est joli, chez vous.

— Essayez d'y vivre seul et vous changerez d'avis. Allumez le feu, voulez-vous?

Le papier, le petit bois et les bûches étaient disposés d'avance. Dan se pencha en avant et approcha une allumette. Marian lui tendit un grand verre de whisky-soda, où flottait un cube de glace et, appuyant sur le bouton d'un phono automatique, déclencha de la musique agréable et douce.

— Mettez-vous à l'aise, Dan, je vais préparer le café.

Quand elle eut quitté la pièce, Dan se détendit et regarda les flammes lécher les bûches. Parlez d'une turne! Il soupira profondément. Une rafale fouetta les vitres. Il faisait chaud. On était bien. Il sentit un doux bien-être l'envahir et des idées qui n'étaient guère compatibles avec le devoir commencèrent à prendre forme dans son esprit. Il porta le scotch à l'eau de seltz à ses lèvres, puis hésita. Une fois encore, il revit les lèvres vertes de la morgue.

Il renifla le liquide, le brandit à la lumière et l'examina. Ridicule! Quelle idée stupide! Il en sirota une gorgée. Excellent! Il en ingurgita une bonne lampée et se détendit.

Comment diable tout cela allait-il se terminer? En y réfléchissant, cette question était ridicule. Une fille solitaire qui réagissait à une crise émotionnelle, quoi de plus normal? Si seulement il n'y avait pas eu ce meurtre qui planait sur tout. D'où venait cet appel téléphonique dans l'appartement de Kipper? Peut-être simplement quelqu'un qui voulait parler à Kipper et qui avait reconnu la voix de Marian. Mais pourquoi avait-elle prétendu que c'était Kipper? Et tous ces commentaires ambigus? En viendrait-elle jamais à parler franchement? Il ne fallait pas la brusquer. Qu'elle prenne son temps. Qu'elle sorte d'elle-même ce qu'elle avait sur le cœur. Qu'elle vienne pleurer sur mon épaule, et alors...

Marian resta quelques instants absente. Quand elle revint, il remarqua qu'elle s'était changée. Elle portait un pantalon de soie noire et une blouse blanche plissée. Elle avait une grande marguerite blanche piquée dans les cheveux.

— Le café est en train de passer, dit-elle. C'est merveilleux, la pluie et le feu. J'aime la pluie, quand je ne suis pas toute seule.

Elle s'assit à côté de lui sur le canapé et ramena ses pieds sous elle. Elle portait des sandales maintenues à son pied nu par des cordons. Ses pieds étaient de forme délicate. Les ongles en étaient passés au vernis rouge foncé.

Dan désigna, de son verre, quelques tableaux accrochés au mur.

— Vous n'avez pas par hasard des Kipper, ici?

Elle se mordit la lèvre et se rembrunit.

— Greg les a brûlés. J'avais trois portraits de moi. Je les adorais. Greg les a brûlés par jalousie.

— C'était votre second mari, l'homme qui est arrivé saoul chez les Hobart, ce soir?

— Oui. Il n'a jamais voulu l'avouer, mais il les a brûlés.

— Racontez-moi ça.

— Eh bien, ça s'est passé l'année dernière, pendant l'été. J'étais allée au lac Tahoe. Greg était resté en ville. Quand je suis revenue, les toiles n'étaient plus là. Il y en avait une dans ma chambre, une autre dans le salon. La troisième, je l'avais rangée dans un placard. Elles avaient disparu. Greg a prétendu qu'on les avait volées. Il a dit qu'il s'en était aperçu un soir en rentrant.

— Peut-être disait-il la vérité?

— Non. J'ai fouillé les cendres de la cheminée et j'ai retrouvé les semences qui tendaient la toile sur le cadre. J'ai aussi trouvé des morceaux de cadre, encore intacts, et même le fil de fer qui avait servi à les accrocher, avec les petites vis rondes encore après. Le rideau de la cheminée était resté baissé tout l'été et ce n'est que quand il a commencé à faire froid et que j'ai voulu faire du feu, que j'ai découvert la chose.

— Il a persisté à nier?

— Oui, mais je savais qu'il mentait.

— Vous l'aimiez? Je veux dire Greg.

Marian se leva et alla au petit bar.

— Ne parlons pas de ça. Ça été affreux.

Elle se versa un whisky nature et l'avala d'une lampée.

— Je vous en prie, ne parlons pas de ça. C'est du passé. Je ne peux pas supporter d'y penser.

— Je suis désolé, dit Dan. Mais en lui-même, il maudit l'impasse « ne parlons pas de ça » où semblaient aboutir tous les sujets abordés.

— Le café doit être prêt.

Elle s'éloigna et revint avec un plateau, marchant gauchement, les sourcils arqués, surveillant les tasses. Comme elle se baissait pour le poser sur une table basse, Dan remarqua qu'elle ne portait pas de soutien-gorge.

— Mettons un peu de cognac dedans.

Elle alla prendre une bouteille au bar et remplit généreusement les tasses.

— Là!

Elle vint se nicher dans le canapé.

— Maintenant, parlez-moi de vous.

— Oh! Il n'y a pas grand-chose à dire.

Il sirota son café.

— C'est rudement bon.

— Vous n'êtes pas heureux, n'est-ce pas?

Dan parut quelque peu agacé.

— J'aimerais bien que les gens cessent de revenir là-dessus. Qui peut s'attendre à être heureux dans un monde déchiqueté par la crise et bouleversé par la guerre? Les gens passent leur temps à se demander pourquoi ils ne sont pas heureux et pourquoi les autres ne sont pas heureux, alors que les raisons leur en crèvent les yeux, bon Dieu!

Elle posa sa main sur son bras et le regarda d'un air sincère.

— Vous avez beaucoup souffert, n'est-ce pas?

— Non. Moins que d'autres.

— Si, vous avez souffert. Je le vois bien.

— Il y a des tas de choses qui me cassent les pieds, si c'est ce que vous voulez savoir.

Elle s'approcha de lui.

— Dan, je vous plais, n'est-ce pas?

Il considéra le fond de sa tasse.

— Evidemment.

— Je l'ai vu dans vos yeux. Je l'ai vu quand vous m'avez regardée, dans ce bar.

Elle était si près qu'il sentait son souffle sur sa figure. Il respirait son parfum. Ce n'était pas seulement elle. C'était n'importe quelle jolie femme. Des années dans l'armée. Et depuis, des mois de vagabondage. Il ne se sentait rien de plus qu'une fringale. Mais comment aurait-il pu le lui dire?

— Je m'en suis aperçue à nouveau chez les Hobart. C'est dans vos yeux, Dan.

C'est dans les yeux de la moitié de la population, pensa-t-il. Mais il dit :

— Je ne cherche pas à le nier.

— Dan, vous avez du bon sens. Vous savez prendre les choses comme elles viennent. Vous savez oublier les choses qui ne signifient rien. Vous connaissez la vie.

A quoi faisait-elle allusion, maintenant? Et puis

quelle importance?... Il remua le bras et s'aperçut qu'il l'enlaçait.

— Dan, ne me laissez pas toute seule, ce soir. Je ne peux pas supporter de rester seule. Je sens que je deviendrais folle!

Il prit ses lèvres et l'attira tout contre lui.

— Prenez-moi, Dan. Prenez-moi et ne me lâchez plus.

Il cessa de penser. Ils restèrent un instant calmes tous les deux. Puis elle se mit à pleurer doucement.

— Il faut que j'aie quelqu'un. Je ne peux pas rester seule. Je ne peux pas.

— Personne ne devrait rester seul.

Dan avait posé son café sur la table basse et l'avait complètement oublié. Il tendit le bras et tira le cordon de la lampe au-dessus du canapé.

— C'est mieux comme ça, dit-elle.

Il n'y avait plus que la lueur du feu et le faible reflet des lampes, à l'autre bout de la pièce. Les petits boutons de sa blouse s'étaient défaits. Dan sentit sous ses doigts la fermeture éclair de son pantalon de soie. Il chercha l'anneau d'ouverture et le trouva. Soudain, âpre, une sonnerie résonna dans la pièce.

Le corps de Marian se raidit et elle s'appuya sur son coude. Tous deux restaient figés, l'oreille tendue. La sonnerie résonna encore, longuement, comme si quelqu'un gardait son doigt sur le bouton.

— Qu'est-ce que c'est? demanda Dan.

— Chhhhhhut! C'est la sonnette de la porte.

La sonnerie continuait, persistante. Marian s'assit et commença à boutonner sa blouse. Dan ralluma la lumière au-dessus du canapé. Marian se leva, secoua ses cheveux et passa ses doigts à travers. Elle avait l'air fâché. La sonnerie électrique continuait à retentir. Dan remit un peu d'ordre dans son costume.

— La barbe! dit-elle, à voix basse.

Puis elle se dirigea lentement vers le vestibule, en se frottant le bras.

Dan se leva, boutonna son veston et se lissa les cheveux.

La sonnerie cessa, et aussitôt, il entendit une voix d'homme dans le hall. Sur la pointe des pieds, il se rapprocha pour écouter, mais il ne put comprendre. Le ton était celui de la discussion. La voix de Marian était ferme. Celle de l'homme était insinuante. Ils parlèrent un long moment, puis Marian entra, suivie de Lance Mallory.

— Vous connaissez Lance, je crois? dit-elle.

Lance s'avança en souriant, la main tendue.

— Banion, bien sûr. Enchanté de vous voir, mon cher.

Dan accepta la main. L'homme avait de la poigne. Marian dit d'une voix lasse :

— Vous voulez un café avec du cognac, Lance?

— Café, oui. Cognac, non.

Puis, à l'adresse de Dan :

— J'ai vu de la lumière. J'ai eu l'idée d'entrer une minute.

Il s'installa sur le canapé.

— J'aurais pu tuer Greg, ce soir, dit Marian. Je ne sais pas ce que je vais faire s'il continue. C'est terriblement gênant.

Elle tendit une tasse à Lance.

— J'espère qu'il n'est pas froid.

Il le goûta.

— Ni trop ni trop peu. C'est parfait. Je l'ai fait sortir et je l'ai fait marcher un peu... je l'ai laissé parler un peu... se débarrasser de ce qu'il avait sur le cœur. C'est un enfant.

Marian s'assit à côté de lui sur le canapé.

— Il se tuera s'il n'arrête pas de boire.

— Oh! Greg ne risque rien. Ne soyez pas si dure avec lui. Il s'en remettra.

Marin lança un regard à Dan.

— Je ne sais pas ce que j'aurais fait cette année si je n'avais pas eu Lance. Il s'est conduit comme un vrai père nourricier.

— Ah! non, grands dieux! Tout mais pas ça. Je n'ai rien de nourricier et je ne suis le père de personne.

— Eh bien, comme un ange gardien, alors.

— C'est pire. A vous entendre, on me prendrait pour un Saint-Bernard.

Elle le prit par une épaule et le secoua.

— Mais c'est ce que vous êtes, mon chou, et vous l'ignorez. Et en plus, vous savez faire la cuisine.

Lance lança à Dan un regard protecteur.

— Versez à boire à Dan. Ne faites pas attention à nous, Dan. La première fois que j'ai vu cette gosse, elle lisait la comtesse de Ségur.

Dan se laissa tomber sur une chaise longue. Il était vexé d'avoir été brusquement relégué au rang d'outsider. Marian se leva et se dirigea lourdement vers le bar.

— Vous en prenez un aussi, Lance?

— Non merci. L'alcool ne semble pas être tout à fait d'accord avec moi ces temps-ci. J'ai eu une séance avec Guy et Arnie, la nuit dernière à ma vieille maison de la Péninsule. J'avais une g.d.b. terrible ce matin.

— Je ne sais pas comment vous pouvez supporter Foisie, dit Marian.

— Oh, Foisie est un bon type. Il ne faut pas le prendre au sérieux.

— Vous voyez la vie en rose, ce soir. Tout le monde est merveilleux. Foisie est merveilleux. Greg est merveilleux. Le monde entier est merveilleux.

Elle revint, marchant avec précaution, en apportant un autre grand scotch à l,eau de Seltz pour Dan. Lance eut un sourire indulgent :

— Allons, allons, Marian, les gens prennent tout trop au sérieux ces temps-ci. A commencer par eux-mêmes. Détendez-vous.

— Vous avez peut-être raison.

Lance vida son verre et sans transition fit :

— Et maintenant nous allons rentrer chez nous et vous laisser dormir. Vous venez, Banion?

Dan répondit sans enthousiasme :

— Ma foi... oui.

Il regarda Marian. Elle soupira et fit la moue. Lance ouvrit une porte.

— Excusez-moi un instant. C'est bien par ici, n'est-ce pas?

— Deuxième porte à gauche, bâilla Marian.

Quand le bruit de ses pas se fut estompé dans le hall, Marian rejoignit Dan sur la pointe des pieds et se serra contre lui.

— Appelez-moi demain. Mon numéro est dans l'annuaire.

Elle tendit ses lèvres et Dan les prit.

— Appelez-moi dans l'après-midi. Vous n'oublierez pas?

— Je vous appelerai.

— Sûr?

— Sûr.

Le pas de Lance se rapprocha. Ils se séparèrent. Lance entra en se frottant vivement les mains.

— Il fait un froid de canard dans ce vestibule. Vous êtes prêt, mon cher? Allons-y.

Tout en reconduisant Dan à son hôtel, Lance dit :

— Marian est une chic fille. Je l'aime beaucoup.

— Oui, fit Dan.

— Les gens ne la comprennent pas très bien.

— Non?

— C'est fou ce qu'elle a d'ennuis. J'espère qu'elle va enfin en avoir fini avec tout cela.

— Vous voulez parler de son divorce?

— Oui, et de tout le reste.

Dan attendit, mais Lance n'expliqua pas ce qu'il entendait par « et tout le reste ». Finalement Dan prit la parole.

— Il y a assez longtemps que vous la connaissez?

— Oh, oui. C'est vraiment une très chic fille. Je l'ai toujours beaucoup aimée.

Lance avait pris le ton tranquille et chaleureux du protecteur vigilant.

— Oui, acquiesça Dan. Elle est... euh... vraiment charmante.

— Elle est assez impressionnable. Bien sûr, elle s'en remettra. Elle a un dur moment à passer.

— Oui, bien sûr.

— Je n'aimerais pas voir quelqu'un en profiter.

— Non, bien sûr.

— C'est une trop chic fille.

Lance regarda par la portière.

— C'est votre hôtel?

Comme Dan ouvrait la porte, Lance parut sur le point de dire quelque chose. Puis, apparemment, il changea d'avis.

— Bonne nuit. Banion.

CHAPITRE X

Quand Dan pénétra dans l'hôtel, le petit homme falot du bureau posa le journal qu'il était en train de lire, lança à Dan un regard de reproche, pêcha sa clef dans le casier et la lança sur le buvard.

Dan s'arrêta et pénétra dans la cabine téléphonique.

Il n'y avait plus de sens commun à attendre plus longtemps. Ce vagabondage fantomatique dans le cadre vivant du mort pouvait aller trop loin. Remettre à plus tard l'identification de la victime pouvait servir la cause de l'assassin.

Il eut tout de suite le *Journal.*

— Rufe, ici Dan. Je...

— Où diable as-tu été te cacher, fils? Ça te fatiguerait de donner de temps en temps de tes nouvelles?

— Rufe, j'ai quelque chose...

— Il est quatre heures du matin. Ça ne te dit rien?

— Tu vas m'écouter, oui ou non?

— Tu es censé t'occuper de ce cadavre aux spaghettis. Ordre du patron. Ça le chiffonne, cette histoire.

— Oh! ça?

— Ouais, très exactement ça. Tu ferais bien de t'y mettre. Où étais-tu?

— Tu veux savoir qui a tué ce type, c'est bien ça?

— Commence donc par savoir qui était le type, pauvre crétin.

— Je sais qui c'était.

— Tu quoi?

— Je sais qui c'était.

La voix à l'autre bout du fil se mit à brailler si fort que Dan dut éloigner l'écouteur de son oreille.

— Eh bien, qu'est-ce que tu comptes faire? Nous envoyer une carte postale? Accouche, bon Dieu, accouche!

— Si tu la boucles assez longtemps pour que je puisse placer un mot...

— Je te pose une question. Qui était-ce?

— Kenton Kipper, un peintre.

— Jamais entendu parler de lui.

— Dommage. Alors, je suppose que tout cela ne vous intéresse pas?

— Assez de couillonnades, bon Dieu! Ton papier est prêt?

— J'ai cavalé toute la nuit là-dessus. Affûte ton crayon.

Et Dan lui donna tous les détails.

— Tu es sûr que tu n'es pas un peu rond?

— Ne t'inquiète pas. Je vais vérifier ça. Préparez les rotatives. Je vais tirer un témoin du lit et le traîner là-bas pour qu'il identifie le corps officiellement.

— N'attends pas une seconde pour m'appeler, une fois que ça sera fait. Et boucle-la, tu m'as compris. Je vais tenir une édition prête à tomber. Et que Dieu te vienne en aide si tu t'es gourré.

— Ce n'est pas possible.

— As-tu aucune idée sur l'identité de l'assassin?

— J'y travaille. Cette affaire a ce que nous, gens éduqués, appelons des ramifications.

— Ne lâche pas ça d'une semelle surtout.

— Ça ne te fait rien que je dorme un petit peu?

— Si, ça me fait quelque chose! Accroche cette identification et rappelle-moi avant de te coucher. Dieu sait quand tu te réveilleras. Et ne fais pas d'impair. Nous ne voulons pas d'histoire avec la justice.

En quittant la cabine, Dan gagna tout droit la porte et ressortit. Le petit employé falot lui lança un regard mauvais. Il prit la clef et la lança violemment dans le casier.

Ike Miller n'avait pas exagéré en disant qu'il vivait dans un taudis. Dan put à peine déchiffrer le numéro écrit sur la porte en lettres autrefois dorées, maintenant craquelées et écaillées. La poignée avait du jeu et faillit lâcher quand il l'agrippa : les vis qui la maintenaient en place étaient tombées, la serrure avait l'air d'avoir perdu sa clef depuis des années et personne ne semblait s'en soucier. C'était une de ces constructions depuis longtemps décrépites et ressuscitées par la crise du logement du temps de guerre. Ike avait déclaré avoir eu de la veine de trouver même un logement pareil.

Le vestibule était éclairé par de faibles ampoules nues fixées à des appliques d'un autre siècle. Ça sentait le vieux soulier. Il y avait un tapis dans l'escalier, mais il devait être là depuis vingt ans et n'avoir jamais été balayé.

Les couloirs obscurs étaient percés de portes miteuses en pitchpin arborant des numéros en aluminium. Le tapis était élimé et les couloirs encombrés de vieux ressorts de sommiers, de tuyaux de poêles, de matelas et autres fatras empilés là faute de place.

Au deuxième, Dan trouva le numéro 320. Un plaisantin avait peint le mot « Ike » en lettres fleuries sur la porte, avec des cupidons informes voletant autour. Un peu plus loin dans le couloir, quelqu'un était en train de ronfler ou de s'étrangler... difficile à dire au juste. Il y avait deux ou trois longs ronflements crépitants et réguliers, et puis ça craquait, ça se bousculait et ça se transformait en une confusion de grognements et de soupirs. Ensuite les longs ronflements reprenaient par groupes de trois ou de quatre pour se fondre à nouveau en un ébrouement chaotique.

Dan frappa assez doucement et attendit. Il frappa plus fort. Les ressorts du lit craquèrent. Il frappa de nouveau et entendit un chuchotement de voix. A la quatrième fois, les ressorts grincèrent plus fort. Il entendit enfin la voix de Ike, juste derrière la porte.

— Qui est là?

— C'est moi, Dan. Ouvre.

— Qui?

— Dan. Dan Banion. Ouvre.

Un verrou cliqueta et la porte s'ouvrit de quelques centimètres, révélant le visage endormi de Ike.

— Laisse-moi entrer, Ike, Il faut que je te voie.

— Dieu du Ciel! Quelle heure est-il?

Dan repoussa un peu la porte.

— Laisse-moi entrer.

Ike la maintint fermement, grimaça et fit un signe de tête pour indiquer qu'il n'était pas seul. En guise de confirmation, les ressorts gémirent à nouveau et une voix féminine endormie demanda d'un ton bourru :

— Qui est-ce?

Ike se retourna et lança à mi-voix dans le noir :

— C'est Dan, Dan Banion.

— C'qu'y veut?

— Laisse-moi entrer, répéta Dan. J'ai à te parler.

— Attends une minute. Je vais me mettre quelque chose sur le dos et je sors.

— Oh, fais-le entrer, fit la voix féminine, dans un bâillement. Au point où on en est.

Ike lâcha la porte.

— Bon. Entre.

Il alluma une petite lampe qui éclaira la moitié de la pièce.

Dan entra et referma la porte.

C'était une grande chambre avec deux fenêtres et une cuvette de lavabo dans un coin. Elle paraissait avoir été mise à sac par des cambrioleurs qui n'avaient pas trouvé ce qu'ils cherchaient, mais s'étaient livrés à une fouille méthodique. Les tiroirs de la commode étaient à moitié tirés, et des bouts de vêtements pendaient partout. Dessus, il y avait un invraisemblable fouillis : articles de toilette, ustensiles de cuisine, tasses à café sales, salières et poivrières, livres et papeterie.

Les vêtements étaient entassés ou semés sur tous les sièges. Un fourneau à gaz à deux brûleurs supportait des casseroles sales. Une fille était couchée dans le lit, le nez dans l'oreiller. On ne voyait que quelques longs brins de cheveux noirs et un coude qui pointait. Dan devina que c'était Lorna Cargill.

Ike était enveloppé dans un peignoir de bain jaune. Il leva une bouteille où il restait un fond de sherry.

— Je n'ai pas grand-chose à t'offrir.

Dan refusa de la main.

— Ne t'inquiète pas de ça. Assieds-toi. Il faut que je te parle.

Ike dégagea deux chaises en jetant les vêtements par terre.

— Assieds-toi. Y a pas le feu?

— Je suis navré de t'annoncer ça, Ike. Mais ton ami Kipper est mort.

Ike cligna des yeux.

— Qu'est-ce que tu racontes?

— Il est mort.

— Kent Kipper?

— Oui. Il est mort.

Le cerveau ensommeillé de Ike se défigeait peu à peu.

— Tu ne veux pas dire... Bon Dieu, ça me fait quelque chose d'apprendre ça! Quand c'est arrivé?

Lorna Cargill s'assit dans son lit.

— Qu'est-ce... qu'est-ce qu'il a dit?

Ike se tourna vers elle.

— Kent Kipper. Il dit qu'il est mort.

Les yeux de Lorna exprimèrent une douleur intense. Elle se mordit le poing et se mit à pleurer.

— Quand c'est arrivé? demanda Ike.

— Avant-hier soir, ou tôt dans la matinée d'hier. Lorna se jeta sur son oreiller et se mit à sangloter. Ike se frotta le visage.

— Comment est-ce arrivé?

— C'est pour ça que je t'ai réveillé. Il a été assassiné.

Ike sursauta.

— Non?

— Tu te rappelles ce cadavre qu'on a trouvé dans une caisse à spaghettis, hier?

— Celui du camion?

— Oui.

— Tu ne vas pas me dire que c'était Kent?

— C'était lui.

— Comment le sais-tu?

— Je l'ai vu.

— Toi...

Les yeux de Ike se firent soupçonneux.

— Et depuis quand es-tu au courant?

— Allons, ne t'énerve pas. Depuis hier après-midi,

— Ah! c'est donc pour ça que tu m'as posé toutes ces questions...

Lorna écoutait, assise dans son lit, se tapotant le nez avec un mouchoir tordu.

— J'aurais dû te le dire, mais je voulais d'abord...

— C'est bougrement moche ce que tu as fait là!

— Je te le dis maintenant. Pourquoi diable crois-tu que je t'ai sorti du lit?

— Bon Dieu, Dan. De la part d'un autre que toi, j'aurais trouvé ça normal, mais que tu me fasses ça à moi...

— Ecoute, Ike. Je te le dis, maintenant. Tu es le seul à qui je l'ai dit. J'ai téléphoné mon article il y a quelques minutes, mais le corps n'a même pas été identifié.

— Alors comment sais-tu que c'est lui?

— Oh! c'est bien lui. Mais je voudrais que tu viennes avec moi à la morgue pour l'identifier officiellement.

Dan tourna ses yeux vers la fenêtre. Derrière son dos, il entendait le froufrou des vêtements que Lorna était en train de passer.

Ike dit :

— Ça n'a pas de sens, Dan. Qui diable pourrait vouloir tuer Kent?

— C'est ce que je veux découvrir. Avait-il des ennemis?

— Personne qui puisse aller jusqu'à le tuer. C'est difficile à dire.

— Cette sale petite pute! fit Lorna d'une voix dure.

Ike protesta, d'un ton méprisant :

— Marian? Tu es folle.

— Qu'est-ce qui vous a fait penser à elle? demanda Dan.

— Ne fais pas attention à ce qu'elle dit, intervint Ike, elle ne peut pas blairer Marian.

— Je savais que cette sale petite pute le tuerait.

— Ne sois pas ridicule, dit Ike.

Dan entendit Lorna remuer des casseroles sur le fourneau et se retourna. Elle avait mis sa robe et s'occupait à rincer la cafetière. Ike s'habilla.

Dan répéta sa question :

— Qu'est-ce qui vous fait penser qu'elle ait pu faire le coup?

— Elle a rendu cinglés tous les hommes qu'elle a fréquentés.

Ike agita une chaussette.

— Ça ne veut pas dire qu'elle est capable de tuer quelqu'un. D'ailleurs comment aurait-elle pu enfermer quelqu'un dans une caisse?

— Elle n'est pas si faible que ça.

Ike s'arrêta, son pied à moitié enfilé dans sa chaussette.

— Dis donc, mais j'y pense. Il y a ce type, ce Glotcher...

— J'ai pensé à lui, fit Dan. Mais il est trop stupide.

— Peut-être.

— Et Gregory Fallon?

Ike réfléchit.

— Il était jaloux de Kent, bien sûr. Mais, Dan, tu sais ce que c'est. Les gens qu'on connaît... il est difficile de les imaginer dans la peau d'un assassin.

Une mince ligne de lumière bleue commençait à filtrer à travers les fenêtres. Une odeur de café chaud remplissait la pièce.

— Souvenez-vous de ce que je vous dis, dit Lorna. Cette petite pute est pour quelque chose dans cette histoire.

CHAPITRE XI

C'était bien Kenton Kipper. Ike l'identifia instantanément. Lorna aussi.

Dan n'attendit pas l'arrivée de l'inspecteur Gallagher.

Plus il pourrait retarder cette entrevue, mieux cela vaudrait. D'ailleurs, la fatigue de cette nuit de vadrouille commençait à lui tirailler les omoplates. Il gagna son hôtel, se jeta dans son lit et se laissa envahir par les ténèbres.

Il fut réveillé à midi par la sonnerie du téléphone. Il avait laissé une note sur le bureau de l'hôtel pour qu'on l'appelle à cette heure-là. Il mit un temps fou à sortir de sa torpeur et à se décider à aller répondre.

Et maintenant?. Il se gratta la tête et contempla son lit par-dessus son épaule. C'était tentant, mais il n'osa pas se recoucher. Il fit couler un peu d'eau froide dans le lavabo et se plongea la tête dedans.

Les souvenirs commencèrent à affluer dans sa tête. Un mélange confus de visages, d'endroits et d'individualités : Marian Cleave, Gregory Fallon, Lance Mallory, Lorna, Janey Navarro.

Comme à son habitude, il examina sans enthousiasme son visage dans la glace. Il ne se sentait pas trop mal, compte tenu de tous les verres qu'il avait bus. Il avait téléphoné à Rufe Robinson, au *Journal,* immédiatement après l'identification. L'édition avait dû tomber depuis longtemps. Toute la ville était au courant, cette fois. L'inspecteur Gallagher devait être au boulot avec toute une armée de photographes et de spécialistes du Bertillonnage.

Tout en se rasant, Dan s'efforça de mettre bout à bout ses expériences de la nuit passée. Il y avait décidément quelque chose de louche dans la disparition des tableaux de Kipper. Quand on demandait à en voir un, ou bien il était perdu ou égaré, ou bien on l'avait vendu à quelqu'un qui s'était volatilisé.

Et puis, il y avait cet appel téléphonique dans l'appartement de Kent. Marian avait répondu et avait dit que c'était Kipper. Elle était raide, celle-là! Mais qui était-ce, alors?

Comment Glotcher figurait-il dans le tableau? « Un don du ciel aux femmes! » Plutôt miteux, comme cadeau. Kipper l'avait dérouillé. Pourquoi? D'après Ike, ça s'était passé dans la Ville Chinoise et Janey Navarro était présente. Peut-être pourrait-elle le renseigner.

Dan finit de se raser et enfila le pantalon fraîchement repassé de son autre costume. Quand il transféra le contenu de ses poches d'un complet à l'autre, il découvrit une courte pipe courbe, baguée d'or. Véritable bruyère française. Une splendeur! D'où venait-elle donc?

Il se rappela l'avoir ramassée dans l'escalier qui conduisait chez Kipper. Quelqu'un avait dû la laisser tomber. Ce quelqu'un devait se faire un sacré mauvais sang. C'était un bijou. Elle avait dû coûter dans les vingt dollars. Taillée en plein cœur de bois. Il l'approcha de ses narines. Elle sentait bon, en plus.

Les initailes « G.V.F. » étaient gravées sur la bague d'or. Ce pouvait signifier Gregory, quelque chose, Fallon. Le deuxième prénom pouvait être Victor. Ou Vincent.

Qu'aurait-il été faire dans l'escalier de Kipper? Il détenait là ce qu'on pouvait appeler une pièce à conviction. Il la mit dans sa poche, finit de s'habiller et sortit.

Le ciel s'était éclairci et le soleil posait une main dorée sur les maisons grises. Cependant un petit vent actif soulevait les jupes et les bâches et pouvait apporter de l'océan des nuages ou du brouillard.

Il entra dans un restaurant et se fit servir des œufs au jambon sans trop se soucier de l'humeur revêche du garçon. Tout en mangeant, il lut dans le *Journal* le compte rendu du meurtre de Kipper, en se disant que c'était plutôt loupé comme « re-writing (1) ». Ils

(1) Aux Etats-Unis, comme maintenant dans certains journaux français, des journalistes sédentaires réécrivent (re-write) les informations téléphonées par les reporters qui apprécient rarement le résultat.

avaient tarabiscoté son texte et plaqué dessus les détails supplémentaires qu'ils avaient pu dénicher. Kipper était né à San Francisco; ses parents étaient morts. On ne mentionnait pas d'autres membres de sa famille. Son père avait été capitaine de remorqueur. Ils avaient même trouvé quelque part une photo de Kipper. La mort par empoisonnement avait été confirmée par le toxicologue de la morgue, qui n'avait pas révélé le nom du poison, se bornant à déclarer qu'il était mortel et expéditif.

Dan sortit son carnet et étudia ce qu'il avait griffonné la veille. La Galerie Bishop dans Sutter Street! Autant commencer par là. Il lui fallait faire vite. Il relut la liste des personnes qui étaient sensées avoir acheté des peintures de Kipper. Bizarre comme ces noms lui paraissaient familiers.

Quelqu'un lui martela sauvagement les côtes.

— Pourquoi n'allez-vous pas à la bibliothèque, si vous voulez lire?

Une grosse femme surmontée d'un chapeau à fleurs se tenait derrière son tabouret, attendant pour prendre sa place.

— Je suis désolé.

— C'est pas une bibliothèque, ici. Faut que les gens mangent, tout de même!

Elle éleva la voix de façon à l'humilier en présence de ses concitoyens. Une lueur de sauvagerie s'allumant peu à peu dans ses yeux. Dan savait accepter la défaite. Il descendit vivement de son siège. Elle escalada le tabouret avec cette expression de satisfaction qu'ont les gens qui viennent de châtier proprement un imbécile.

— Y a des gens qu'ont tout leur temps. Y en a d'autres qui doivent gagner leur vie.

La Galerie Bishop avait une large devanture donnant sur Sutter Street, où étaient exposées quelques peintures. Dan s'arrêta pour en étudier une, mais n'y comprit que pouille. Cela semblait être l'intérieur d'une horloge parsemé d'un tas de morceaux d'anatomie humaine. Un œil énorme, divorcé d'avec son orbite occupait un des côtés de la toile. Une pancarte posée sur un petit support, au-dessous du tableau, annonçait : « *Paysage existophrénique,* par Arnold Winkleman. » Dan abandonna la partie et pénétra dans la Galerie.

Une femme blonde, myope, portant des verres épais et vêtue d'une blouse fauve vint à sa rencontre, les sourcils arqués.

— Pourrais-je voir le directeur? demanda Dan.

— Vous voulez dire monsieur Foisie?

— C'est lui le directeur?

— Oui. Je vais voir s'il peut vous recevoir.

Foisie? Ce devait être ce...

Avant que Dan ait pu achever sa pensée, Guy Foisie, l'énorme personnage dont il avait fait la connaissance chez les Hobart, sortit de derrière une cloison, rayonnant.

— Danny, mon garçon. Vous vouliez me voir?

— Ma foi, pas exactement, répondit Dan.

Il extirpa sa main de l'étreinte moite de Foisie.

— Vous avez vu, au sujet de ce pauvre Kipper? dit Foisie. Je trouve ça tout simplement effroyable. Je crois bien que c'est la chose la plus horrible qui me soit jamais venue aux oreilles.

— C'est à ce sujet que je venais vous voir.

— Nous avons tous été terriblement bouleversés.

— Oui... euh... à ce qu'on m'a dit, vous avez eu quelques toiles de Kipper ici et vous les avez vendues.

— Euh, oui. Mais il y a déjà quelque temps.

— En avez-vous en ce moment en magasin?

— Non. Je suis désolé. Non, nous n'en avons pas. Mais nous faisons une exposition des choses d'Arnie. Je suis sûr que vous adorerez ça. Laissez-moi vous les montrer.

— Non, merci, fit Dan. Pas maintenant. Dites-moi, Kenton Kipper ne s'était-il pas inquiété de ses toiles, depuis sa démobilisation?

— Inquiété?... Ma foi, si. Nous lui avons donné le prix que nous en avions reçu. Moins notre commission, bien entendu.

— Je veux dire, avait-il cherché à savoir qui les avait achetées?

La femme blonde qui rôdait autour d'eux, intervint :

— Nous lui avons donné le nom et l'adresse des acheteurs, mais il est revenu quelques jours plus tard en se plaignant de n'en avoir trouvé aucun.

— Naturellement, nous ne savons pas ce que cela signifie, ajouta Foisie.

— Combien de toiles aviez-vous?

— Trois, je crois, n'est-ce pas? interrogea-t-il.

— Oui. J'en ai vendu une et miss Hollingsworth a vendu les deux autres, répondit la blonde.

— Vous souvenez-vous des gens qui les ont achetées?

— Oh! oui. L'homme qui m'en a acheté une était plutôt trapu, avec d'épais sourcils. Si je m'en souviens, c'est parce qu'il n'avait pas du tout un genre à s'intéresser à la peinture.

— Que voulez-vous dire? demanda Dan.

— Eh bien, il était habillé de façon plutôt vulgaire et s'exprimait assez grossièrement.

— Vous rappelez-vous son nom?

— Olin. Robert Olin. M. Kipper m'a posé les mêmes questions quand il est venu.

— Oh, dit Foisie, il y a beaucoup de chances qu'il ait quitté la ville ou quelque chose comme ça. Je ne pense pas que ce soit important.

— Où avez-vous livré le tableau? demanda Dan.

— Nous ne l'avons pas livré, dit la blonde. Il a payé comptant et il l'a emporté dans sa voiture.

— Et l'autre dame dont vous avez parlé. Se souvient-elle des gens qui ont acheté les deux autres toiles?

— Justement, cela me fait penser que M. Kipper ne lui a pas parlé. Elle était de congé le jour où il est venu.

— Elle est là? Je peux la voir?

— Mais oui. Je vais l'appeler.

La blonde disparut derrière la cloison.

Foisie posa la main sur l'épaule de Dan.

— Je voudrais vous faire visiter l'exposition d'Arnie. C'est un garçon tout à fait remarquable.

— Une autre fois, dit Dan.

La femme blonde revint, accompagnée d'une brune frisée et courtaude, vêtue d'une blouse bleue.

— Voici miss Hollingsworth.

Quand Dan lui eut expliqué ce qu'il désirait savoir, elle pinça les lèvres et écarquilla les yeux.

— Je le savais. J'en étais sûre qu'il y avait quelque chose de louche avec cette femme!

— C'est donc une femme qui les a achetées, dit Dan.

— Oui. Une grande blonde.

— Jolie?

— Il peut se trouver des gens pour le penser. Pas moi. Elle m'a donné un faux nom!

— Comment cela?

— Parfaitement! J'ai vu sa photo dans le journal quelques jours plus tard et c'était un nom entièrement différent. A moi, elle m'avait dit Mme Benjamin Jeby.

— Et quel nom avait-elle dans le journal?

— Je ne me souviens pas; c'était Dorothy... quelque chose. C'est la femme qui a eu une histoire avec je ne sais quel avocat et son mari a pris très mal la chose.

Foisie prit un air ahuri.

— Dieu du Ciel! Vous ne voulez pas dire Gregory Fallon?

— Si. C'était bien le nom de l'avocat. Je ne me souviens pas du nom de la femme.

— C'est fantastique, dit Foisie. Absolument fantastique. Je suis sûr que vous devez vous tromper.

— Non, je ne me trompe pas, maintint miss Hollingsworth.

— Vous êtes absolument sûre que la femme dont vous avez vu la photo dans le journal est celle qui est venue ici acheter un tableau?

— Deux tableaux, corrigea miss Hollingsworth. Elle en a acheté deux.

— Pourriez-vous l'identifier, si vous la revoyiez?

— Absolument.

— Merci beaucoup, dit Dan.

— Qu'est-ce qui se passe? demanda Foisie.

— Un homme a été assassiné, tout simplement.

— Attendez une minute. Vous ne venez pas voir l'exposition d'Arnie?

— Un autre jour. Merci, mille fois.

Dan partit comme un bolide, laissant Foisie bouche bée. Il se rendit droit aux bureaux du *Journal*.

Au service des archives, il n'eut pas de mal à trouver la photo qu'il cherchait. Une blonde provocante posait, assise sur le bord d'une table, exhibant une généreuse portion de cuisse.

Le titre annonçait : *Valeur sentimentale : 50.000 dollars.*

L'article s'intitulait :

UN ANCIEN COMBATTANT EN ASSIGNE
« UN AUTRE »
POUR CINQUANTE MILLE DOLLARS

Howard Vane, 37 ans, récemment démobilisé, demande à Gregory Fallon, avocat à San Francisco, cin-

quante mille dollars de dommages-intérêts pour préjudice causé à son bonheur conjugal.

Vane déclare qu'en pénétrant dans l'appartement de sa femme, vers une heure du matin, lundi dernier, il a trouvé sa femme et Fallon en « deshabillés ». Une bagarre a suivi. Des voisins ont appelé la police et les deux hommes ont été emmenés. Mme Dorothy Vane habite 1262 *Bush Street.*

Fallon a refusé de faire la moindre déclaration sur cette affaire. Il est marié et diplômé de l'Ecole de Droit de l'Université de Californie.

Dan obtint de l'archiviste un exemplaire de la photo et la fourra dans sa poche.

Le 1262 Bush Street était une maison meublée à la façade revêtue de plâtre. Les boîtes aux lettres de cuivre étaient soigneusement astiquées, d'où l'on pouvait conclure qu'il y avait au moins un portier. Dan appuya sur la sonnette individuelle marquée Dorothy Vane. Aussitôt, le bourdonnement de la serrure automatique se déclencha.

Le vestibule était meublé d'objets qu'il aurait été difficile d'emporter sur soi. Une grande urne de plâtre où poussaient des fougères. Un banc de ciment, avec un coussin de peluche.

L'escalier avait un bon tapis, bien rembourré. Le palier donnait accès à des portes blanches, très propres, aux numéros de cuivre. Le numéro 20 s'ouvrit dès qu'il eut posé le doigt sur la sonnette. Dan se trouva en présence d'une grande blonde bien en chair, aux yeux humides et aux fins sourcils, qu'il reconnut comme la femme de la photo. Elle portait une robe de chambre bleue et tenait un morceau de toast à la main. Ses cheveux couleur de mélasse étaient relevés au hasard sur sa tête et retenus par des épingles. Quand elle vit Dan, elle porta instinctivement une main à ses cheveux et garda l'autre en suspens, ne sachant que faire de son bout de toast.

— Madame Vane?

— Ouais, répondit-elle sans se commettre.

— Je suis reporter au *Journal*. Pourrais-je vous parler quelques minutes?

Elle médita un moment là-dessus.

— A propos de quoi?

— Rien qui vous concerne personnellement. Seulement, vous pourriez peut-être me fournir quelques renseignements.

Elle médita un moment là-dessus aussi.

— Entrez.

Il la suivit le long d'un étroit corridor et pénétra à sa suite dans une petite pièce qui contenait deux grands fauteuils, un tapis, une lampe à pied, une table avec quelques magazines de mode et de cinéma, un cendrier à pied, une litho représentant une fille nue sur une balançoire, et absolument rien d'autre. Une porte très large qui dissimulait un lit escamotable, était à moitié fermée mais laissait dépasser le coin d'un drap. Le cendrier était parsemé de mégots tachés de rouge à lèvres. Une entêtante odeur de femme régnait dans la pièce.

— J'étais en train de prendre mon petit déjeuner.

Elle eut un petit rire et se fourra le morceau de pain grillé dans la bouche.

— C'est tard pour le petit déjeuner, non? ajouta-t-elle.

— Je vous en prie, continuez.

Elle se lécha les doigts.

— J'avais fini. Attendez une minute.

Elle disparut par une porte qui donnait sur le petit corridor.

Quand elle revint, elle avait du rouge sur ses lèvres

larges et épaisses, elle avait accentué ses sourcils au crayon et quelque peu arrangé ses cheveux.

Elle se laissa tomber dans un fauteuil rembourré et croisa ses jambes, relevant sa robe de chambre largement au-dessus du genou.

Ses jambes n'étaient pas vilaines, mais un peu grasses. L'une d'elles arborait une marque noire et bleue.

— Avez-vous lu le journal de ce matin?

— Non.

Dan déplia le sien, se pencha et le lui étala sur les genoux. Elle le parcourut sans manifester d'intérêt, sautant de manchette en manchette.

— Ils démobilisent tous les marins.

Elle avait l'air vraiment contrariée. Soudain, elle gloussa :

— Un homme arrêté pour avoir traversé tout nu le pont de la Porte d'Or!

Dan attendait patiemment.

— Savez ce qu'il a dit quand on l'a emmené au poste?

« Tâchez que ça se sache! »

Elle eut un rire rauque.

— Qu'est-ce qu'y a comme fadas!

Ses yeux passèrent à un autre article.

— Tiens, un type qu'a été tué. Tzz, tzz, tzz, tzz! Un assassinat.

Elle allait tourner la page quand ses yeux brusquement redevenus sérieux se concentrèrent sur l'article. Elle le lut en entier, replia le journal et le rendit à Dan.

— Vous avez lu l'article sur Kenton Kipper? demanda Dan.

— Ouais. Y a un type de ce nom-là qu'a été tué.

— Assassiné.

— Je l'ai lu.

— Madame Vane, il y a quelques mois, vous avez

acheté deux tableaux de Kenton Kipper à la Galerie Bishop.

— Moi? Jamais!

Elle se redressa et ramena l'échancrure de sa robe de chambre à une largeur moins engageante.

— L'employée de la galerie peut vous identifier.

— C'est un mensonge! Je n'ai jamais acheté de tableaux de ma vie. Qu'est-ce que j'en ferais!

Dan se le demanda.

— Je ne dis pas que vous ayez quoi que ce soit à voir avec le meurtre de Kipper, mais j'aimerais bien savoir, au sujet de ces peintures...

— Vous êtes fou! Je ne sais rien d'aucune peinture. Je n'sais pas de quoi vous voulez parler.

— Pour qui les avez-vous achetées?

— Je viens de vous dire que j'les ai pas achetées.

— Si vous essayez de couvrir quelqu'un d'autre, c'est peine perdue, vous savez.

— Mais qu'est-ce qui m'a foutu un type pareil? Je vous ai dit que je n'sais rien de tout ça.

— Vous avez acheté ces peintures pour Gregory Fallon, n'est-ce pas?

Elle parut se tranquilliser.

— Qu'est-ce qu'il vient faire là-dedans?

— C'est bien pour lui que vous les avez achetées, n'est-ce pas?

— Je vous dis que je n'ai acheté de peintures pour personne.

— Vous faites une sérieuse bêtise en n'étant pas franche. Je vous conseille de vous dégager de tout ça le plus tôt possible. Je peux vous venir en aide. Mais pas si vous vous entêtez à tout nier.

— Mais je ne comprends pas. Qu'est-ce que Fallon vient faire là-dedans?

— Fallon était marié à l'ex-femme de Kipper. Il avait de bonnes raisons d'être jaloux de lui.

— Vous voulez dire que la femme de Fallon avait été mariée avec le type qui a été tué?

— Tout juste.

— Vous croyez que c'est Fallon qui l'a tué?

— Je n'ai pas dit ça. Ce que je dis, c'est qu'il est mêlé à cette affaire. Et vous aussi vous allez être impliquée, si vous ne vous expliquez pas tout de suite. Pourquoi avez-vous acheté ces peintures?

— Comment pourrais-je être impliquée?

— A cause de vos relations avec Fallon.

Elle était vraiment inquiète.

— Ça ne tient pas debout.

— Pourquoi ne me dites-vous pas pourquoi vous avez acheté ces peintures et ce que vous en avez fait?

— Je ne les ai pas achetées.

— Que diriez-vous si je faisais un article disant que vous les avez achetées? libre à vous de prouver le contraire.

— Ça serait dégueulasse.

Dan se leva et fit mine de partir.

— Je crois que ce n'est pas la peine d'essayer de vous raisonner.

Elle se leva vivement et le retint par le bras; son visage avait pris une expression de terreur hébétée.

— Attendez. Je ne sais rien de tout ça. Mais donnez-moi une ou deux heures. Je vais essayer de trouver.

— Je veux la vérité tout de suite.

Elle ouvrit tout grands ses yeux limpides.

— Je vous dis la vérité.

— Alors qu'est-ce que vous voulez essayer de trouver?

— Je vous en supplie! Donnez-moi deux heures. Je crois que je peux vous dire ce que vous voulez savoir, si vous me laissez deux heures.

Dan regarda sa montre.

— Si je reviens dans deux heures et que je ne vous trouve pas, l'article est publié. Vous avez bien compris?

— Je serai là. Vous pouvez me téléphoner, si vous voulez.

Dan sortit son carnet.

— Votre numéro?

— Ordway 9578.

En notant le numéro, une idée lui vint.

— Je peux me servir de votre téléphone?

— Vous n'allez pas appeler les flics?

— Non.

— Il est dans le vestibule.

Il garda son carnet à la main et son crayon. Elle resta dans la pièce, marchant nerveusement de long en large.

Il trouva ce qu'il espérait. Il n'y avait pas de répertoire téléphonique, mais elle griffonnait sur les murs. Le téléphone était dans une niche et sur le bois blanc, une série de numéros de téléphone avaient été gribouillés au crayon. Pour donner le change, il fit le numéro du *Journal,* et commença à relever les numéros.

Quand la standardiste du *Journal* répondit, il dit :

— M. Loganberry est-il là?

— Il n'y a pas de M. Loganberry dans la maison.

Il laissa de côté quelques numéros marqués : épicerie, coiffeur, liqueurs, mais copia le reste. Un numéro en particulier éveilla son intérêt. Inscrit plus nettement que les autres, il était entouré d'un cercle, mais n'était accompagné d'aucun nom.

— A quelle heure doit-il venir?

— Il n'y a pas de M. Loganberry ici.

— Eh bien, dites-lui simplement que M. Banion a appelé.

Il avait terminé sa liste. Il raccrocha.

Comme il glissait le carnet dans sa poche, Dorothy

déboucha dans le vestibule. Elle avait mis son chapeau.

— Dans deux heures juste.

— D'accord. Et je vous conseille d'être là.

— Vous en faites pas, dit-elle. Je serai là.

CHAPITRE XII

A cent mètres de chez Dorothy Vane, Dan trouva un bar baptisé *le Pearl Harbor*. Il commanda une bière et étudia la liste de noms qu'il avait recopiés : Joe, Tillie, Howard, Valerie et Mike. Le seul numéro sans nom était celui entouré d'un cercle.

Howard pouvait être le mari de Dorothy, Howard Vane. Il ne risquait rien à essayer. Dan pénétra dans la cabine téléphonique au fond du bar et composa le numéro.

Une voix bourrue répondit :

— Ici l'hôtel Flint.

— Monsieur Howard Vane est-il là?

— Non. Il y a des mois qu'il n'est pas venu.

— Il a laissé une adresse?

A l'autre bout du fil, l'homme brailla une question par-dessus son épaule, puis répondit :

— Pas d'adresse.

— Vous n'avez aucune idée de l'endroit où il se trouve?

— Aucune idée.

L'homme raccrocha.

Dan mit une autre pièce et appela le numéro cerclé. C'était occupé. Il retourna au bar, but un peu de bière, et tenta de nouveau sa chance.

Une voix d'homme répondit.

— Ici l'Agence Price.

— Qui est à l'appareil?

— Barney Price.

— Faux numéro, dit Dan. Et il raccrocha.

L'annuaire du téléphone se balançait au bout d'une chaîne, à portée de la main. Il l'ouvrit et suivit du doigt les « P ». Il finit par trouver l' « Agence de Détectives Price ». Le numéro correspondait à celui qu'il venait d'appeler.

Quelle histoire! Qui pourrait le renseigner sur une boîte pareille? Nix Peters, probablement. Il appela Nix à la salle de presse du Palais de Justice.

— Dis donc, Papa, tu connais un nommé Barney Price?

— Je connais un nommé Dan Banion, qui s'est foutu de moi hier et je m'en vais lui coller de l'arsenic dans sa bière.

— Allons, du calme, Nix. Je ne me suis pas foutu de toi.

— Que veux-tu, je retarde, moi. Quand on me grille d'une façon éhontée, j'estime qu'on s'est foutu de moi. Tu connaissais ce cadavre que Gallagher nous a montré.

— Eh bien, pas exactement. Non, je ne le connaissais pas.

— Ne me dis pas que tu n'avais pas un tuyau sur ce type.

— J'admets que je l'avais vu boire dans un bar, c'est tout.

— Tu sais, petit, on a l'habitude de travailler en

équipe dans le secteur. Les chasseurs d'exclusivité, on n'aime pas ça.

— Tu veux dire, espèce de vieux machin, que vous roupillez sur le canapé de la salle des informateurs en attendant que les nouvelles arrivent toutes cuites.

— Je sais bien ce que c'est, le journalisme moderne, petit. D'ailleurs, j'ai des oignons qui me font souffrir. Sans rancune. Je te taquinais. Qu'est-ce que tu me demandais?

— Connais-tu un type du nom de Barney Price?

— Tu ne veux pas dire le Barney Price qui dirige cette agence de détectives marrons?

— C'est lui. Quel genre de boîte c'est?

— Spécialité de guignage par les trous de serrure dans les affaires de divorce. Mais je ne le crois pas homme à refuser un dollar, aussi sale soit-il. Autrefois, il était dans la police. Ensuite il s'est lancé dans la boxe. Manager, organisateur pendant un moment. Il continue à le faire, une fois de temps en temps. Sa spécialité, c'est le divorce, mais il paraît qu'il fait aussi le maquereautin, à ses moments perdus. C'est tout ce que tu voulais savoir?

— Il emploie beaucoup de monde?

— Barney? Non. C'est le genre homme-orchestre. Il doit bien avoir un ou deux comparses à qui il refile du boulot, mais c'est à peu près tout. Radin comme pas un, le Barney. Pourquoi t'intéresses-tu tellement à lui?

— Pure curiosité, Nix. Merci mille fois.

— Tu ferais bien de ne pas te fourrer dans les pattes de l'inspecteur Gallagher, fiston. Il se souvient de la façon dont tu l'as roulé hier. Il aimerait bien te bouffer les oreilles.

— Je ferai attention, Papa. Merci encore.

— Pas de quoi, fiston. Si jamais tu tombes en panne de cervelle, sers-toi de la mienne. Dieu sait que je n'en use pas souvent.

L'Agence de police privée Price! Ça pouvait être tout ou rien. Barney Price pouvait être un des petits copains à Dorothy. Ou bien peut-être étaient-ils en affaires. De toute façon, ça valait le coup d'y aller voir.

Dan se fit conduire en taxi à l'adresse indiquée dans l'annuaire. C'était un immeuble délabré de O'Farrell Street, doté d'une entrée crasseuse et d'un ascenseur poussif. Sur le mur, la plaque indiquait que l'Agence de Détectives Price occupait le bureau 408.

Dan se débattit avec les portes de l'ascenseur, appuya sur le bouton du quatrième et la cage s'éleva lentement dans un concert de geignements. Au troisième, l'ombre d'un homme qui attendait pour descendre se profila derrière la vitre obscure de la porte. Dan poussa la porte et se trouva nez à nez avec Armand Glotcher.

L'espace d'une minute, ils restèrent à se dévisager, ne sachant ni l'un ni l'autre quelle attitude adopter en pareille circonstance. Glotcher n'avait pas de chapeau, il portait un large pardessus brun et un cache-nez vert. Au-dessus du cache-nez, les yeux sombres de Glotcher avaient pris une expression étonnée et perplexe. Puis son visage se détendit et il esquissa une moue comme s'il venait de se rappeler quelque chose. Après quoi, il éclata de rire, passa devant Dan, s'engouffra dans l'ascenseur et claqua la porte derrière lui. Dan l'entendit rire bien après que la cage eut commencé à descendre.

Qu'est-ce qu'il lui prenait aujourd'hui? Instinctivement, Dan examina ses vêtements pour voir s'il y avait quelque chose qui clochait. Qu'y avait-il de si drôle? Dan haussa les épaules et se mit à la recherche du bureau 408. Après tout, cette visite ne serait peut-être pas une perte de temps. Que diable Glotcher pouvait-il faire ici?

Le vestibule était lépreux et faiblement éclairé. Les portes étaient munies de vitres dépolies. Il trouva l'Agence Price et ouvrit la porte. Un homme en bras de chemise, le gilet déboutonné, épaules lourdes et nuque de taureau, était assis derrière un bureau et grognait dans le téléphone. Ses cheveux étaient grisonnants, mais ses sourcils étaient épais et noirs. Un gros cigare était coincé entre ses dents. Sans quitter le téléphone, il leva la main et fit signe à Dan d'entrer.

En plus du bureau, il y avait un classeur, un vieux coffre-fort et plusieurs chaises de chêne jauni complètement éraflées et entaillées. Du haut en bas les murs se couvraient de photos de boxeurs et de scènes de combats.

L'homme dit au téléphone :

— Ne quitte pas.

Refermant sa main sur l'embouchure, il examina rapidement Dan.

— Seyez-vous. J'en ai pour une seconde.

Il reposa son attention vers le téléphone.

— O.K. Crache! A quelle heure c'était?

Il continua de grogner en hochant la tête.

Au lieu de s'asseoir, Dan fit le tour de la pièce et regarda les photos sur les murs. Une fameuse collection. Des costauds en culottes collantes ou lâches, ramassés, fronçant les sourcils, menaçant le spectateur de leurs gants. Poitrines poilues et jambes poilues. Des scènes de combats du bon vieux temps en plein air. Autour des cordes, des hommes en melons et à moustaches en guidon de vélo, John Sullivan, James J. Corbett, Al Mc Coy, Philadelphia Jack O'Brien, Stanley Ketchel, Paul Berlenbach, Ad Wolgast...

Dan s'arrêta, très excité : Ad Wolgast, champion poids légers de 1912 à 1914; Adèle Wolgast, la femme qui était censée avoir acheté deux tableaux de Kipper au *Pot Noir*.

Paul Berlenbach, champion mi-lourd de 1925 à 1926. C'était le nom donné par l'homme qui avait acheté un Kipper au *Chat de Fer*.

Derrière le dos de Dan, Barney Price continuait à grogner dans son téléphone.

— Ouais, dit-il. Eh bien, je l'ai, maintenant. Ne vous en faites donc pas. Je l'ai ici.

Dan négligea quelques autres photos et tomba sur Ben Jeby, tenant du titre des moyens en 1932. Mme Benjamin Jeby était le nom que Dorothy Vane avait donné à la Galerie Bishop.

Un peu plus loin il trouva Joe Walcott, champion mi-moyen de 1901 à 1904. Mme Joseph Walcott figurait sur la liste d'acheteurs que Dan avait constituée en recopiant les enveloppes trouvées chez Kipper. A côté de Walcott, se trouvait Samuel Mandell, champion poids légers de 1926 à 1930. M. Samuel Mandell était un autre acheteur présumé.

D'autres noms, sous des photos de boxeurs aux poses farouches, coïncidaient avec la liste. Fred Steele, champion des moyens de 1936 à 1938. Jimmy Goodrich, champion des légers en 1925. Bob Olin, tenant du titre des mi-lourds de 1934 à 1935. L'homme qui avait acheté un Kipper à la Galerie Bishop, avait dit s'appeler Robert Olin. Et la femme blonde avait dit que l'homme en question avait d'épais sourcils.

Dan se retourna et étudia les sourcils broussailleux de Barney Price, toujours courbé sur son appareil, les épaules arrondies, l'air profondément absorbé d'un gorille en train de manger une banane.

— Je ne peux pas vous le dire maintenant, grogna-t-il. Non, je ne peux pas vous le dire au téléphone. C'est impossible.

Dan se remit à inspecter les photos. Lou Brouillard, champion des welters en 1931. Ça collait avec Mme Louis Brouillard. Pete Latzo, champion des welters en 1926. Donc Mme Peter Latzo. John Henry Lewis, champion mi-lourd de 1935 à 1936. Frank Klaus, qui détint le titre des moyens de 1911 à 1913. Il y avait aussi James J. Jeffries. Ce pouvait être le nom commençant par un J, que Chuck Leary, le barman de *l'Epave,* avait tant de mal à se rappeler. Pas étonnant que les noms lui paraissaient familiers!

Derrière son dos, Dan entendit Barney Price raccrocher brutalement. Il se retourna et le vit repousser des deux mains le téléphone de côté, comme s'il eût voulu s'en débarrasser à tout jamais.

— Sacré bon Dieu! Ils sont tous à me casser le cul aujourd'hui! Qu'est-ce que vous voulez, fils?

Sans même regarder Dan, il ouvrit une enveloppe sur son bureau, en sortit ce qui paraissait être une photographie, l'étudia et gloussa.

Dan prit une chaise. Barney Price continuait à fixer la photo.

— Ça, c'est quelque chose. Sacré bon Dieu!

Il sortit un négatif de l'enveloppe jaune et le tint à contre-jour. Une grosse bague, genre rubis, scintillait à son doigt.

— Qu'est-ce que c'est?

— Je voudrais bien pouvoir vous le montrer. Affaire confidentielle. Et quelle affaire! Je m'en occuperais bien moi-même!

Il remit la photo et le négatif dans l'enveloppe et jeta celle-ci dans le tiroir supérieur de son bureau.

— Qu'est-ce que vous voulez, fils?

Dan inclina la tête dans la direction des photos du mur.

— Jolie collection.

— Il n'y en a qu'une partie. J'en ai des tas d'autres.

Je suis en plein coup de feu à cette heure-ci, fils. Qu'y a-t-il à votre service?

— Puisque vous êtes pressé, je ne vais pas tourner autour du pot.

— Je vous écoute. Qu'est-ce qui ne va pas?

Price se carra commodément et fit grincer son fauteuil tournant.

— Je m'intéresse à un peintre du nom de Kenton Kipper, et je voudrais savoir ce que sont devenues ses toiles.

Price fit un bond sur son fauteuil, se maîtrisa et finit par se détendre.

— Connais pas.

— Y a quelqu'un qui est allé acheter ses tableaux un peu partout.

— Tiens, tiens?

— Oui. A ce qu'on m'a dit, vous en avez acheté un à la Galerie Bishop.

— Moi?

— Oui.

— Vous devez être tombé sur la tête, jeune homme. Jamais j'irai acheter des tableaux, à moins que ça soit des trucs représentant des matches de boxe.

— Vous en avez pourtant acheté un.

— Qu'est-ce que c'est que cette sacré histoire? Qui êtes-vous?

— Je suis reporter au *Journal.*

— Bon, eh ben, si vous alliez parquer vos fesses ailleurs, et plus vite que ça!

Dan se leva et fit le geste de partir.

Price se racla la gorge.

— Non, attendez. Asseyez-vous. Où diable voulez-vous en venir?

— Cessons de jouer au plus fin. Vous savez très bien de quoi je parle.

— Qu'on me coupe la main, si je suis au courant.

— Je vous fais une grâce en venant à vous directement et en vous parlant franchement. Si vous voulez que je m'y prenne autrement, dites-le.

— Asseyez-vous, fils. Ne soyez pas si susceptible. De quoi s'agit-il.

Dan se rassit.

— Kipper a été assassiné avant-hier soir. Vous le savez très bien.

— Kipper? le peintre dont vous parlez?

— Vous savez parfaitement de qui je parle.

— Pas du tout.

— C'est en toutes lettres dans le journal.

— Moi, je lis que les sports.

— Kipper a été assassiné. Mais avant ça, il y avait quelqu'un qui faisait tous les marchands de tableaux de la ville pour acheter ses peintures sous des faux noms.

Dan désigna du pouce les photos de boxe.

— Wolgast, Berlenbach, Olin, Jeby et autres.

— Qu'est-ce que j'ai à y voir?

— Vous n'avez pas fait preuve de beaucoup d'originalité dans le choix de vos noms. Vous vous êtes contenté de les prendre sur ce mur.

Price hésita un instant, puis se mit à rire en donnant de grandes claques sur son bureau.

— Ah! Sacré nom de Dieu! J'ai compris! Quelqu'un achetait les peintures et donnait des noms de boxeurs, alors vous vous êtes dit que ça devait être moi. Elle est bien bonne!

— Oui, et je crois que la vendeuse de la Galerie Bishop peut vous identifier. Elle peut aussi identifier Dorothy Vane.

Barney s'arrêta net de rire et parut intrigué.

— Dorothy Vane? Qui c'est ça?

— Vous savez qui c'est. C'en est encore une qui achetait des peintures de Kipper.

Barney se gratta la tête et sourit.

— Mon gars, tel que vous me voyez, je nage complètement dans le brouillard. Qui c'est qui vous a raconté tous ces bobards?

— Vous et Dorothy vous achetiez ces peintures pour Gregory Fallon, n'est-ce pas?

Dan commençait à sentir qu'il allait un peu loin dans son jeu de devinettes et son incertitude perça dans sa voix.

Barney soupira, se leva et gagna la fenêtre. Il se retourna et demanda d'une voix amusée :

— Qui diable est Gregory Fallon?

Dan se leva.

— Ça va bien. N'en parlons plus. Puisque vous ne voulez pas être raisonnable.

Barney revint à son bureau en agitant une main vers le sol.

— Asseyez-vous. Ne soyez pas si agité. Asseyez-vous.

Il avait pris un ton bonhomme.

Dan se rassit encore une fois. Barney dévissa un gros stylo, ouvrit un bloc et se mit à écrire.

— Vous dites que ce type s'appelait Kipper? Quel était son prénom?

— Vous le savez très bien.

— Bon. J'aurai des détails dans le journal. Qui était l'autre, Gregory Fallon? C'est bien ça, n'est-ce pas?

Dan ne répondit pas.

— Et aussi Dorothy Vane, reprit Barney.

Il considéra ce qu'il venait d'écrire.

— Ah, oui. Le nom de cette boîte, Galerie Bishop. Où ça perche?

Dan prit un air revêche.

— Dans Sutter Street.

Barney inscrivit d'un large trait de plume.

— Je ne sais pas pourquoi je fais ça, fils. Dieu sait que j'ai déjà assez de travail comme ça. Repassez vers six heures. Je vais voir si je peux vous découvrir ce que tout ça signifie.

— Vous devriez avoir assez de temps pour entrer en contact avec le client pour lequel vous avez acheté ces peintures.

Barney revissa son stylo.

— Ne faites pas la bête. Il est évident qu'on vous a bourré le crâne, mon vieux.

Dan se leva. Barney fit le tour de son bureau et l'accompagna à la porte.

— Je connais pas mal de gars du *Journal.* Je ne demande pas mieux que de rendre service quand je le peux. Ça finit toujours par se retrouver.

— A six heures, vous dites?

— Six heures, ou autour de six heures. Je vais voir ce que je peux vous trouver. Pour moi y a quelqu'un d'un peu dingue, là-dedans.

— Si vous n'êtes pas là à six heures quand je reviendrai, je publie l'histoire, et ce sera à vous de vous débrouiller pour prouver le contraire.

Barney fit un large sourire.

— Allons, fils, ne faites pas de blagues. Si j'étais vous, je ne ferais rien avant qu'on sache un peu où mène ce sacré pastis!

CHAPITRE XIII

Dans l'ascenseur qui le ramenait au rez-de-chaussée, Dan était à peu près aussi avancé que l'homme qui vient enfin de trouver la bonne adresse, mais s'embrouille dans la porte-tambour et se retrouve sur le trottoir.

Autant essayer de faire sortir une pièce de dix sous d'une tirelire que d'arracher un renseignement à Barney Price. Et c'était normal. Barney était aussi retors qu'il était grossier. Naturellement, il restait toujours une chance pour qu'il ne soit pas au courant et que sa participation apparente soit pure coïncidence. C'était pousser la coïncidence un peu loin, mais sait-on jamais...

Après tout, qu'avait-on comme indices? Un numéro de téléphone griffonné sur le mur de l'appartement de Dorothy Vane. Les noms d'une douzaine de boxeurs qui coïncidaient avec les noms d'emprunt donnés par les acheteurs des toiles de Kipper. On ne pouvait avancer bien loin dans ce marécage de conjectures. Pour que Barney Price se décide à l'ouvrir, il faudrait lui flanquer à la figure des preuves bougrement solides.

De la cabine d'un drugstore, Dan appela Marian Cleave. Pas de réponse. Il aurait dû s'y prendre avant.

Il était un peu tôt pour appeler Dorothy Vane, mais il essaya quand même. Pas de réponse non plus. Ça sentait mauvais. Enfin, elle était peut-être allée aux renseignements.

Il pensa soudain à Janey Navarro. C'était sans doute à elle que Kipper pensait en écrivant à Marian qu'il avait décidé de se marier. Son numéro n'était pas dans l'annuaire. Dan appela Ike Miller à la station de Radio R.Z.Y.

— Elle n'a pas le téléphone, dit Ike, mais elle habite dans la Casba, au 1125 Kearny Street.

— La Casba?

— C'est un tas de vieilles bicoques en haut de quelques marches de pierre, à deux pas de Broadway. Une bande de bohèmes fauchés les ont transformées en ateliers. Ils ont appelé ça la Casba à cause du film du même nom.

— Rien de nouveau au téléscripteur au sujet de l'affaire?

— Rien du tout. Les flics doivent être occupés à relever des empreintes dans l'appartement de Kent. A part ça, tu avances?

— Tout doucement, Ike, tout doucement.

— Allez, allez, pas d'histoires, je te connais! Mais si tu as besoin d'un coup de main, fais-moi signe. Figure-toi que ça m'intéresse aussi, personnellement.

En quittant le drugstore, Dan se rendit au *Journal*. La préposée aux archives eut quelque mal à trouver une photo de Barney Price, mais finit par en pêcher une. Il était photographié à côté d'un des boxeurs qu'il avait fait combattre quelques années auparavant.

Dan s'arrêta ensuite à la Galerie Bishop. La femme blonde à la blouse fauve étudia soigneusement la photo et déclara sans aucune équivoque que Barney Price était l'homme qui lui avait acheté un tableau de Kipper.

C'était déjà quelque chose. Barney pourrait probablement prétendre qu'elle s'était trompée, mais cela donna à Dan un peu plus d'assurance : il tenait la bonne piste.

Dan prit un taxi pour aller de la Galerie Bishop jusqu'au coin de Kearhy Street et de Broadway. La voiture ne pouvant escalader la petite éminence où était située la maison de Janey Navarro, le chauffeur le laissa au coin. Les trottoirs étaient remplacés par des degrés de pierre. A mi-côte, Dan découvrit le 1125 parmi une foule de numéros peints sur le côté d'une ouverture carrée, percée au rez-de-chaussée d'une minable construction de bois à deux étages.

Il pénétra dans une espèce de tunnel qui menait à d'autres constructions situées sur le derrière. Un escalier de bois l'amena à un long portique d'où l'on avait vue par-dessus les toits crasseux des immeubles voisins sur les gratte-ciel du quartier des affaires.

De nombreuses portes donnaient sur le portique et

correspondaient vraisemblablement à autant de petits appartements. Certaines étaient peintes de couleurs gaies et décorées. D'autres étaient nues et sordides. Dan dut frapper plusieurs fois au numéro 1125 avant que la porte s'entrouvrit, laissant passer l'œil de Janey Navarro sous une mèche de cheveux auburn.

— Je suis Dan Banion. Vous vous souvenez? Nous nous sommes rencontrés hier soir.

— Que voulez-vous? demanda-t-elle d'une voix rauque.

— Je sais que vous êtes bouleversée, mais je voudrais vous parler.

— Je vous en supplie, à moins que ce ne soit important, je...

— C'est très important. C'est au sujet de Kenton Kipper.

Elle hésita :

— Attendez une minute.

La porte se referma et Dan attendit. Une minute plus tard elle s'ouvrait à nouveau. Janey avait les yeux rouges. Elle portait un tailleur de tweed gris sur un corsage de dentelle garnie de volants. Le divan n'était pas fait, mais les couvertures avaient été ramenées pardessus. La pièce était petite et presque entièrement meublée d'articles disparates. Des caisses à oranges peintes servaient de bibliothèque. Une boîte d'emballage décorée faisait office de table à café. Un phono portatif était posé par terre et des disques éparpillés tout autour.

— C'est un vrai fouillis, dit-elle d'une voix rauque.

— Vous avez appris là...

Elle serra les lèvres et acquiesça de la tête.

— Je suis reporter au *Journal*. Mais je ne veux pas que vous croyiez que c'est uniquement ce qui m'amène.

— C'est Glotcher qui a fait le coup.

— Comment le savez-vous?

— C'est Glotcher, répéta-t-elle avec entêtement.

— Comment pouvez-vous être si sûre?

— Il détestait Kent. Kent l'avait frappé. J'étais là.

— Vous voulez dire... ce qui s'est passé dans le Quartier Chinois, il y a quelques jours.

— Oui. Ils se sont battus. Il a menacé Kent. C'est lui qui l'a fait.

— Avez-vous d'autres raisons de le penser, en dehors de cette bagarre?

— Non, mais je suis certaine que c'est lui.

— Asseyez-vous. Racontez-moi ça.

Dan prit une chaise, mais Janey se mit à arpenter la pièce, l'air hagard.

— Il n'y a rien à raconter, dit-elle. Ils se sont battus et il a dit à Kent qu'il se vengerait, quand il devrait y passer le restant de ses jours.

— Pourquoi se sont-ils battus? Et où?

— Dans un bar. Glotcher était saoul. Il a montré un bout de papier à Kent et lui a ri au nez.

— Quel genre de bout de papier?

— Une photographie, je crois.

— Vous ne l'avez pas vue?

— Kent n'a pas voulu me la montrer.

— Bon, il a montré la photo à Kent, et après?

— Kent l'a jeté à terre d'un coup de poing.

— Et ils se sont battus. C'est ça?

— Glotcher a essayé. Mais Kent était fort. Il lui a tordu le bras derrière le dos et l'a poussé dehors sur le trottoir. C'est là que Glotcher l'a menacé.

— Et qu'est devenue la photo ou le bout de papier, ou enfin... ce que ça pouvait bien être?

— Kent l'a déchiré en petits morceaux et l'a jeté dans un crachoir.

— Avez-vous demandé à Kent ce que c'était?

— Il n'a pas voulu me le dire.

— Avez-vous prévenu la police?

— Non. J'ai acheté un journal en allant au bureau. Après l'avoir lu, je ne suis pas allée travailler. Je suis revenue ici. Je suis restée assise tout le temps. On dirait que je ne suis plus capable de penser. Je ne sais pas quoi faire.

Elle porta ses mains à ses yeux et se mit à sangloter.

Dan resta un moment immobile, la laissant se calmer Puis il dit :

— Vous devriez venir prendre un verre avec moi.

Elle s'épongea les yeux.

— Il y a du vin dans la cuisine, si vous en voulez.

Elle hésita un moment. Puis elle parut se rappeler quelque chose.

— C'est Kent qui l'avait apporté.

Elle sanglota de plus belle.

Dan sortit de sa poche les photos de Dorothy Vane et de Barney Price. Quand ses sanglots se furent un peu apaisés, il dit :

— Voulez-vous regarder ça, Janey, et me dire si vous connaissez ces gens.

Elle prit les photos et les étudia :

— Non.

— Vous ne les avez jamais vus nulle part?

— Non.

— Vous êtes bien sûre?

— Oui.

Dan prit les photos et les remit dans sa poche. Il aurait voulu lui demander si elle devait épouser Kent, mais il ne put s'y résoudre.

— Avez-vous mangé? demanda-t-il.

— Je n'ai pas faim.

— Vous devriez manger quelque chose. Venez, je vous emmène.

— Je serais incapable de manger.

— Ça m'ennuie de vous laisser seule.

— Ça ira.

— Il n'y a rien que je puisse faire pour vous? Vraiment rien?

— Non. Mais merci quand même.

Dan sortit son calepin et griffonna quelques mots sur une page qu'il arracha.

— Voilà mon adresse et mon numéro de téléphone. Si je peux vous aider de quelque manière — de n'importe quelle manière — appelez-moi.

— Merci.

— Sûr, hein?

— Merci.

Dan rempocha son calepin et se leva de sa chaise.

— La police va probablement venir vous questionner. Ils peuvent être là d'une minute à l'autre.

— Oui.

Elle n'avait pas l'air de s'en soucier.

— S'ils ne viennent pas, vous devriez entrer en contact avec eux. Vous devriez leur dire ce que vous m'avez dit.

— C'est Glotcher qui a fait le coup.

— Ce n'est pas prouvé.

— Je me souviens de l'expression qu'il avait quand il a menacé Kent. Je sais que c'est lui.

Sa voix était âpre et son regard hébété. Dan hésitait à partir. Elle semblait à peine consciente de sa présence.

— Si c'est Glotcher, dit-il, je le saurai et il récoltera ce qu'il mérite.

Il n'y avait pas loin de chez Janey Navarro au *Chat de Fer*. Dan s'y rendit à pied. Les nuages étaient venus de la mer depuis midi, et le ciel était couvert. Les rues étaient d'un gris sinistre.

Le *Chat de Fer* n'était éclairé à cette heure que par un maigre vestige de lumière, épuisé par la traversée des nuages et aussi des carreaux sales de chez Hinkleburger.

On aurait dit un vieux pèlerin arrivé à destination et trop las pour se souvenir de sa mission. Il en pénétrait assez sur le devant pour que les clients du bar puissent se voir mutuellement et compter leur monnaie. En arrière, autour des tables, régnait une vague pénombre. Il y avait peu de monde.

Hinkleburger flaira la photo de Barney Price que Dan lui tendait.

— Ja, dit-il. Z'est bien le type. Z'est bien ce fils de carce!

— Vous êtes sûr, dit Dan, que c'est bien lui qui a acheté le tableau de Kipper?

— Ja, sûr! Berlenbach. Z'est lui. Paul Berlenbach.

Un homme à la figure fleurie, assis sur un tabouret voisin, hocha tristement la tête.

— Pauvre Kent. C'est moche. Un chic type que c'était.

— Ja, dit Hinkleburger. Il payait ses additions. C'était un dype pien. Comme s'ils n'avaient pas pu emboisonner un de ces pons à rien de traîne-savate à la place. Ça, ch'arrive pas à le combrendre.

Les yeux de Dan finirent par s'accoutumer à l'obscurité ambiante et il commença à discerner les choses du fond de la salle. Il reconnut Lorna Gargill, en train de boire seule à une table. Il prit son verre de bière et s'approcha d'elle.

— Permettez que je m'asseye avec vous?

— Allez-y.

— Vous êtes occupée?

— J'ai l'air occupée?

— J'aimerais bien que vous alliez tenir compagnie à Janey Navarro. Elle est plutôt dans un sale état.

Lorna saisit son sac.

— Pauvre gosse. Je comprends ça.

— Elle est toute seule chez elle. J'en viens.

— J'y vais tout de suite.

Lorna allait se lever, mais Dan l'arrêta.

— Une minute. Avant de partir, j'aimerais que vous jetiez un coup d'œil à ça.

Il lui tendit les deux photos.

Lorna loucha dessus, puis se leva et se rapprocha de la lumière. En revenant, elle les jeta sur la table devant lui.

— Et alors?

— Vous avez déjà vu l'une ou l'autre de ces personnes?

— Non.

— Sûre?

— Je peux les avoir vues quelque part et les avoir oubliées.

— Asseyez-vous un instant. Vous connaissiez bien Kipper, n'est-ce pas?

— Qu'est-ce que vous voulez savoir?

— Est-ce qu'il s'est jamais disputé avec Fallon?

— Pas que je sache. Mais ça aurait pu arriver. Quand Marian met son nez quelque part, on peut s'attendre à tout.

— Vous ne la portez pas dans votre cœur, si je comprends bien?

— Elle ne peut pas rencontrer un homme sans se jeter à sa tête, rien que pour voir si elle peut l'avoir. Et ils tombent amoureux d'elle, les imbéciles!

— Qu'est-ce qui vous donne à croire qu'elle ait eu quelque chose à voir avec le meurtre de Kipper?

— Kent avait compris son jeu. Ça ne prenait plus avec lui. Elle a essayé de remettre le grappin dessus, mais lui ça ne l'intéressait plus. Ce qui l'intéressait; c'était Janey Navarro. Ça, Marian ne pouvait pas l'encaisser. Janey, c'est une vraie femme, et Marian ne pouvait pas rivaliser avec elle. Vous ne pouvez pas savoir le coup que ça a dû lui porter. Son petit orgueil mesquin ne pouvait pas encaisser ça.

— D'après ce que j'ai compris, il y avait longtemps qu'elle était séparée de Kent. Comment se fait-il qu'elle ait voulu le reprendre.

— Elle chassait. Kent était dans les parages. Elle a voulu voir si elle le tenait toujours en main. Quand elle a vu que non, elle s'est affolée.

— Ce n'est pas absolument convaincant.

— Ecoutez. Vous ne comprenez pas les femmes de son espèce. Elle désire un homme jusqu'à ce qu'elle le tienne, et une fois qu'elle le tient, elle se fiche pas mal de lui. C'est un complexe chez elle. Vous n'imaginez pas qu'elle a été fidèle à Gregory Fallon, je suppose?

— Elle ne l'a pas été?

Lorna eut un sourire condescendant :

— Oh, grands dieux! Fallon est à peu près le seul qui n'en sache rien. Pourquoi vous figurez-vous qu'Arnie Winkleman a perpétuellement l'air à moitié drogué? Elle l'a sonné. Par pur sadisme. Et Greg Fallon est un de ses meilleurs amis. Ils étaient à l'école ensemble.

— Pourquoi? Qu'est-ce qu'elle lui a fait?

— Pas beaucoup plus qu'aux autres. Elle lui a simplement sorti le bon vieux « nous sommes faits l'un pour l'autre », et tout ce qui s'ensuit. Seulement, il était trop facile à avoir. Et elle ne les aime pas trop faciles. J'ai toujours eu l'intuition que si elle rencontrait un homme qui lui résiste, elle le tuerait. Et elle l'a fait.

— Mais vous n'avez pas de preuves palpables. Ce n'est qu'une opinion.

— Des preuves! Regardez-la. Qu'est-ce qu'elle a pour elle en dehors de son sex-appeal? Strictement rien. Alors, quand ça ne marche pas, elle est affolée. Elle serait capable de tout.

— Vous étiez amoureuse de Kent?

— Ne parlons pas de moi.

— Vous voulez bien démolir Marian Cleave, mais quand il s'agit de vous, il ne faut pas en parler.

— Vous trouverez sûrement des tas de gens pour me démolir. Treize à la douzaine.

— J'aimerais mieux que ça vienne de vous.

— Naturellement. J'avais beaucoup d'affection pour Kent.

— Et c'est tout?

— Kent n'était pas amoureux de moi. Nous étions copains. Sans arrière-pensée. Ça existe.

— Il y a combien de temps de ça?

— Oh! très longtemps.

— Avant qu'il fasse la connaissance de Marian?

— Oui, je posais pour Kent, de temps en temps. C'était avant que je maigrisse.

— Et c'est Marian qui a tout cassé entre vous et Kent?

— Je n'irai pas jusque-là. Kent n'a jamais pensé à moi sérieusement.

— Pourquoi pas?

— Je n'étais pas son genre. Les hommes aiment les femmes quand elles commencent à faire des bêtises. J'ai commencé trop tôt pour lui.

— D'après ce que vous dites, Marian a fait pas mal de bêtises elle-même.

— Oui, mais elle a su les exploiter. Elle en a fait une carrière. Et ça ne l'a pas trop marquée.

Lorna empoigna à nouveau son sac.

— Je vais aller voir Janey.

Dan secoua les cendres de sa pipe et enfourragea le fourneau avec une allumette.

— Vous vous diminuez. Il faut considérer ses pertes

comme de l'expérience acquise et essayer de repartir à zéro.

Lorna devint pensive :

— Il faut être deux pour essayer.

Soudain elle releva sa longue mèche d'un coup de tête et se leva.

— Je vais voir Janey. C'est elle qui a besoin d'aide.

CHAPITRE XIV

Il était cinq heures et demie quand Dan quitta le *Chat de Fer*. La lumière s'estompait dans le ciel et les rues fourmillaient de gens qui rentraient chez eux.

André Carlo n'était pas au *Pot Noir*, de l'autre côté de la rue. Pas moyen de vérifier si Dorothy Vane, la « blonde lascive », qui lui avait acheté le tableau de Kipper, était celle de la photo.

Dan s'arrêta pour rappeler l'appartement de Dorothy. Toujours pas de réponse. Sale histoire. Peut-être avait-elle filé. Ce qui voudrait dire qu'elle était sérieusement impliquée dans l'affaire. Barney Price serait capable d'en faire autant. Pourtant, cela semblait peu probable. Se défiler de cette façon serait un aveu. Barney était trop malin pour ça. Dorothy Vane avait probablement perdu la tête.

Le bar de *l'Epave* n'était qu'à quelques centaines de mètres. Dan les parcourut à pied, en pressant le pas. Le coup de feu du soir était déjà bien en train, mais Chuck Leary abandonna les clients qu'il était en train de servir et s'approcha en hochant tristement la tête.

— Bon Dieu! Vous avez vu l'histoire de Kent?

Dan exhiba la photo de Barney Price.

— Je suis terriblement pressé, Chuck. Regardez ça et dites-moi si c'est le type qui a acheté le tableau du bar.

Chuck l'étudia un instant et se mit à hocher la tête.

— C'est lui. C'est bien ce type-là.

— Vous êtes sûr?

— Ouais. C'est lui. Qui est-ce?

Dan rempocha la photo.

— Désolé de filer si vite. Je suis pressé.

Chuck écarquilla les yeux :

— Qu'est-ce qui se passe?

— Je vous le dirai plus tard, Chuck. Merci. Il faut que je cavale.

Chuck le regarda partir, bouche bée. Dehors, Dan dut faire l'acrobate et brailler à l'adresse de cinq taxis différents avant d'en trouver un vide.

Il était un peu plus de six heures quand le taxi le déposa devant l'immeuble délabré de O'Farrell Street, où Barney Price avait son bureau. La nuit était tombée. Les réverbères et les vitrines étaient allumés.

Dan sauta dans l'ascenseur poussif. L'antique machine l'arrêta au troisième, dans un sursaut. De faibles ampoules éclairaient tristement le couloir de leur lumière jaune. La vitre laiteuse de la porte marquée « Agence de Détectives Price » était obscure. Dan frappa deux fois. Silence.

Plutôt mauvais, Dan vérifia sa montre. Six heures sept. Décidément, ça ne donnait pas grand-chose de laisser du répit aux gens.

Toutes les autres portes du vestibule étaient obscures.

Dan fit quelques pas et lut les inscriptions : « Société Limpac, Bimbeloterie »; « Wyantax et C° »; « Julian Goncourse, bandages herniaires ». Des petites affaires de deux sous se débattant becs et ongles. « Isaac Goldman, fabricant de gilets ».

Il revint à la porte de Barney Price et la contempla avec dépit. Sans raison valable, il frappa de nouveau. Silence.

Il secoua la poignée. C'était ouvert. La fente d'obscurité s'allongea vers l'intérieur.

Dan regarda à droite et à gauche dans le couloir pour se rassurer. Silence partout.

Passant le bras dans l'ouverture de la porte, Dan tâta le mur. Ses doigts trouvèrent un interrupteur. Une lumière aveuglante emplit la pièce et le fit sursauter comme un bruit assourdissant. Son premier réflexe fut d'éteindre avant d'attirer l'attention.

Mais il poussa un peu plus la porte. Les photos de boxeurs brillaient sur tous les murs. Le fauteuil, devant le bureau de Barney, était vide. Rien n'était changé depuis son passage, sauf que Barney n'était pas là. C'est alors qu'il remarqua le bout d'une chaussure qui dépassait de derrière le bureau.

Il pénétra dans la pièce, ferma la porte, gagna vivement le bureau et regarda derrière.

Barney Price était allongé sur le dos, une main agrippée à son col. La grosse bague imitation rubis brillait d'un éclat vindicatif. Il avait les pupilles dilatées et le teint vaguement rosâtre. Ses lèvres étaient tachées du même vert pâle que celles de Kipper.

Dan n'eut pas besoin de le toucher pour savoir qu'il était mort. Une bouteille à moitié vide de whisky bon marché était posée sur le bureau. A côté, il y avait deux grands verres, et sur le buvard une tache verte là où un peu d'alcool avait coulé.

Dan revint à la porte. Il n'y avait pas de serrure,

mais un verrou ordinaire que Dan fit glisser. Puis, il mit ses gants.

Se souvenant de l'enveloppe jaune que Price avait glissée devant lui dans le tiroir supérieur, il traversa la pièce et revint au bureau. Elle n'y était plus. Il y avait un revolver à canon court, un carnet de notes et des tas de papiers. Mais pas d'enveloppe jaune.

Il ouvrit les autres tiroirs en les tirant par les bords extrêmes de leurs poignées pour éviter d'effacer les empreintes digitales susceptibles de s'y trouver. Il découvrit tout un assortiment de bouts de ficelle, d'enveloppes, de papier à en-tête, de bouteilles d'encre, une chemise sale et quelques chaussettes, quelques vieux magazines, mais pas d'enveloppe jaune. Le tiroir du bas à droite, un tiroir profond réservé aux classeurs, était déjà ouvert. Il contenait deux paires de gants de boxe et quelques verres.

Il examina les autres meubles. L'armoire à classeurs ne paraissait renfermer que des photos de combats. Le coffre-fort était fermé à clef.

Il revint jeter un autre coup d'œil à Barney Price. Ensuite il décrocha le téléphone et composa le numéro du standard.

— Donnez-moi la police.

Puis il demanda l'inspecteur Gallagher. Après une courte attente, la voix râpeuse de Gallagher se fit entendre. Dan commença :

— Ici Banion, du *Journal*. Je...

— Ah ouais? J'aimerais beaucoup vous voir, Banion.

— Nous avons un nouveau cadavre, Gallagher.

— Quoi?

— Je viens de découvrir un autre cadavre.

— Un autre quoi?

— Un autre cadavre. Un macchabée. Un autre meurtre. Il a les lèvres vertes, exactement comme le premier.

— Vous n'êtes pas saoul?

— Puisque je vous le dis. J'en ai trouvé un autre. Il est là, sous mes yeux.

— D'où me parlez-vous?

— Bureau de Barney Price, détective privé, 316, O'Farrell.

— Qu'est-ce qu'il vient faire là-dedans?

— Il fait le cadavre.

— Barney?

— Ouais, Barney Price.

— Qu'est-ce que vous... non, rien. Restez là-bas. Ne bougez pas de là... Vous m'entendez?

— Je serai là.

— Vous restez là-bas, compris? J'arrive tout de suite. Y a-t-il quelqu'un d'autre?

— Personne. Rien que moi.

— Eh bien, restez-y et ne touchez à rien.

— Bon, ça va.

— Vous avez entendu, hein? Ne touchez à rien!

Quand Gallagher eut raccroché, Dan appela le *Journal*. Charlie Dixon était de service. Avant que Dan ait pu placer un mot, Charlie demanda :

— Une minute, Banion. C'est du chaud?

— Du brûlant.

— Ne quitte pas, on va s'y mettre à deux. Prends l'autre appareil, Phil.

Dan dévida son histoire d'une voix monotone, parlant avec précision et lenteur pour ménager le crayon à l'autre bout du fil.

— Barney Price, de l'Agence de Police privée. Price — P-r-i-c-e — assassiné dans son bureau, 316, O'Farrell Street, pièce 408. Heure : entre seize heures et dix-huit heures. Arme : poison. De toute évidence, même poison que celui qui a tué Kenton Kipper. Mêmes lèvres tachées de vert. Même apparence générale.

Charlie l'interrompit :

— C'est ce que disent les flics?

— Ils ne l'ont pas encore vu. Ils vont arriver. Je viens de les prévenir. J'ai buté dessus le premier. Laissez-moi parler. Et grouillez-vous tous les deux. C'est une exclusivité du tonnerre.

— Bon. Vas-y.

— Poison visiblement administré dans du whisky. Bouteille à moitié pleine sur le bureau. De l'« Old Thundercreek ». Deux grands verres sur le buvard. Un peu d'alcool renversé a fait tourner le buvard au vert, comme vert des lèvres. Corps découvert par reporter du *Journal* à six heures sept, au cours enquête sur affaire Kipper.

Mot à mot, Dan détailla la découverte du cadavre, puis résuma l'histoire embrouillée des peintures de Kipper. Quand il eut fini, Charlie se mit à lui poser question sur question. Dan répondit à une bonne vingtaine. Puis il entendit geindre le moteur de l'ascenseur. Quelqu'un avait dû l'appeler du rez-de-chaussée.

— Je raccroche, Charlie. Voilà les autorités. Oui, je rappellerai plus tard. Vous feriez pas mal d'envoyer un type pour m'aider.

La plainte de l'ascenseur continua un moment puis cessa. Gallagher devait être en train de se bagarrer avec les portes à glissières en bas, dans le vestibule. Puis le crissement geignard reprit. Gallagher montait. Quand le bruit s'arrêta, Dan entendit glisser les portes de métal, au bout du palier. Un instant plus tard, la poignée de la porte était agitée furieusement. Quelqu'un cogna du poing contre la vitre.

Dan enleva ses gants, les mit dans sa poche et ouvrit le verrou. Gallagher, suivi d'un autre inspecteur et de deux agents en uniforme, fit irruption dans la pièce. C'étaient tous des hommes massifs, énormes. Et Dan eut l'impression — cela arrive souvent avec les policiers

— que ces êtres venaient d'une autre planète. Plus grosse à coup sûr.

Avant d'examiner la pièce d'un coup d'œil circulaire, Gallagher jeta un dur regard sur Dan. Il s'avança vers le bureau, baissa les yeux vers la forme écroulée derrière et, soudain contracté, la contempla fixement pendant dix secondes. Puis il se détendit, alla de l'autre côté du bureau et en étudia le dessus, avec la bouteille et les deux verres.

Les autres hommes se tenaient silencieux à l'entrée de la pièce. Personne n'avait encore parlé.

Gallagher se tourna vers l'autre inspecteur, pardessus à carreaux, ceinture, grosse moustache noire et un chapeau tout neuf gardant encore la forme donnée par le chapelier.

— Vous avez appelé le coroner, Mack?

— Il arrive.

Gallagher pointa son pouce vers le cadavre :

— Barney a fini par avoir son compte.

Il tourna une chaise face à la porte et s'assit pesamment. L'autre inspecteur s'approcha et étudia le cadavre.

— C'est bien Barney.

Gallagher était assis, coudes sur les genoux, épaules rondes et doigts joints. Il dévisagea fixement Dan pendant un moment, sans rien dire, Puis il se tourna vers les agents en uniforme.

— Attendez dehors, les gars.

Les deux flics sortirent, fermant la porte derrière eux. Mack resta dans la pièce.

Gallagher pêcha dans une poche intérieure un paquet de cigarettes écrasé, s'en colla une à la bouche et tendit le paquet à Dan.

— Cigarette?

— Non, merci.

Dan sortit sa pipe et sa blague et commença à tasser son tabac. Qu'allait faire Gallagher? Ce genre d'attitude pouvait signifier n'importe quoi. Dan décida de tenir sa langue et d'attendre la suite.

Gallagher alluma sa cigarette avec une grosse allumette de cuisine qu'il avait prise dans la poche de son manteau et frottée sur son ongle.

— Foutu boulot. J'ai un accès de névrite et ça me tuera un de ces jours.

Dan ne dit rien, la tête sur le billot, il n'aurait pas parlé avant que Gallagher abandonne son petit système du silence avantageux et commence à l'interroger.

Gallagher parut soudain s'intéresser aux photos de combats accrochées aux murs. Ses yeux se plissèrent. Il se leva et en examina quelques-unes de près. En revenant à sa chaise, il dit :

— Prêt, Mack?

Mack sortit un calepin et posa dessus la pointe d'un crayon. Gallagher se croisa les jambes et passa un bras sur le dossier de sa chaise.

— C'est bon, Banion. Allez-y.

Dan finit d'allumer sa pipe.

— Eh bien, je suis venu ici cet après-midi pour voir Price. Comme il était occupé, il m'a demandé de revenir à six heures. Je suis revenu un peu après six heures. Tout était éteint. Personne n'a répondu quand j'ai frappé, alors j'ai ouvert la porte et j'ai fait de la lumière. Il était là, exactement comme vous le voyez. Alors je vous ai appelé.

— Pourquoi aviez-vous mis le verrou?

— Pour que personne n'entre ici avant votre arrivée.

— Vous n'avez touché à rien?

— Non.

— C'est probablement un foutu mensonge. A propos de quoi veniez-vous le voir?

Dan disposa une chaise et s'assit.

— J'essayais de découvrir qui avait acheté les peintures de Kipper.

— Vous connaissiez Barney avant?

— Non.

Gallagher plissa les yeux et regarda de nouveau les photos du mur.

— Vous pensiez que ces photos avaient quelque chose à voir là-dedans?

— Comment ça?

— Ecoutez, Banion. Je pourrais vous causer des tas d'ennuis. Faut pas me raconter des blagues. Vous êtes allé dans l'appartement de Kipper, la nuit dernière. Vous l'aviez reconnu à la morgue, hier. Vous trichez avec moi sur toute la ligne.

— Je ne l'avais pas exactement reconnu. Je l'avais aperçu dans un bar, voilà tout. Je suis retourné au bar pour tâcher de savoir qui c'était. Nous n'avons pas publié d'article avant que j'aie amené un type pour l'identifier officiellement.

— C'est bon, Banion. Laissez tomber. Je sais aussi bien que vous ce que vous avez fait. J'ai reçu aujourd'hui des rapports de presque tous les journaux où vous avez travaillé. Vous avez déjà joué ce jeu-là. Ne me prenez pas pour un idiot.

— Il n'en est pas question.

— C'est exactement la question. Vous êtes un de ces artistes amateurs de prouesses. Vous avez la phobie des flics. Bon. Ecoutez bien. Je n'ai pas la prétention d'être un génie et je ne tiens pas à en être un. D'ailleurs, j'ai de la névrite. Que quelqu'un ait envie de passer pardessus les formalités et de nous griller à la chasse aux indices, d'accord. Je ne peux pas l'en empêcher. Je peux lui rendre la vie difficile de temps en temps, mais je ne peux pas l'en empêcher. Tout ce que je demande, c'est qu'il joue franc jeu, et qu'il coopère avec moi. Pour mener une enquête de ce genre, j'ai une règle fixe. Elle n'est pas parfaite. Elle est un peu lente. Mais la plupart du temps elle me réussit, et puis elle a fait ses preuves. Naturellement, un type débrouillard qui marche à l'intuition n'est pas obligé de s'arrêter pour relever un millier d'empreintes, ou questionner tous les voisins, ce qui fait qu'il peut me battre de six longueurs. Je ne peux pas empêcher ça. Seulement, il peut aussi se fourrer dans la mélasse. Ça non plus, je ne peux pas l'empêcher. La question est de savoir si vous et moi nous allons travailler ensemble comme des gens sensés ou bien si nous allons rivaliser et nous faire des crasses comme une paire de foutues vedettes de cinéma.

Dan sourit et se détendit.

— J'aime votre façon de parler.

— Bon. Alors, cessons de nous bourrer mutuellement le crâne. Est-ce que vous pensiez que ces photos de boxeurs avaient quelque chose à voir avec l'affaire? Est-ce pour ça que vous êtes venu voir Barney?

— Non. Ce n'est que cet après-midi, en entrant dans ce bureau, que j'ai fait un rapprochement entre les noms donnés par les gens qui avaient acheté les tableaux et ceux des boxeurs.

Les yeux de Gallagher s'allumèrent :

— Vous voyez bien. Vous n'êtes pas tellement fortiche. Moi, j'ai pigé à la minute où j'ai vu les noms sur les lettres, chez Kipper. Berlenbach, Wolgast, Mandell... J'ai compris tout de suite.

— Vous avez pensé à Barney Price?

— Bon Dieu, non! Je savais simplement que c'était des noms de boxeurs. Mais alors, qu'est-ce qui vous a poussé à venir voir Barney, si ce n'était pas ça?

— Ma foi, c'est une histoire un peu compliquée. Dan expliqua comment il avait retrouvé la trace de Dorothy Vane à la Galerie Bishop et comment le numéro de téléphone sur son mur l'avait conduit jusqu'à Barney Price.

Gallagher écoutait attentivement, tout en se triturant le menton.

— C'est vraiment du beau boulot. J'aurais bien besoin de gars comme vous.

Il se tourna vers Mack.

— Téléphonez au poste qu'ils ramassent la nommée Dorothy Vane. Dites-leur d'amener le mari aussi... Howard Vane.

Il se retourna vers Dan.

— Si elle s'est débinée, c'est à vous qu'on devra des remerciements.

— Elle se serait débinée de toute façon, dès qu'elle aurait lu le journal.

— Peut-être. Enfin, quelle est votre théorie sur toute cette affaire?

— Je pense que quelqu'un a payé Barney Price pour racheter les toiles de Kipper en douce. Barney n'était pas très dégourdi et, de toute façon, il n'a peut-être pas pris ce boulot très au sérieux. Aussi, quand il a eu besoin de noms, il s'est contenté de les piquer sur ce mur. Il trouvait peut-être ça drôle.

— Et Dorothy Vane?

— Elle travaillait probablement pour Barney.

— Ça se pourrait. Et le meurtrier serait le véritable acheteur? Entrez, Kennedy.

Un petit gros en manteau noir et foulard écossais avait montré sa tête à la porte.

— C'est ici? interrogea-t-il.

Gallagher désigna le bureau.

— Il est par terre. Là, derrière. Voyez ce que vous pouvez en tirer.

L'homme posa une trousse noire de docteur sur le bureau, jeta un coup d'œil par derrière, fit : Tss, tss, tss, tss, tss, tss! et commença à retirer ses gants.

Les photographes et l'équipe des empreintes entrèrent et commencèrent à déballer leurs instruments.

— Foutons le camp d'ici. Laissons-les travailler, dit Gallagher.

Il passa devant et sortit dans le vestibule où, près des deux agents en uniforme, un homme au visage aimable, attendait patiemment. Il avait des cheveux blancs et portait un pantalon de velours crasseux.

— Qui êtes-vous? demanda Gallagher.

— Je suis le veilleur de nuit.

— Ah! bon. A quelle heure avez-vous pris votre service?

— Six heures.

— Vous avez relevé quelqu'un?

— Il y a un portier de jour. Il est parti à six heures.

— Y a-t-il quelqu'un d'autre qui ait pu se trouver dans les parages, disons à partir de quatre heures?

— Non. Il y a un type qui m'aide à nettoyer les bureaux. Il est en bas. Mais il n'est arrivé qu'à six heures et demie.

Gallagher inspecta le couloir.

— Il nous faut un autre coin. On commence à être à l'étroit, ici.

Le portier prit un gros trousseau de clefs pendu à sa ceinture.

— Il y a une pièce juste en face. Les gens ont déménagé, mais il reste quelques meubles.

Il ouvrit une porte et alluma la lumière. La pièce était nue, à part un bureau de mauvaise qualité et deux chaises inconfortables. Gallagher en fit l'inventaire.

— Ça fera l'affaire. Sortez et tenez-vous dans le coin. J'aurai d'autres questions à vous poser. Entrez, Banion.

Mack les suivit, toujours armé de son carnet. Gallagher prit la chaise derrière le bureau.

— Voyons. Où en étions-nous? Vous disiez que Barney Price achetait les peintures pour quelqu'un d'autre. Vous voyez qui?

— Je ne sais pas. En tout cas, c'était quelqu'un qui ne voulait pas qu'on sache son nom.

— Pourquoi?

— Je n'en sais rien Mais on n'engage pas un détective privé pour acheter des tableaux sous de faux noms s'il ne s'agit pas d'un trafic louche.

— Allons, allons, vous êtes plus malin que ça, Banion. Vous avez des idées là-dessus. Je vous écoute.

— Eh bien, il y a plusieurs motifs qui pourraient pousser quelqu'un à agir ainsi. Primo : ce quelqu'un a pensé que ces tableaux prendraient un jour de la valeur et a voulu les acheter le moins cher possible, sans que ça s'ébruite.

— Vous croyez que ça colle avec cette affaire?

— Non.

— Continuez.

— Secundo : quelqu'un qui aimait bien Kipper a pu vouloir l'aider sans qu'il sache d'où ça venait.

— Vous croyez ça, vous?

— Non. C'est peu probable.

— Eh bien, alors! donnez-moi votre opinion.

— Tertio : On ne pouvait pas le sentir et on a acheté ses toiles pour les détruire.

— Ça ne tient pas debout. Qu'est-ce que ça pourrait bien foutre à Kipper de savoir où étaient ses toiles, du moment qu'il avait son pognon?

— Ce n'est pas comme ça que raisonne un peintre. L'argent a moins de valeur pour lui que ses toiles. Ses toiles, c'est l'œuvre de sa vie. Détruire sa peinture, c'est exactement comme si on le tuait.

— Enfin, je suppose qu'il faut de tout pour faire un monde.

Si quelqu'un avait envie de tuer un peintre, cette

envie pourrait très bien se transformer en un désir de détruire son œuvre. Il pourrait commencer par détruire un tableau dans un mouvement de dépit. Puis un autre, puis encore un autre, jusqu'à ce que ça devienne une manie. Finalement, il pourrait être amené à tuer l'artiste lui-même.

— C'est un genre de truc psychologique, ça, non?

— En un sens, oui.

— J'ai droit à la retraite dans deux ans. C'est pas dommage. Tout ça, c'est trop fort pour moi. S'il faut savoir pourquoi un cinglé est un cinglé avant de se mettre au boulot...

Dan fourragea pensivement le fourneau de sa pipe avec une allumette.

— Il peut y avoir une autre raison. C'était peut-être de la jalousie professionnelle.

Les yeux de Gallagher s'animèrent :

— Vous voulez dire un autre peintre?

— Ça se pourrait.

Gallagher hocha la tête :

— On ne peut jamais savoir ce qu'un artiste a dans le crâne. Quand un homme d'affaires est assassiné, c'est ou l'argent, ou les femmes, ou les deux. Un artiste, on ne peut pas savoir.

— Je ne dis pas que les choses se sont passées exactement comme ça dans cette affaire. Je ne fais que vous donner mes idées pour ce qu'elles valent.

Gallagher agita les mâchoires comme pour ruminer cette idée.

— Si cette histoire est vraie, alors vous pensez que Barney, qui connaissait l'acheteur des peintures, a mis deux et deux ensemble et a compris qui avait assassiné Kipper.

— Quelque chose comme ça. De plus, en suivant les peintures à la trace, on remontait jusqu'à Barney. Il aurait pu dévoiler le nom du véritable acheteur. Et si le véritable acheteur avait détruit les peintures, il était fait comme un rat.

— Alors, l'assassin a été obligé de se débarrasser de Barney.

— Ce n'est qu'une théorie grossière, mais ça tient debout.

— Peut-être. Notez bien qu'il n'est pas encore prouvé que Barney ne se soit pas suicidé.

— Oh, ne dites pas de couillonnades.

— Quand même, il aurait pu tuer Kipper, puis perdre la tête et s'empoisonner.

— Je ne le crois pas.

— Moi non plus.

— Barney a été assassiné, et le coupable, quel qu'il soit, est venu le voir entre quatre et six heures.

— Pas forcément. Le poison aurait pu être mis dans la bouteille plus tôt dans la journée, ou la veille, si on va par là. Ce qu'il y a de sûr c'est que Barney a bu un coup entre quatre et six.

— C'est vrai. Pourtant, j'ai l'intuition que l'assassin est venu ici cet après-midi.

Gallagher se croisa les mains sur le bureau et scruta le plafond.

— Je pourrais peut-être trouver quelque chose dans les papiers de Barney, quand ces ouistitis en auront fini là-dedans, et que je pourrai mettre la main dessus. Mais je ne m'attends pas à trouver grand-chose. Barney n'était pas le genre de type à garder des archives. Est-ce que vous êtes tombé sur un avocat du nom de Gregory Fallon, au cours de votre petite promenade d'hier soir?

— C'est le second mari de Marian Cleave.

— Exact.

— Je l'ai vaguement aperçu. Il était saoul perdu.

— Vous avez réfléchi à son cas?

— Oui. Je ne sais pas comment il a pu entrer en rapport avec Dorothy Vane. C'est elle la poule qu'on a trouvée au lit avec lui, ou quelque chose comme ça. Son mari a fait un foin de tous les diables. C'est pour ça qu'elle a eu sa photo dans le journal. Et c'est ce qui a cassé le ménage de Fallon et de Marian.

Gallagher se racla la gorge.

— Et Dorothy Vane est allée un peu partout acheter des peintures de Kipper sous un faux nom.

— C'est ça.

— Dix contre un que le prochain cadavre aux lèvres vertes ce sera elle.

— J'y ai pensé.

Gallagher se pencha en avant.

— Histoire de voir ce que ça donne, appliquez donc votre psychologie à ce que je vais vous dire : Gregory Fallon était marié à la dénommée Marian Cleave. Kenton Kipper était son premier mari. Elle en pinçait encore plus ou moins pour Kipper et ça a rendu Fallon jaloux. Il a commencé à acheter les tableaux de Kipper et à les brûler. Il ne voulait pas être vu en train de les acheter, alors il a persuadé Dorothy Vane de le faire à sa place. Il avait plus ou moins fricoté avec elle et il était naturel qu'il se serve d'elle. Finalement, le mari de Dorothy les surprend ensemble. Scandale. La môme Cleave quitte Fallon et commence à se montrer avec son premier mari, Kenton Kipper. Alors Fallon complote son affaire : Kipper doit être enfermé dans une caisse de spaghettis et brûlé dans un incinérateur. Il va simplement disparaître de la circulation. Pas de traces, rien. Mais ça se passe autrement. Accident, la caisse s'éventre. Fallon s'affole. Un jour ou l'autre, à cause des peintures, quelqu'un pourra remonter jusqu'à Dorothy Vane. Un jour ou l'autre, Dorothy Vane est fichue de se poser des questions.

Dan l'interrompit.

— Vous n'êtes pas en train d'oublier Barney Price?

— Ah, oui. Barney! Eh bien Barney se place n'importe où. Peut-être qu'au bout d'un moment, Dorothy en a eu marre d'acheter des peintures et que Fallon a été obligé d'utiliser Barney.

— Ça n'expliquerait pas pourquoi Dorothy utilisait des noms de boxeurs. Visiblement, Barney était dans le coup depuis le début. C'est lui qui donnait ses instructions à Dorothy et qui choisissait les noms. Elle travaillait pour lui.

— Eh bien, peut-être qu'il était dans le coup depuis le début. On peut expliquer ça de différentes manières.

— Une chose encore : Dorothy Vane a acheté certaines toiles *après* le scandale entre elle et Fallon. Croyez-vous qu'il aurait continué avec elle après ça?

— C'est possible.

— Mais pas vraisemblable. Moi aussi, j'ai d'abord pensé à Fallon. Il demeure une possibilité. Mais il vous faut plus de preuves. Vous n'avez que des déductions. Vous avez dû interroger Fallon aujourd'hui. Qu'est-ce qu'il a comme alibi pour la nuit où Kipper a été assassiné?

— Il n'en a aucun. A l'entendre, il était saoul. Il est rentré vers une heure. Il s'est endormi tout habillé sur son lit et s'est réveillé en frissonnant vers cinq heures du matin. Il s'est levé, s'est déshabillé, s'est recouché et a dormi jusqu'à midi. Pas un seul témoin pour le prouver. Il vit tout seul dans un appartement de Sacramento Street.

— Et les autres? Vous avez dû trouver cette lettre dans l'appartement de Kipper.

— Celle qu'il avait écrite à Marian Cleave et qu'il n'avait pas postée?

— C'est ça.

— Je l'ai trouvée. Vraiment gentil à vous de me l'avoir laissée... fripouille! J'ai tout vérifié. Marian Cleave a dîné avec Kipper, ce soir-là. Ils sont ensuite allés dans un bar où ils ont discuté jusqu'à la fermeture, à minuit. Après ça, elle l'a reconduit chez lui. Le gars n'avait pas de voiture. Elle prétend qu'ils sont restés un moment à parler, devant chez lui. Après, elle est rentrée.

— Elle n'est pas montée chez lui?

— Non. Et elle dit probablement la vérité. La bonne femme qui habite au-dessous a des insomnies. Elle se souvient d'avoir entendu une voiture arriver, un peu après minuit. Elle a pensé que ça pouvait être son mari et elle a regardé par la fenêtre. La voiture est restée un moment le long du trottoir, tous phares allumés. Un peu plus tard, elle a entendu une portière claquer et Kipper est monté, seul. Elle est tout à fait sûre qu'il est monté seul, car elle a entendu la voiture s'éloigner et elle reconnaît le pas des gens. C'est une vieille chipie qui surveille les allées et venues de toute la maison.

— La lettre parlait d'un nommé Glotcher. Vous l'avez cuisiné?

— Oui. Sale bonhomme. Photographe. Homme à femmes. On ne peut pas dire qu'il portait Kipper dans son cœur. Pourtant, son alibi tient. Il est resté avec un tas de gens jusqu'à quatre heures du matin. Ils ont bu dans une boîte appelée *le Pot Noir*. Après quoi, ils sont allés au Quartier Chinois manger un chop-suey. Plus tard, ils se sont réunis dans le studio de Glotcher et ils ont fait la foire presque toute la nuit.

— Dans la lettre, Kipper parlait de « l'affaire Glotcher ». Avez-vous découvert ce qu'il voulait dire par là?

— Il y a eu quelque chose entre Glotcher et la môme Cleave. C'est sûr. Kipper a dû en avoir vent et en a été dégoûté.

— En avez-vous parlé à Glotcher?

— Ils ne l'a pas admis entièrement. Il a simplement

dit qu'ils étaient copains. Et il a ricané, à vous donner envie de lui cravacher la gueule à coups de ceinturon. Vous croyez qu'il a autre chose?

— On ne sait jamais.

— Vous avez peut-être raison. Je ferais bien d'éplucher ce Glotcher un peu plus.

— Et Mallory? Vous l'avez vu?

— Vous avez fait du chemin, Bannion. La lettre ne parle que de Lance. Comment avez-vous su que son nom était Mallory?

— Je l'ai rencontré hier soir.

— Je crois que vous avez fait quelques rencontres. Marian Cleave m'a dit qu'elle vous avait trouvé aussi dans l'appartement de Kipper, hier soir.

— Qu'est-ce qu'a raconté Mallory?

— Il n'était pas en ville, la nuit du crime. Il était parti pour sa maison de Burlingame dans la Péninsule. Il y avait deux autres types avec lui. Ils y ont passé la nuit.

— Kipper disait dans la lettre qu'il allait se marier. Vous savez avec qui?

— Vous devriez le savoir, Banion. Vous êtes allé la voir cet après-midi, une demi-heure avant moi. Elle m'a dit que vous étiez venu.

— Janey Navarro?

— Exact. Vous ne vous en étiez pas douté?

— Je n'étais pas sûr. A propos, avez-vous interrogé les voisins de Kipper?

— J'y ai passé le plus clair de ma matinée, quand je n'étais pas empoisonné par les gens qui voulaient louer l'appartement.

— L'appartement de Kipper?

— Oui. Vous n'avez pas entendu parler de la crise du logement? Ils ont lu l'histoire de Kipper et ils ont cherché son adresse dans l'annuaire. Plus de vingt personnes sont venues avant midi. Chaque fois qu'une mort, de n'importe quel genre, est annoncée dans les journaux, c'est une vraie cavalcade.

— Qu'est-ce que les voisins ont raconté?

— La femme du second est la seule qui avait quelque chose d'intéressant à dire. Elle est plus ou moins gérante de la maison. Elle a des insomnies. Elle a entendu Kipper rentrer, je vous l'ai dit. Après, elle l'a entendu marcher un peu. Vers une heure et demie, elle a entendu sonner le téléphone chez Kipper; il a répondu. Elle est sûre de l'heure, parce qu'elle a regardé sa pendule. Cinq ou dix minutes plus tard, elle a entendu une voiture s'arrêter devant la maison et corner deux fois. Elle se souvient de ça, parce que ça lui a fait mal à la tête. Ensuite elle a entendu Kipper ouvrir sa porte et descendre l'escalier en pantoufles. Elle est certaine qu'il avait ses pantoufles, parce qu'il les mettait souvent dans la maison et qu'elle en avait le bruit dans l'oreille. Elle l'a entendu descendre dans la rue et parler à quelqu'un dans la voiture. Quelques minutes plus tard, elle a entendu une portière claquer. Et un moment après, la voiture repartait et s'éloignait. Elle a écouté pour voir si Kipper remontait, mais elle ne l'a pas entendu. Finalement, elle s'est endormie.

— Alors l'assassin n'est pas monté à l'appartement. Il a simplement appelé Kipper au téléphone pour lui demander de descendre le voir.

— Ça m'en a tout l'air. Le lendemain matin, la logeuse a remarqué que la porte de Kipper était entrebâillée et que la lumière était allumée. Elle a frappé, mais il n'y avait personne. Elle est entrée et elle a éteint la lumière, parce que ça la rend folle de voir gaspiller de l'électricité. Puis elle a refermé la porte et s'est dit qu'elle lui en parlerait plus tard.

— Ça ne lui a pas paru anormal?

— Pas dans ce quartier-là. Ils sont habitués aux gens qui entrent et qui sortent à toutes les heures du jour et de la nuit et qui se conduisent comme des louftingues.

— Alors, en principe, Kipper est entré chez lui et s'est préparé à se coucher. Il a mis son peignoir et ses pantoufles, s'est installé à son bureau et a écrit une lettre à Marian. Vers une heure et demie, quelqu'un a téléphoné, quelqu'un qu'il connaissait très bien, évidemment, et qui lui a dit qu'il arrêterait sa voiture devant la porte et cornerait.

— C'était sûrement une femme, dit Gallagher. Une femme a une excuse toute trouvée pour ne pas monter.

— Oui, mais les hommes peuvent faire ça aussi. J'avais un copain qui était allé chasser le canard. Il m'a téléphoné pour me dire qu'il arrêterait sa voiture devant chez moi, et qu'il cornerait. Si je voulais une paire de canards, il fallait bien que je descende les chercher.

— Et vous êtes descendu?

— Oui, pourquoi? dit Dan.

— Qu'est-ce qu'il a fait? Il vous a juste tendu les canards et il est parti?

— Non. Si je me souviens bien, il avait une bouteille et il m'a offert un coup.

— Et alors?

— J'ai accepté.

— Sur le trottoir?

— Non, je suis monté dans la voiture avec lui.

Gallagher hocha la tête avec satisfaction.

— Exactement. C'est toujours comme ça que ça se passe. C'est la chose la plus naturelle au monde. Ça m'est arrivé. Et je parierais que c'est ce qui est arrivé à Kipper. Seulement, pour lui, il y avait du poison dans la bouteille. Ce truc agit rapidement. L'assassin avait probablement la caisse de spaghettis dans sa voiture. Il n'avait plus qu'à aller dans un coin tranquille, fourrer Kipper dans la caisse, reclouer le couvercle, retourner au dépôt, coller la caisse avec les autres, et repartir.

— On a trouvé quelle sorte de poison c'était?

— Oui. C'est bien ce que pensait Jeff. De la Leunatine.

— Il a dit que c'était difficile à trouver.

— Et c'est vrai. Nous sommes en train de contrôler tous les stocks connus. Mais nous n'en attendons pas grand-chose. C'est toujours pareil. Quand un poison rare ou bizarre de ce genre-là est utilisé, c'est que le meurtrier l'a depuis longtemps. Y a des gens comme ça, vous savez. Le poison les fascine. Roméo et Juliette et toutes ces conneries... La plupart des gens se baladent avec l'idée de se mettre en l'air un jour ou l'autre. Surtout les femmes. Si vous saviez combien de gens achètent une bouteille de poison et la conservent pendant des années, vous seriez épaté. La plupart du temps, ils ne s'en servent jamais. Quelquefois c'est plus fort qu'eux. J'ai horreur des affaires d'empoisonnement.

— Pourquoi?

— Parce qu'elles sont moches. Prenez un revolver. C'est plus loyal un revolver. Votre pire ennemi peut se lever tout d'un coup et vous faire éclater la tête avec, c'est régulier. Mais le poison... c'est lâche. Et ça vous est presque toujours servi par quelqu'un en qui vous avez confiance. Quelqu'un qui prétend être votre ami. Il dit : « Bois un pot, camarade », alors vous y allez de bon cœur, et vous crevez. C'est lâche. C'est hypocrite. C'est dégueulasse.

Gallagher pêcha une grosse montre en or dans sa poche et loucha dessus.

— Ces zèbres-là devraient avoir fini dans le bureau de Barney. Je ferais mieux d'aller jeter un coup d'œil à leurs papiers.

— Vous voulez que je reste ici encore longtemps?

— Comment donc! Restez dans les parages. On ne sait jamais, on peut découvrir quelque chose.

— Je n'ai pas bouffé une miette depuis midi.

— Moi non plus. Je vais faire monter quelques sandwiches.

— Non, merci. Je veux un vrai dîner.

— Bon, eh bien, descendez manger un morceau au coin. Je vais jeter un coup d'œil en vitesse au bureau de Barney et nous reprendrons notre conversation.

— J'ai une espèce de rendez-vous. Du moins je l'espère.

Gallagher plissa les yeux et il pointa son doigt vers Dan.

— Fini les entourloupettes. On collabore, ne l'oubliez pas.

— D'accord. Mais ce n'est pas une raison pour abandonner mon boulot.

— Je pourrais vous garder ici, vous savez. Vous êtes le type qui a découvert le corps.

— Ce ne serait plus de la collaboration.

Gallagher se gratta le menton.

— Non. Vous avez raison. Ça va, Banion. Vous pouvez filer. Mais faites attention à vous, fils. Vous êtes en train de devenir un candidat sérieux pour la prochaine tournée de vert-de-gris.

CHAPITRE XV

Pendant que Dan et Gallagher étaient dans la pièce, le hall s'était encombré de reporters et de photographes surexcités. Tandis que Dan se frayait un chemin parmi eux, Nix Peters se mit à agiter frénétiquement son crayon en braillant.

— Passe-droit! Passe-droit! Comment se fait-il qu'on l'ait fait entrer?

— Allons, ne vous excitez pas, dit Gallagher. C'est lui qui a découvert le corps. C'est un témoin.

Ils se groupèrent autour de Gallagher comme une volée de rapaces.

Dan remarqua parmi eux un autre reporter du *Journal* et le prit à part.

— Je vais filer, dit-il. Tâche de rester dans les parages. Gallagher aura peut-être quelque chose à dire quand il aura fini d'examiner les poches de Barney.

Comme la foule ne s'occupait que de Gallagher, Dan se faufila et descendit par l'ascenseur. D'un bar voisin, il appela Marian Cleave. Quand elle décrocha, sa voix bondit en deshabillé dans le cornet de l'appareil, ou presque.

— Oh, Dan! J'avais tellement envie que vous m'appeliez. Ç'a été terrible. La police est venue. Je ne sais plus que penser.

— Vous avez dîné?

— Oui. Tout au moins le peu que j'ai pu avaler.

— Moi pas. Je meurs de faim.

— Dan, dites-moi où vous allez manger et je vous rejoins quelque part où nous puissions parler.

— Vous connaissez la ville. Proposez.

— Allez *chez Raoul.* C'est tranquille et il y a des cabinets particuliers. C'est dans Sacramento Street, juste au-dessus de Montgomery Street. Ne m'attendez pas. Commencez à manger. J'y serai peut-être un peu tard, mais j'y serai.

La rue était mouillée et l'air humide et froid. Il avait dû pleuvoir un peu, mais la pluie s'était arrêtée. Le trottoir luisait à la lumière des réverbères. Un tramway bourré de voyageurs, passa en tanguant et en donnant furieusement de la cloche.

Pas très sûr du chemin à prendre, Dan fit une centaine de mètres dans la mauvaise direction avant de s'apercevoir qu'il s'éloignait du centre. Il revint sur ses pas. Ce faisant, il croisa un homme trapu en chapeau gris et en manteau noir. Au carrefour des rues O'Farrell et Powell, Dan s'arrêta pour acheter un exemplaire du *Journal*. En regardant par hasard derrière lui, il vit l'homme de tout à l'heure s'absorber dans la contemplation d'une devanture remplie de corsets de femmes.

Dan passa sur l'autre trottoir, fit une centaine de mètres et tourna dans une rue, sur sa gauche. C'était une artère commerçante aux vitrines brillamment éclairées. Avant de tourner au carrefour suivant, il regarda par-dessus son épaule. Le gros homme au chapeau gris le suivait toujours.

Dan prit à gauche par la rue Kearny et fonça dans un bistrot avant que l'homme ait tourné le coin.

C'était une petite boîte bondée de marins. Il prit un tabouret à l'extrémité du bar, de façon qu'on ne puisse le voir de la porte, et commanda une bière.

Quelques minutes plus tard, l'homme au chapeau gris entrait tranquillement et enjambait un tabouret à l'autre bout du bar.

Tiens, tiens! Ainsi Gallagher le faisait filer. Jolie collaboration! C'était peut-être logique du point de vue de Gallagher, mais pas admissible de celui de Dan. Comment se débarrasser de ce gorille?

Dan ne prit qu'une longue gorgée de sa bière et sortit vivement. Deux portes plus loin, sur la gauche, il y avait un passage. Il s'engouffra dedans et se mit à cavaler comme un dératé.

Le passage était bordé de restaurants et de bars chics. Estimant que son poursuivant n'avait pas encore pu tourner le coin, Dan fonça dans un des bars. Son entrée pétrifia le barman qui était en train de verser un Martini.

Dan reprit une allure plus normale et se dirigea vers le fond. Le barman le suivit en le regardant d'un œil soupçonneux.

— Qu'est-ce que c'est que vous cherchez?

— Les toilettes.

— En haut.

Le barman indiqua du pouce un escalier recouvert d'un tapis.

Dan monta les marches quatre à quatre. A l'entresol, il se trouva dans un petit salon meublé de tables basses et d'un tas de chaises longues. Au fond, il y avait deux portes rouges marquées « Garçons » et « Filles ».

Dan poussa la porte des « Garçons » et se trouva dans une pièce étroite aux murs recouverts de carreaux de faïence blanche. Il ouvrit une porte de verre dépoli pour voir si elle ne conduisait pas à un escalier de secours, mais la fenêtre avait des barreaux. Il s'appuya à un lavabo et attendit. Au bout d'un moment, la porte s'ouvrit. Un type maigre avec une moustache plus mince qu'un sourcil, entra, le regarda curieusement, utilisa l'urinoir, lui jeta un nouveau coup d'œil et sortit.

Dan attendit encore un peu. Puis il sortit et jeta un coup d'œil par-dessus la rampe. Assis au bar, le limier de Gallagher faisait tourner un verre de bière dans sa main.

Dan descendit l'escalier et sans se soucier du regard de mépris que lui lançait le barman, sortit directement. Un taxi venait de déposer deux femmes sur le trottoir et le chauffeur s'apprêtait à démarrer. Dan sauta dans la voiture.

— Quartier Chinois! lança-t-il.

Le limier chapeauté de gris sortit du bar quand le

taxi s'éloignait. Dan pensa : « S'il trouve un taxi assez vite pour pouvoir me suivre, je lui paye à dîner. »

Au Quartier Chinois, il renvoya le taxi et fit un bout de chemin à pied sans se presser, s'arrêtant pour regarder les devantures et jetant de temps en temps un coup d'œil derrière lui. Le chapeau gris ne se montra pas. Sûr d'avoir semé l'émissaire de Gallagher, il prit Sacramento Street en direction du restaurant où il devait retrouver Marian.

Chez Raoul était le genre de boîte aux fenêtres voilées d'épaisses dentelles où l'on peut s'attendre à payer cinq dollars une côtelette de mouton. Un personnage, qui aurait pu passer pour le duc de Luxembourg, accueillit Dan à l'entrée, leva les sourcils, claqua des talons et tendit la main comme s'il attendait une pièce de vingt sous.

— Vous avez un cabinet particulier? J'attends une dame.

Le Duc fit claquer ses doigts. Un garçon rampa hâtivement vers lui et lui montra le chemin, l'échine courbée et le bras tendu. Le Duc suivait de près. Devant le cabinet particulier, il cueillit le chapeau de Dan comme un cassis d'un buisson et l'aida à retirer son pardessus. Guère habitué à ce service, Dan était un peu embarrassé.

— Merci, dit-il d'une voix étouffée.

Il se glissa de côté dans le cabinet particulier, tandis que le garçon en écartait les rideaux.

Le Duc lui colla dans la main une énorme carte et disparut. Le garçon posa un crayon sur une feuille blanche.

Le menu, imprimé très fin, comportait plusieurs centaines de plats, dont les prix allaient de quatre à vingt dollars.

— Si Monsieur permet, dit le garçon, le « Caneton rouennaise au porto » est succulent. Ou peut-être Monsieur préférerait-il le « Carré de veau Chartreuse »?

— Ecoutez, dit Dan. Je dois être payé à peu près autant que vous, et nous sortons probablement de la même école communale. Qu'est-ce que vous commanderiez si vous vouliez manger à votre faim et sortir d'ici avec assez d'argent pour prendre le tramway?

— Je vous demande pardon?

— Rien, ça ne fait rien.

Le garçon réfléchit une minute.

— Nous avons un très bon steak aux champignons. Bien sûr, ça s'appelle autrement.

— Bon, apportez-moi ça.

— Voulez-vous des légumes verts ou des pommes de terre.

— Pourquoi? Il n'y a pas de garniture?

— Eh bien non. Les légumes sont en supplément.

— Eh bien merde alors!

— Si Monsieur prenait des pommes de terre rissolées.

— Très bien. Et une bouteille de bière.

— Et une bouteille de bière. Bien, monsieur.

Le garçon, sur le point de s'en retourner, se ravisa.

— A *quelle* école alliez-vous exactement?

— L'école General Grant à Minneapolis.

— Non, fit le garçon, déçu. Moi j'allais à la P.S. 28, à New York.

— Est-ce qu'on vous faisait nettoyer des tampons pleins de craie en les tapant l'un contre l'autre?

Les yeux du garçon brillèrent. Il pointa son crayon vers Dan.

— Je crois bien. Vous avez de la mémoire.

— C'était partout pareil, dit Dan.

En soupirant exagérément, le garçon s'éloigna, portant la commande de Dan et le poids des ans.

Dan avait presque fini son steak quand les rideaux s'écartèrent. Marian Cleave entra. Il recula sa chaise.

— Ne vous levez pas, dit-elle.

Elle fit glisser sa fourrure, découvrant une robe vert pois garnie d'argent, très décolletée. Une faible odeur de parfum était entrée avec elle.

— J'ai dit à Lance de nous retrouver ici. Ça vous ennuie?

— Pas du tout.

— Dan, il y a quelque chose que je voudrais savoir.

Elle prit la chaise en face de lui et posa un grand sac de chevreau blanc à fermoir de jade sur la table.

— Est-ce que vous étiez au courant, pour Kent, quand je vous ai trouvé chez lui, hier soir?

Ses yeux étaient suppliants.

Dan sirota sa bière avant de répondre.

— Oui, j'étais au courant.

— Dan, comment avez-vous pu?...

Ses lèvres se mirent à trembler, come si elle allait pleurer.

— Je voulais vous le dire.

— Mais, Dan, vous ne l'avez pas fait.

Dan se tortura l'esprit à la recherche d'une excuse.

— C'est arrivé si vite.

— Vous m'avez laissée continuer, et...

— Je suis désolé. Je ne pouvais pas me décider à vous le dire.

— Que faisiez-vous là-bas? demanda-t-elle avec circonspection.

— J'espérais tomber sur quelque chose qui m'aiderait à découvrir qui l'a tué.

Comme si elle eût été incapable de se retenir plus longtemps, elle se mit à sangloter.

— Je suis terriblement désolé, dit Dan.

Elle tendit la main vers son sac, défit le fermoir de jade et sortit un mouchoir.

— Ce n'est rien. Ça va se passer tout de suite.

Sa main avait dérangé le contenu de son sac. Une enveloppe dépassait par l'ouverture. Elle rappela à Dan l'enveloppe jaune que Barney avait examinée devant lui au cours de l'après-midi. La couleur paraissait identique.

— Laissez-moi vous commander à boire.

Il sonna le garçon.

Elle fourra son mouchoir dans son sac, prit une cigarette dans un étui d'argent et la tapota nerveusement.

— Dan, qui a pu faire ça? Je n'arrive pas à comprendre. Je suis épouvantée.

— Quelqu'un avait un motif.

Le garçon passa sa tête entre les rideaux. Dan commanda un cocktail pour Marian et un café pour lui.

— Avez-vous une idée? demanda-t-il, quand le garçon fut parti.

— Comment voulez-vous? Il n'avait pas un ennemi au monde.

— Et Glotcher?

Elle parut s'alarmer.

— Mais... pourquoi?

Dan frotta une allumette et la lui présenta. Elle lança des bouffées saccadées. La cigarette tremblait dans sa main.

— C'est ce que je vous demande. Pourquoi?

— Vous ne pensez pas que ce soit Glotcher?

— Glotcher lui en voulait à mort.

— Oui, mais... je ne comprends toujours pas.

— Kent l'a corrigé et l'a flanqué à la porte d'un bar du Quartier Chinois, la veille du jour où il a été assassiné.

Dan sortit sa pipe et sa blague.

— Je pensais que vous pourriez le savoir.

Elle rougit :

— Dan, j'ai fait l'imbécile.

Dan haussa les épaules.

— J'ai fait l'imbécile moi-même pas mal de fois. Qu'est-ce qui s'est passé?

— Oh, Dan, ce n'était rien. Ça ne voulait rien dire.

— Bon, mais qu'est-ce qui s'est passé?

— Dan, je vous en supplie!

— Ecoutez. Kipper était un brave type. Et il y a quelqu'un qui est un ignoble fumier. Il faut trouver qui c'est. Nos petites sensibleries importent peu. Vous pouvez y aller, je ne serai pas choqué. Que s'est-il passé?

Elle se mit à pleurer. Le garçon apporta un verre, la jaugea d'un coup d'œil et sortit avec un grand inquisiteur à l'adresse de Dan.

En sanglotant, elle commença :

— J'ai fait la connaissance de Glotcher. Je suis sortie avec lui deux fois. C'est tout. C'était juste après que j'ai quitté Greg. La solitude, j'imagine. Mais Kent a cru que j'avais eu une aventure avec lui.

— C'était vrai?

— Oh, Dan, comment pouvez-vous me demander ça?

— Pourquoi Kent l'a-t-il cru?

— Vous ne comprenez pas Kent. Il était terriblement jaloux.

— Alors, il ne s'est rien passé?

— Bien sûr que non. J'ai été une idiote de ne jamais lui adresser la parole.

— Hello. Je ne vous dérange pas?

Lance Mallory souriait dans l'entrebâillement du rideau. Quand il vit les yeux de Marian rougis par les larmes, son visage redevint sérieux.

— Qu'est-ce qui ne va pas?

Elle l'agrippa par la manche et le fit asseoir près d'elle.

— Glotcher. Il me questionnait au sujet de Glotcher.

— Ça, par exemple! Mallory était en colère.

« Banion, vous n'avez pas le droit de la torturer avec cette histoire. Ça ne vous regarde pas, vous m'entendez?

— Laissez donc, dit-elle. Dan croit que c'est Glotcher qui a fait le coup.

Mallory eut l'air abasourdi :

— Ce pourceau? Il est trop stupide. Ne soyez pas ridicule, Banion.

— En tout cas, il est dans le coup d'une façon ou d'une autre.

D'un geste désabusé, Dan lança une allumette dans le cendrier.

— Qu'est-ce qui vous fait croire ça?

— Il s'est bagarré avec Kipper, la veille de l'assassinat. Il détestait Kipper. De plus, cet après-midi, je l'ai vu sortir de chez Barney Price.

— Qui est Barney Price? demanda Mallory.

— Vous n'avez pas lu le journal?

— Pas depuis trois heures, environ.

— Ah, diable! Pas étonnant. C'est dans les dernières éditions. Vous l'avez lu, Marian?

— Non. Pourquoi?

— Barney Price était un détective privé miteux. Il a été assassiné dans son bureau, cet après-midi. Empoisonné. Le même poison que celui qui a tué Kent.

Marian plissa les yeux.

— Un détective privé?

— Quel rapport? demanda Mallory.

— Eh bien, il semble qu'il ait acheté en douce des peintures de Kipper. Ce qu'il en faisait, je n'en sais rien, car elles ont disparu. Je suppose qu'il les achetait pour quelqu'un d'autre.

Marian prit un air absent.

— Ça n'a pas de sens.

— Il y a quelque chose de vraiment très bizarre là-dessous, dit Mallory, d'une voix calme.

Dan donna des détails. Ceux que la presse allait

publier. Mais il ne parla pas de l'enveloppe qu'il avait vue sur le bureau de Barney.

Quand il eut fini, Mallory serra les dents et secoua la tête. Il se mit à casser une allumette en petits morceaux.

— Lance, à quoi pensez-vous? interrogea Marian.

Il la regarda de biais, mais ne répondit pas.

— Pensez-vous que Greg... sa voix s'altéra.

Mallory siffla entre ses dents et secoua la tête.

— Grands dieux! J'espère que non!

Il recueillit les bouts d'allumette cassés et les jeta dans le cendrier.

— Je crains que nous n'ayons du pain sur la planche.

— Vous pensez à Gregory Fallon? C'est bien ça? fit Dan.

— Je ne sais que dire.

Mallory regarda Dan dans les yeux.

— Mais quel qu'il soit, l'assassin va tuer, encore et encore. Il faut le trouver. Il faut l'arrêter à tout prix.

Il se tourna vers Marian :

— Vous ne pouvez pas rester seule chez vous une nuit de plus.

— Lance, vous ne pensez pas...

— Je n'en sais rien. Mais ce serait idiot de prendre des risques. Nous allons aller chez vous et vous prendrez une valise. Vous pourrez passer la nuit chez les Hobart. A moins que les Foisie ne puissent vous héberger.

— Pas chez les Foisie. Je ne pourrais pas le supporter.

— Eh bien, chez les Hobart, alors. Mais vous ne devez pas rester seule. Banion, je vous serais reconnaissant de nous accompagner.

Dan agita sa pipe.

— Volontiers.

— Qu'est-ce que vous allez faire? s'enquit Marian.

— Ne vous tracassez pas de ça. Ce qui est sûr, c'est

que nous ne pouvons pas nous en laver les mains et laisser les choses continuer de cette façon.

Mallory décrocha le manteau de Marian et le lui tint pendant qu'elle l'enfilait.

Dan retourna l'addition que le garçon avait déposée à l'envers près de son coude. Il resta bouche bée en voyant le total. Quand il eut payé, son portefeuille était aussi plat qu'une peau de saucisson.

CHAPITRE XVI

Chez Marian, Dan se mit à faire les cent pas et à guigner les titres des livres de la bibliothèque. Marian était dans sa chambre en train de faire sa valise. Lance Mallory téléphonait dans le vestibule.

Dan examina la confortable pièce et se demanda s'il habiterait jamais une maison comme celle-là. Ethel avait désiré ce genre de chose. Jamais il n'avait été capable de la lui offrir. Toujours des chambres d'hôtel et des appartements miteux. Il avait toujours fourré son nez dans les affaires des autres au lieu de s'occuper des siennes. Mais au fond c'était peut-être justement ça, ses affaires. Dans tout ce gâchis, dans ce monde déréglé, comment pouvait-on espérer mener une vie sereine? Kipper avait formulé cela de façon séduisante : « Il faut un monde pour y vivre. On a besoin d'un cadre. »

Dan fut distrait de ses pensées par la vue du sac de chevreau blanc que Marian avait laissé sur la table. Elle était toujours dans sa chambre. La voix de Mallory, dans le hall, indiquait qu'il était tout à son téléphone.

Dan releva le fermoir de jade et le sac bâilla. L'enveloppe jaune sortait comme une langue. Il l'arracha du sac et passa son doigt sous la bordure décollée.

— Dan! Dan!

La voix de Marian venait du fond du vestibule. Le bruit de ses talons se rapprochait. Instinctivement, Dan ferma le sac d'un coup sec. L'enveloppe restait dans sa main. Il la fourra dans sa poche intérieure.

— Dan!

Marian passa sa tête par la porte.

— Servez-vous à boire. Vous savez où c'est.

— Oui. Merci.

Lance entra, venant du vestibule.

— J'ai peur que vous ne puissiez aller chez les Hobart. Ils ne répondent pas. Vous allez être obligée de supporter les Foisie pendant toute une soirée. Foisie dit qu'il a toute la place qu'on veut.

— Oh, Lance, je ne veux pas!

— Il faut être raisonnable, voyons.

— Bon, j'irai. Mais je n'aime pas ce vieux pruneau.

— Foisie est brave. Maintenant, dépêchez-vous.

Marian retourna à sa valise. Lance se servit un cognac.

— Elle sera très bien chez Foisie. Il est un peu bizarre, mais c'est un brave type.

La maison de Foisie était une résidence démodée aux fenêtres en saillie. Construite en bois, elle comprenait un rez-de-chaussée et un étage et donnait sur l'avenue du Pacifique. Sur la pelouse, une grue de métal pointait vers le ciel un bec semblable à une paire de ciseaux. La porte d'entrée était ornée d'un vitrail aux dessins verts et rouges. Guy Foisie vint ouvrir.

— Entrez, Lancey, entrez... Et vous, Marian ma jolie. Ça fait plaisir de vous voir, Danny mon garçon.

Il posa une de ses grosses mains sur le cou de Mallory et le poussa gentiment dans le salon.

— Lancey, je tiens à vous montrer la plus adorable des choses. Je l'ai achetée pour ma petite nièce, Agnès. Entrez, tout le monde. Vous adorerez ça.

Le salon comportait un tapis rose, une cheminée de marbre et des meubles dorés à pieds recourbés. Dans un grand fauteuil était assise une énorme femme à cheveux gris, avec des chevilles comme des tuyaux de poêle. Sa robe était plutôt un sac, destiné à contenir sa chair flasque, qu'un vêtement. Elle avait le visage bouffi, trop poudré et trop peint. Ses yeux étaient aussi indifférents que ceux d'un chat. Elle tricotait.

Un jeune homme replet aux cheveux noirs et aux joues roses se tenait debout près de la cheminée où brûlait une bûche.

Avec une vivacité surprenante, Foisie s'avança d'un pas sémillant jusqu'à une table où trônait une boîte ronde surmontée d'une poupée. La poupée portait un tablier et tenait un petit couteau de fer blanc à la main. A ses pieds, il y avait trois petites souris. Foisie fit basculer un levier et une boîte à musique se mit à jouer « Les trois souris aveugles ». Dès que la musique se fit entendre, les souris se mirent à courir autour des pieds de la poupée et le couteau à s'agiter de haut en bas dans sa main.

Foisie regardait, fasciné.

— N'est-ce pas que c'est exquis? Je l'ai presque usée à force de la faire marcher pour mon propre plaisir.

Quand la boîte à musique se fût arrêtée d'elle-même, Foisie inclina la tête en direction de la vieille dame bouffie.

— C'est ma mère. Elle est sourde comme un pot. Je vous présenterais bien, mais ça ne sert à rien. Elle ne peut pas vous entendre. Vous pouvez dire tout ce que vous voulez.

Il tendit le bras vers le gros jeune homme.

— Et voici Léonard, mon camarade.

Il commença à remonter la boîte à musique.

— Voulez-vous l'entendre encore une fois?

— Non, Guy, dit Mallory. Nous ne restons qu'une minute. C'est-à-dire, Dan et moi devons partir. Marian reste.

Foisie se redressa de toute sa hauteur, mit une main sur sa hanche et agita son doigt en direction de Mallory.

— A propos, j'ai un compte à régler avec vous.

— Quoi donc? dit Mallory.

Tout en gardant son doigt braqué sur Mallory, Foisie se tourna vers Léonard et annonça :

— C'est cette brute qui m'a saoulé.

— Moi, je vous ai saoulé? fit Mallory en riant. Vous vous êtes saoulés tout seuls, Winkleman et vous.

— Je n'ai bu que quatre petits verres de rien du tout. Que diable était-ce donc, que cette mixture?

— De l'excellent scotch.

Foisie se tourna vers Dan.

— Vous savez, nous sommes allés chez Lancey à Burlingame, avant-hier soir. Arnie Winkleman était des nôtres. J'ai bu quatre minuscules verres et ça m'a complètement secoué. Je suis allé me coucher à onze heures et ne me suis réveillé qu'à midi, le lendemain. Et j'avais un de ces mal aux cheveux!

— Vous n'êtes qu'une vieille femme, Guy, dit Mallory.

— Moi! s'exclama Foisie, indigné. Et vous, alors? Vous avez tourné de l'œil sur le canapé. Arnie et moi, nous avons eu un mal de chien à vous mettre au lit.

Mallory sourit :

— Possible que nous ne tenions plus aussi bien le coup qu'avant. Guy, il faut vous en aller maintenant. Prenez bien soin de Marian, voulez-vous?

— Elle sera dorlotée comme une petite reine. Nous la mettrons dans la chambre bleue.

— Peut-être aimerait-elle monter dans sa chambre maintenant, suggéra Mallory. Elle a eu une journée plutôt épuisante.

— Oui, j'aimerais bien, dit Marian. Ça ne vous ennuie pas?

Foisie agita les bras comme pour écarter d'imaginaires objections.

— Si ça m'ennuie? En voilà une question! Mais pas du tout, mon poulet.

— Appelez-moi demain matin, implora Marian. Je vais me faire tant de mauvais sang d'ici là.

Elle semblait s'adresser aux deux hommes, mais elle regardait Dan de façon significative.

Tout en conduisant en direction du centre, Mallory dit à Dan :

— Drôle de type que ce Foisie. Complètement follet. Mais il a un cœur d'or.

— Il ne vous porte pas sur les nerfs?

— Je dois être habitué aux gens bizarres, Banion.

— Vous connaissez bien Gregory Fallon?

— Oh, je connais Fallon depuis pas mal d'années.

— Si nous allions lui rendre visite? Vous savez où il habite?

— Bonne idée. Mais je doute qu'il soit là. On peut essayer.

— Pensez-vous qu'il soit capable de faire une chose pareille?

— Franchement, non. Mais ça ne veut rien dire. On ne peut jamais dire ce que fera une personne si elle est mue par un mobile assez puissant. Grattez le vernis et vous trouverez le sauvage en chacun de nous, Banion. Si Fallon est chez lui, laissez-moi mener la conversation, voulez-vous? Je crois savoir comment le manœuvrer.

Mallory semblait habitué à assumer des responsabilités. Les seconds rôles ne plaisaient guère à Dan, mais il ne put trouver aucune bonne raison de s'insurger. Mallory les emmena jusqu'au sommet de Nob Hill et rangea sa voiture. Juste devant eux, la rue plongeait en pente rapide. Tout en bas, les lumières de la ville luisaient faiblement à travers le brouillard.

— L'appartement de Greg est dans l'autre pâté de maisons, dit Mallory. Mais il est plus commode de ranger la voiture ici.

Dan était juste sur le point d'ouvrir la portière quand Mallory le retint par le bras.

— Attendez une minute. Je crois que c'est Greg qui monte la côte, là-bas.

Pendant un moment, il scruta intensément l'obscurité.

— C'est bien lui. Ne bougeons pas et voyons ce qu'il va faire.

De l'autre côté de la rue, Dan vit un homme passer rapidement sous un réverbère, s'arrêter devant un coupé qui se trouvait rangé là et ouvrir la serrure de la portière.

— Nous le suivons? chuchota Mallory.

— Ça me va, répliqua Dan.

Quand la voiture de Fallon s'éloigna, Mallory appuya sur son démarreur. Devant eux, le feu rouge du coupé de Fallon dansait, s'évanouissant puis reparaissant suivant les caprices de la route. Après avoir descendu Nob Hill, il continua tout droit jusqu'à Kearny Street et là, prit à gauche.

Bien que Fallon menât un train d'enfer, au point de manquer de peu un tramway qui fit résonner sa cloche frénétiquement, Mallory ne se laissait pas distancer. Au carrefour des rues Kearny et Jackson, Fallon prit à droite, pénétrant dans le quartier presque désert à cette heure, des marchands de légumes et de fruits en gros.

Comme ils approchaient de ce secteur tranquille, Mallory ralentit et suivit Fallon à une centaine de mètres. Le voyant ralentir et s'apprêter à stopper, Mallory tourna le coin d'une rue et se rangea. Dan ouvrit la portière avant que la voiture fût complètement arrêtée et ils eurent le temps de gagner en courant le coin de la rue pour voir Fallon se diriger vers la porte d'un immeuble à un étage, et disparaître à l'intérieur.

Mallory agrippa le bras de Dan et lui imprima une légère poussée.

— Passez devant la maison et voyez ce que c'est. Greg ne vous reconnaîtra probablement pas s'il sort à ce moment-là.

Dan éprouva quelque irritation à cause de l'attitude autoritaire prise par Mallory, mais puisque de toute façon c'était ce qu'il avait l'intention de faire, il longea la rue étroite et déserte, bordée des deux côtés d'immeubles délabrés à un étage. Les rez-de-chaussée étaient occupés par des établissements de gros, et le premier par des bureaux et des logements. Un peu plus loin, quelques lumières semblaient indiquer des hôtels douteux.

Dan ne savait plus exactement quelle porte Fallon avait franchie. Toutes étaient étroites et obscures. Celle qu'il choisit comme la plus probable menait au premier à des chambres et des bureaux. Dan entra dans le vestibule et frotta une allumette pour voir les noms sur les boîtes aux lettres. « Fergus Manley, Illustration de la Nature »; « Margot Lisner, Recherche de la Personnalité »; « Armand Glotcher, Photographie d'Art ».

Dan entendit des pas dans l'escalier. Il souffla son allumette, franchit rapidement le seuil et se planta dans une autre entrée obscure. Deux hommes sortirent de la maison et montèrent dans la voiture de Fallon. Dan reconnut Fallon. L'autre, il ne put l'identifier. Dès que la voiture eut démarré, il courut jusqu'au coin où il avait laissé Mallory.

Celui-ci avait déjà mis son moteur en marche. Dès que Dan fut monté, il fit demi-tour et suivit la rue dans la direction que Fallon avait prise. A quelque distance devant eux, ils virent un feu rouge disparaître à droite. Ça pouvait être Fallon et ça pouvait être n'importe qui. Le moteur rugit tandis que Mallory fonçait dans la rue tranquille. Quand ils atteignirent l'endroit où le feu rouge avait tourné, ils virent que la rue était déserte.

Mallory jura dans sa barbe.

— Eh bien, je crois que nous sommes refaits! dit Dan.

— Qui était avec lui? Vous avez pu voir? demanda Mallory.

— Je ne sais pas; il faisait trop noir.

— Et la maison?

— Glotcher y a son studio. Son nom est sur la boîte aux lettres.

— Ça alors!

— Fallon connaît-il Glotcher?

— Je suppose.

— Allons voir si Glotcher est là.

— Oh, je ne pense pas qu'il soit là. C'est probablement lui qui est sorti avec Fallon. J'ai idée qu'ils sont retournés chez Fallon. Allons voir.

Mallory regagna le sommet de Nob Hill. Il avait deviné juste. Le coupé de Fallon était rangé au même endroit que la première fois.

CHAPITRE XVII

Gregory Fallon habitait un immeuble de stuc gris pour locataires fortunés. Les boîtes à lettres de cuivre brillaient comme des miroirs et le vestibule était décoré de panneaux de bois dur soigneusement astiqués.

Quand Dan et Lance Mallory descendirent de l'ascenseur au deuxième, Fallon avait déjà ouvert sa porte et les attendait sur le palier; l'ouverture de la porte de l'immeuble était commandée automatiquement des étages, c'est lui qui avait répondu à leur coup de sonnette.

— Ah, c'est vous! dit-il d'un ton indifférent.

Il titubait légèrement.

— Salut, Greg, dit Mallory. Je crois que vous vous êtes déjà rencontrés hier soir chez les Hobart, ajouta-t-il en désignant Dan.

— J'étais trop saoul pour pouvoir me rappeler. Entrez.

L'haleine de Fallon sentait fortement le whisky. L'appartement était luxueusement meublé, visiblement par un décorateur professionnel. Les seules manifestations de la personnalité de Fallon étaient une bouteille de whisky et quelques verres posés sur une petite table.

Arnold Winkleman, le peintre, se prélassait dans un fauteuil. Il les accueillit avec un bâillement. Fallon prit la bouteille de whisky.

— Qu'est-ce que tu veux, Lance?

— Rien de spécial. Greg. Nous sommes simplement montés en passant.

Greg parut ennuyé.

— Elle est bien bonne. Simplement montés en passant! Tu bois quelque chose?

— Non, merci, dit Mallory. Nous sommes déjà venus, mais tu étais sorti.

— Une simple visite amicale, dit Fallon avec rancune. Pourquoi ne dis-tu pas la vérité? Vous pensez que j'ai peut-être tué Kipper, alors vous venez tâter le terrain. Eh bien, je ne l'ai pas tué. Vous êtes satisfaits?

Il agita la bouteille dans la direction de Dan.

— Et vous? Vous prenez un verre?

— Non, merci, dit Dan.

Fallon le regarda attentivement.

— Qu'est-ce qui se passe? Vous avez peur d'être empoisonné?

— Calme-toi, Greg, intervint Winkleman. Ne sois pas si susceptible, bon Dieu!

Fallon plissa ironiquement les lèvres.

— C'est ça. Calme-toi! On perd sa femme, ce n'est rien : Calme-toi! Les gens vous accusent de meurtre : Calme-toi! Laisse-toi marcher dessus. Merci de tes conseils.

Il se versa à boire.

— Personne ne t'accuse de rien, dit Winkleman. Tu as assez bu, Greg. Sois un peu raisonnable. Laisse tomber pour ce soir.

— Je suis assez grand pour savoir ce que j'ai à faire.

Winkleman se crut obligé d'expliquer :

— Je l'ai rencontré en ville, dans un bar. Nous avons pris quelques verres et je l'ai ramené chez lui.

— Je n'ai pas besoin de nurse! protesta Fallon.

Winkleman se leva.

— Il va falloir que je file. Ne prenez pas trop au sérieux ce qu'il pourra vous dire.

Une lueur d'inquiétude passa dans les yeux de Fallon.

— Ne va pas oublier ce dont nous avons parlé!

— Oh non. Ne t'inquiète pas, dit Winkleman avec un petit rire.

— C'est promis, insista Fallon. Souviens-toi, tu as promis.

— Je n'oublierai pas. Seulement sois chic, Greg. Laisse tomber la gnôle pour ce soir.

Quand Winkleman fut parti, Fallon se versa un autre verre :

— Eh bien, moi, je n'ai pas peur d'être empoisonné, fit-il.

— Greg, je voudrais que tu me dises la vérité, dit Mallory. As-tu jamais acheté des peintures de Kipper?

Fallon reboucha la bouteille, mais oublia le verre qu'il s'était versé.

— Moi, acheter des peintures de Kent?

— Oui.

— Ecoute, Lance. J'ai acheté pas mal de choses idiotes dans ma vie, mais personne ne peut prétendre que j'aie acheté une seule toile de ce type. J'étais déjà assez malade d'entendre Marian parler de lui. Kent ceci, Kent cela, toujours Kent. Kent au breakfast. Kent au déjeuner. Kent au dîner.

— En as-tu jamais fait acheter par quelqu'un d'autre?

Fallon était pensif.

— J'y suis. Vous pensez à ce détective privé qui a été empoisonné cet après-midi. J'ai vu ça dans le journal. Ne sois pas idiot, Lance, laisse tomber. Je n'ai rien à voir dans l'assassinat de Kipper ni quoi que ce soit d'autre. Je ne l'aimais guère, je l'admets. Mais je ne l'ai pas tué.

Mallory dit posément :

— Alors d'où vient que Dorothy Vane soit mêlée à tout ça?

— Dorothy Vane? Qu'est-ce qu'elle a à voir là-dedans?

— Dorothy Vane était en rapport avec le détective privé qui a été assassiné. Et nous savons qu'elle a acheté des peintures de Kipper.

— Elle, acheter des peintures de Kipper!

Fallon paraissait sincèrement abasourdi.

— Exactement.

Les yeux noirs de Fallon se rétrécirent.

— Pourquoi faire? Je ne vois pas le rapport.

Mallory fit appel à Dan.

— Dites-lui ce que vous m'avez raconté.

Dan, qui avait tout écouté sans broncher, raconta patiemment comment, en suivant la trace des peintures de Kipper, il était remonté jusqu'à Dorothy Vane, et d'elle à Berney Price.

Tout en écoutant, Fallon prit son verre, s'assit dans un fauteuil, et se mit à considérer pensivement le verre qu'il tenait à la main. Quand Dan eut terminé, il se leva et posa le verre sur la petite table, sans le boire.

— Nous avions deux toiles de Kipper à la maison, dit-il lentement. Quelqu'un les a brûlées dans la cheminée.

Il prit une pipe dans sa poche, se pencha au-dessus de la table et prit du tabac dans un pot humidifié.

— Marian m'a accusé de les avoir brûlées.

Dan mit sa main à sa poche, sortit la pipe trapue qu'il avait trouvée dans l'escalier de Kipper et la tendit à Fallon.

— Voilà une petite pipe qui séduirait pas mal d'amateurs.

Fallon la saisit vivement et la frotta avec la paume de sa main.

— Où l'avez-vous trouvée?

— Elle est à vous?

— Certainement. Où l'avez-vous trouvée?

— Je l'ai trouvée hier soir dans l'escalier de chez Kipper.

Fallon la mit entre ses dents et souffla deux ou trois fois dans le tuyau.

— J'avais peur de l'avoir perdue.

— La question est de savoir, dit Dan, comment elle est arrivée là où je l'ai trouvée.

Fallon plongea la pipe dans le pot à tabac et la remplit avec ferveur.

— Merci de me l'avoir rendue. J'ai dû la laisser tomber quelque part hier soir.

— Qu'est-ce que vous faisiez chez Kent, hier soir?

— Ma foi, c'est plutôt embarrassant à dire.

— Ne vous gênez pas pour nous.

— Eh bien j'étais saoul, comme d'habitude. Je voulais voir si Marian était là. Je me suis arrêté derrière la porte et j'ai écouté. Il n'y avait personne. C'était une idée imbécile.

— Quelle heure était-il exactement?

— Juste avant d'aller chez les Hobart. Vous ne comprenez peut-être pas ce genre de choses. Mais il vous arrive de faire des choses bizarres quand vous êtes amoureux.

Fallon gagna la fenêtre et contempla la ville qui brillait de tous ses feux.

— Tu n'as toujours pas expliqué pourquoi Dorothy Vane achetait ces peintures, dit Mallory.

Fallon continuait à regarder par la fenêtre.

— Comment pourrais-je l'expliquer? C'est vous qui me l'avez appris. Je voudrais bien qu'on me l'explique à moi.

— Dis-moi, Greg. Comment as-tu fait la connaissance de cette fille?

— Dorothy Vane?

— Oui.

— C'était dans un bar. Elle s'est trouvée assise à côté de moi. Nous avons fait connaissance, et...

Mallory le regarda d'un air désapprobateur.

— Comment as-tu pu faire une chose pareille, bon Dieu, Greg!

— Faut-il que nous parlions de ça? J'étais fou, je suppose. Marian était partie à Tahoe. Nous nous étions querellés avant son départ.

Mallory soupira.

— Toujours la même vieille histoire.

Fallon se retourna.

— Oh! tu connais Marian. Tu l'as connue avant moi. Il n'est pas toujours facile de s'entendre avec elle. Tu devrais le savoir.

— Il est toujours facile de s'en prendre à l'autre, Greg.

— Je sais, tu me prends pour un salaud. Tout le monde me prend pour un salaud. Seulement, tu ne sais pas tout.

— J'ai toujours beaucoup aimé Marian. Tu le sais, Greg. Je ne dis pas qu'elle est sans défauts. Mais ça, tu ne peux pas le lui reprocher.

— C'est bon. Laisse tomber.

La voix de Mallory se durcit.

— Je vais être obligé d'être franc avec toi, Greg. Tu ne nous a pas dit la vérité.

— Comment ça?

— Eh bien d'abord, tu n'as pas retrouvé Winkleman dans un bar, ce soir. Tu l'as retrouvé dans la maison où Glotcher a son studio.

— Je te dis que je l'ai rencontré dans un bar.

— Et moi je maintiens que non.

— Ça ne te regarde pas d'ailleurs.

— Peut-être. Mais pourquoi t'obstines-tu à nier que tu l'as retrouvé chez Glotcher?

— Qu'est-ce qui te le fait croire?

— Nous t'y avons suivi. Nous t'avons vu entrer, et nous t'avons vu sortir.

— Vous m'avez suivi là-bas?

— Oui. Dan et moi.

Fallon resta un moment parfaitement immobile. Soudain, il se leva :

— Sortez!

— Je te demande d'être raisonnable, dit Mallory.

— Foutez-moi le camp d'ici! hurla Fallon.

— Allons, écoute, Greg...

— Vous croyiez pouvoir m'espionner et vous en tirer comme ça. Et tu te disais mon ami.

— Greg, tu dois comprendre que...

— Je vous demande de foutre le camp d'ici!

Le visage de Fallon exprimait une telle rage que Mallory saisit vivement son chapeau. Dan s'était déjà approché calmement de la porte et attendait.

CHAPITRE XVIII

Sur le trottoir, Dan dit :

— Vous n'auriez pas dû dire à Fallon que nous l'avions suivi.

— Comment aurais-je pu m'attendre à ce qu'il se conduise comme ça?

— Personne n'aime à être épié. Vous n'aimeriez pas ça non plus.

— J'aurais dû lui envoyer mon poing dans la figure.

— Oh non. Il avait le droit d'être furieux. Quand on manque son coup de cette façon, le mieux est de s'en aller.

— Vous avez entendu comme il m'a parlé?

— Il s'en prenait à moi aussi.

— Il le regrettera.

Quand ils furent dans la voiture, Mallory dit :

— J'ai idée que nous devrions retourner chez Glotcher et essayer de découvrir ce qu'il y faisait

— Maintenant? Il est presque une heure.

— Ça m'étonnerait qu'il soit déjà couché.

— Il habite là-bas?

— Ma foi, je le suppose. La plupart des gens de ce quartier travaillent et habitent dans leur atelier. Bien sûr, si vous y voyez une objection...

— Pas du tout. A propos, connaissez-vous des relations d'affaires de Fallon?

— Quelques-unes. Pourquoi?

— Ces caisses de spaghettis étaient entreposées dans un terrain près de la mer. Elles provenaient d'un bateau renfloué. Celui qui a commis le crime devait connaître à fond l'endroit où on les emmenait et savoir comment elles devaient être détruites.

— Vous avez raison. A la réflexion, je crois qu'il a quelques clients chez les armateurs.

— Y a-t-il moyen de le vérifier?

— Mais oui, je pense.

— Ça ne vous ennuie pas de me le faire savoir, quand vous aurez trouvé?

— Pas du tout. C'est une excellente idée que vous avez eue là. Appelez-moi à mon bureau demain matin. Mon numéro est dans l'annuaire. Mallory, Waller et Wyatt. J'aimerais que vous m'appeliez de toute façon, Banion. Il y a plusieurs choses que je veux vérifier dans la matinée, et, mon Dieu, vous pourriez peut-être me conseiller.

Mallory arrêta la voiture à quelque distance de la maison de Glotcher. Ils y pénétrèrent. En haut d'un escalier obscur, ils distinguèrent un palier faiblement éclairé et commencèrent à monter. Sous leurs pas, chaque marche y allait d'une antique complainte. Ils étaient presque arrivés en haut quand deux coups de feu rapprochés se firent entendre au palier supérieur.

Dan agrippa la rampe. Mallory se tassa et redescendit plusieurs marches à reculons. Un claquement précipité de talons retentit à l'étage au-dessus. La silhouette d'une jeune fille tenant un revolver à la main, apparut en haut des marches. En les apercevant, elle repartit en courant.

Dan franchit quatre à quatre les dernières marches. Mallory demeura soudé à la rampe. Arrivé en haut, Dan inspecta le palier désert. Quelque part dans un couloir, il entendit quelqu'un soulever un châssis de fenêtre. Derrière lui retentissait un martèlement furieux de lourdes chaussures. L'inspecteur Gallagher déboucha, hors d'haleine, suivi de Mack et de l'homme au chapeau gris, qui avait filé Dan au début de la soirée. Gallagher brandissait un gros revolver au museau épaté.

— Tournez au bout du couloir. Elle est passée par une fenêtre, dit Dan.

Mack et l'inspecteur en civil se ruèrent dans le couloir, les pans de leur pardessus fouillant l'air derrière eux.

Gallagher scruta Dan et Mallory :

— Qu'est-ce que c'était, ces coups de feu?

— Nous étions en train de monter l'escalier, dit Dan. Une femme s'est amenée en courant, un revolver à la main. Quand elle nous a vus, elle est repartie à fond de train. J'ai entendu une fenêtre s'ouvrir quelque part au bout du couloir.

— Avez-vous vu qui c'était?

— Non.

Gallagher fronça les sourcils et longea le couloir en examinant les portes. Dan et Mallory le suivirent. Quand il arriva devant celle où était inscrit le nom de Glotcher, il essaya de tourner la poignée. La porte était fermée à clef. Il cogna violemment.

— Allons, ouvrez! Ouvrez!

Pas de réponse. Il martela de nouveau la porte.

— Ouvrez! C'est la police!

Toujours pas de réponse.

— Je sais que vous êtes là! Ouvrez ou j'enfonce la porte!

— Qui êtes-vous? fit une voix étouffée de l'intérieur.

— L'inspecteur Gallagher. La police. Ouvrez!

La porte s'ouvrit, découvrant Armand Glotcher.

Il était livide et ses mains tremblaient.

Gallagher ouvrit toute grande la porte et entra le premier. Glotcher recula. Il tremblait tellement qu'il pouvait à peine se tenir debout.

La pièce ressemblait plus à une garçonnière qu'à un studio de photographie. Le lit-divan était recouvert d'un châle d'Orient. Des lampes branlantes, disposées sur des tables basses, donnaient une lumière diffuse. Un grand appareil de photo reposait sur un trépied. Les photos qui tapissaient les murs étaient pour la plupart des études de nus. Un bureau situé face à la porte était le seul objet qui donnât quelque peu à l'endroit l'aspect d'un établissement commercial.

Gallagher jeta un bref coup d'œil autour de lui :

— Qu'est-ce que c'était que ces coups de feu?

Glotcher s'adossa au bureau. Il voulut parler, mais les mots ne venaient pas. L'effroi l'avait rendu muet.

— Vous feriez mieux de vous asseoir pour vous remettre un peu, dit Gallagher.

Glotcher gagna en chancelant le fauteuil situé derrière le bureau et s'y effondra.

Mack et l'autre policier entrèrent en poussant Janey Navarro devant eux. Elle se frotta le poignet à l'endroit où Mack l'avait empoignée et les regarda l'un après l'autre avec des yeux effarés.

Mack tira un petit pistolet automatique de la poche de son manteau et le brandit aux yeux de tous.

— Je l'ai trouvée cachée derrière une cheminée du toit d'à côté. Elle l'avait sur elle.

Gallagher se tourna vers Glotcher.

— Alors, j'attends, qu'est-ce qui s'est passé?

Janey se mit à pleurer.

Glotcher retrouva sa voix :

— Je venais de rentrer. Je venais de monter l'escalier...

— Je sais, dit Gallagher. Je vous ai vu entrer. J'étais assis en face, dans une voiture.

Il s'adressa à Dan et à Mallory :

— Je vous ai vus entrer tous les deux aussitôt après. Maintenant, bon Dieu, qu'est-ce qui s'est passé?

Dan s'approcha de Janey, glissa une main sous son bras et le lui serra de façon rassurante.

— Ils m'ont tiré dessus! bêla Glotcher. J'étais juste en train d'ouvrir ma porte. Je venais juste de mettre la clef dans la serrure, quand ils m'ont tiré dessus.

— Qui ça « ils »?

— C'est moi! C'est moi qui lui ai tiré dessus, sanglota Janey.

— Ils ont voulu me tuer! gémit Glotcher.

— Ne dites pas de bêtises, fit Dan... Si je vous avais tiré dessus, je ne vous aurais pas manqué.

Glotcher se passa la main sur le front.

— Je me suis précipité à l'intérieur et j'ai fermé la porte à clef.

Gallagher fixa Janey.

— Où étiez-vous? Je ne vous ai pas vue entrer.

— Je voudrais l'avoir tué, sanglota-t-elle. Je voulais le tuer.

— Ne dites pas ça, lui conseilla Dan. Attendez d'être calmée pour faire votre déposition.

— Sacré nom d'un chien! fit Gallagher, voulez-vous me laisser opérer, Banion?

— Je me fiche de ce qui peut arriver, sanglota Janey.

— Qu'est-ce qui vous a pris de lui tirer dessus? demanda Gallagher.

— Il a tué Kent. Je sais qu'il l'a tué. Il détestait Kent.

— Elle est folle, dit Glotcher. Elle est dangereuse. On devrait l'enfermer.

— Vous, la ferme! ordonna Gallagher. Vous l'ouvrirez quand je vous le dirai.

Il reporta son attention sur Janey.

— Qu'est-ce qui vous fait dire qu'il a tué Kipper?

— Il haïssait Kent. Kent l'avait frappé et il avait juré de se venger.

— Est-ce la seule raison que vous ayez de penser qu'il l'a tué?

— Oui, mais c'est lui. Je sais que c'est lui!

— C'est une détraquée, dit Glotcher. On devrait la mettre dans un asile.

Gallagher l'ignora.

— Dites-moi ce qui s'est passé exactement ce soir.

— Je venais de rentrer, commença Glotcher, et j'étais en train...

— C'est à *elle* que je parle! aboya Gallagher.

Janey s'essuya les yeux avec son mouchoir.

— Je suis arrivée il y a longtemps. J'ai dû attendre longtemps. Je me suis postée au coin du couloir. Quand il est arrivé, j'ai tiré. J'ai tiré deux fois. Je l'ai manqué. Je suis désolée de l'avoir manqué.

Glotcher, un peu remis, se leva et alla tirer d'un petit placard une bouteille de whisky et un verre.

— On ne devrait pas la laisser en liberté. C'est dangereux.

Il posa le whisky sur le bureau et se dirigea vers un lavabo de coin pour rincer son verre.

— Pendant que vous attendiez, dit Dan, est-ce que quelqu'un d'autre est entré?

— Oui, dit-elle. Arnold Winkleman est venu. Il a frappé à la porte de Glotcher, mais il n'y avait personne.

— C'était vers quelle heure?

— Vers onze heures vingt. Il a attendu devant la porte en fumant une cigarette. Ensuite Gregory Fallon est arrivé et ils sont partis ensemble.

— Les avez-vous entendu dire quelque chose?

— Oui. Arnie a dit : « Ce salaud n'est pas là. »

Glotcher revint vers le bureau en secouant le verre pour l'égoutter.

— Arnie Winkleman a dit ça? fit-il, indigné.

— Qu'est-ce qu'ils ont dit d'autre? demanda Dan.

— Greg a parlé d'attendre. Arnie a dit qu'il pensait que ça ne servirait pas à grand-chose et là-dessus ils sont partis.

— Ils sont les seuls à être venus?

Janey désigna Gallagher et ses assistants.

— Ces hommes sont venus il y a à peu près une demi-heure. Ils ont frappé pendant un long moment, et puis ils sont repartis.

Gallagher écoutait attentivement, ses petits yeux bleus se portant alternativement sur chacun des interlocuteurs.

— Nous ne sommes pas partis, fit-il. Nous étions en bas à surveiller la baraque de la voiture.

Il se tourna vers Glotcher.

— Où avez-vous passé la soirée? Mes hommes vous ont cherché.

Glotcher avait retrouvé son arrogance.

— Je n'ai pas de comptes à vous rendre! Elle a tenté

de me tuer. Elle l'a admis. Embarquez-la. C'est votre boulot.

Il se versa à boire.

Gallagher attira une chaise du bout de son pied, de façon à faire face à Glotcher et s'assit.

— Si vous ne voulez pas parler ici, je peux vous emmener à la boîte. C'est à vous de décider.

— Vous ne me questionnerez pas tant que mon avocat ne sera pas présent. C'est la loi. Je connais mes droits.

Gallagher avait sorti son paquet de cigarettes écrasé, et fourrageait dedans.

— Ce qui m'intéresse particulièrement, c'est vos rapports avec Barney Price.

Glotcher arrêta son verre à mi-chemin de sa bouche.

— Barney Price?

— Oui. Le détective privé qui a été assassiné cet après-midi.

— Je ne connais pas de Barney Price.

— Tâchez de réfléchir. Votre numéro de téléphone était griffonné sur le buvard de son bureau.

— Doit être une erreur.

Le verre tremblait dans les mains de Glotcher quand il le porta à ses lèvres.

— Ce n'est pas une erreur. Vous...

Gallagher n'eut pas le loisir de terminer sa phrase. Glotcher s'était levé et se tenait la gorge à deux mains. Ses yeux saillaient terrifiés et son visage rosissait. Sa tête était agitée de brusques saccades.

Janey Navarro poussa un cri perçant et se cacha le visage dans ses mains. Mallory ouvrit la bouche et se détourna. Avant que Gallagher ait pu arriver jusqu'à lui, Glotcher s'écroula, son crâne heurtant lourdement le bureau au passage. Son corps s'écrasa bruyamment sur le plancher.

De derrière le bureau monta une sorte de soupir

rauque, puis un mince sifflement qui, peu à peu, s'éteignit. Gallagher, qui s'était penché au-dessus de lui, se releva, son visage reflétant un mélange de gêne et de fureur.

— Le type a une attaque? demanda Mack.

Gallagher fit le tour du bureau et s'assit dessus. Sa cigarette non allumée pendouillait toujours au bout de ses lèvres. Il craqua une allumette de cuisine avec l'ongle de son pouce et lança des bouffées de fumée. Mack fit le tour du bureau et regarda pour son édification personnelle.

— Il est mort, dit Gallagher.

— Leunatine? suggéra Dan.

Gallagher ôta son chapeau et se massa le front.

— Pas de doute.

Il soupira, l'air extrêmement las.

— Maintenant, tout est à recommencer.

CHAPITRE XIX

Il était quatre heures du matin quand Dan regagna sa petite chambre d'hôtel.

De voir ce troisième meurtre commis devant ses yeux n'avait pas amélioré l'humeur de Gallagher. En dépit d'un interrogatoire serré et répété de ceux qui étaient présents, il n'avait pu ajouter aucun renseignement nouveau à ceux qu'il possédait déjà. Quelqu'un, d'une façon ou d'une autre, avait mis de la leunatine dans la bouteille de whisky de Glotcher. La possibilité d'un suicide ne valait même pas la peine d'être envisagée.

En proposant d'omettre dans son article le fait qu'un meurtre venait d'être commis sous le nez même d'un inspecteur de la Brigade criminelle, Dan était parvenu à convaincre Gallagher de ne retenir contre Janey Navarro que le délit de port d'arme prohibée. Gallagher était d'autant plus enclin à se montrer indulgent que le fait de tirer sur Glotcher lui paraissait être un réflexe parfaitement compréhensible.

Mallory avait versé la caution de Janey, après quoi ils l'avaient raccompagnée chez elle. Ensuite, Mallory avait laissé Dan à son hôtel. Comme ils se séparaient, il avait, en bâillant, avisé Dan qu'il vérifierait le lendemain les relations d'affaires de Fallon et lui avait demandé de ne pas oublier de l'appeler.

Dan était presque trop fatigué pour penser. Il lança son manteau et son chapeau sur son lit, déboutonna son gilet et s'étala dans un fauteuil.

Il enleva ses chaussures et bâilla. Le soulagement éprouvé par ses pieds débarrassés de leur prison lui éclaircit les idées. Il se leva et ôta son veston. Ce faisant, il aperçut dans sa poche intérieure l'enveloppe jaune qu'il avait prise dans le sac de Marian. Il l'avait complètement oubliée.

Installé dans son fauteuil, il tourna l'enveloppe dans sa main et réfléchit un moment avant de l'ouvrir. Puis il se décida et en sortit une photographie.

Il sentit le sang affluer à son cerveau. Son esprit mit un certain temps à combler l'abîme entre le monde de faux-semblants de la vie quotidienne et la réalité crue de cette photo. La politesse, les manières, le vernis de surface étaient arrachés et c'était la sauvagerie nue que contemplaient ses yeux effarés.

— Quelle bande de naïfs crétins nous faisons, se dit-il.

Il se leva, alla au bureau, et se versa un coup de whisky. Sa main était mal assurée et un peu de whisky se répandit à côté du verre.

Pas étonnant que Kipper ait sonné Glotcher! Un tas de choses n'avaient plus rien d'étonnant. C'était donc ça, Marian! Il se souvint de sa voix plaintive : « On vous dira des choses horribles sur moi, mais elles sont fausses. » Il était visible sur la photo qu'elle était ivre, mais même dans ce cas...

Il approcha son verre de ses lèvres, puis, se rappelant la façon dont Glotcher avait été empoisonné, il le reposa sans avoir bu. Il retourna à son fauteuil et regarda de nouveau la photo. Dans l'enveloppe, il trouva aussi le négatif. Il s'était attendu à quelque chose de compromettant, mais non à de la pornographie pure et simple.

« Oh, Dan, ce n'était rien », avait-elle dit. « Ça ne voulait rien dire ». Et, un peu avant : « Dan, vous avez du bon sens. Vous savez prendre les choses comme elles sont. Vous pouvez oublier les choses qui ne veulent rien dire. Vous connaissez la vie. »

Il resta un bon moment assis, dans une sorte de torpeur. Etait-ce la même enveloppe jaune qu'il avait vue entre les mains de Barney peu de temps avant son assassinat? Pas nécessairement. Pourtant elles semblaient identiques.

Si c'était la même enveloppe, alors il était logique de supposer que Glotcher venait de la livrer à Barney, quand Dan l'avait rencontré à la sortie de l'ascenseur. Mais pourquoi l'aurait-il apportée à Barney? Et comment, de là, avait-elle gagné le sac de Marian?

Glotcher n'était pas homme à hésiter devant un petit chantage : Il avait montré la photo à Kipper. Marian attachait une grosse valeur à la récupération du négatif. Peut-être Barney jouait-il le rôle d'intermédiaire dans les négociations?

Les conclusions que Dan en tira furent telles qu'il se mit à siffler entre ses dents. Il se leva pour arpenter le plancher mais l'étroitesse de la pièce ne lui permettait que trois pas en long et autant en large. Tout semblait se ramener à cette seule question : était-ce la même enveloppe qu'il avait vue dans les mains de Barney Price? Personne ne pouvait le prouver. Même pas Dan.

Il s'assura que sa porte était bien verrouillée et se prépara à se mettre au lit. Avant de tourner l'interrupteur, il prit la photo et de nouveau, la regarda longuement. « Oh, eh puis, merde! » fit-il en haussant les épaules. Et là-dessus, il éteignit. « Qui suis-je, pour me permettre de critiquer? »

CHAPITRE XX

Le lendemain matin, le réveil de Dan fut une entreprise ardue. Il resta un long moment étendu, sommeillant à moitié et clignotant des paupières. Finalement, il rejeta ses couvertures, se frotta les yeux et se massa le cuir chevelu. Le réveil, posé sur la coiffeuse, lui apprit qu'il était midi.

Encore engourdi de sommeil, il se fit quelques abominables grimaces dans la glace du lavabo, tout en bâillant, se brossa les dents, se rasa et se peigna. Tout en fouinant à droite et à gauche, enfilant ses vêtements à mesure qu'il les récupérait, il remarqua l'enveloppe jaune sur le couvercle de sa machine à écrire. Elle lui rappela les événements de la veille.

— On en apprend à tout âge, se dit-il gaiement. On en apprend à tout âge.

Tout en mettant sa cravate, il tira des plans pour la journée. Une explication avec Marian semblait s'imposer. Il ferait peut-être mieux de remettre la photo à Gallagher et de le laisser s'en occuper. Mais, à moins que la photo ait eu un rôle important dans les histoires de meurtres, c'était un sale tour à lui jouer. Mieux valait voir Marian d'abord, et décider ensuite de la voie à suivre.

Soudain, son attention fut attirée par le dessus de la coiffeuse. Sa cravate, à moitié nouée, il resta là, les yeux écarquillés, les doigts brusquement figés. Le whisky qu'il s'était versé la veille et qu'il n'avait pas bu était toujours dans le verre à porto. A l'endroit où sa main tremblante avait répandu un peu de liqueur sur le foulard qui servait de nappe à la coiffeuse, il y avait une tache verte.

L'espace d'une minute, il la contempla sans bouger. Puis il vida le verre dans le lavabo, le rinça soigneusement et se leva les mains. Il enroula la bouteille de whisky dans le foulard taché et enveloppa le tout dans un journal. Quand il eut achevé de s'habiller, il mit l'enveloppe jaune dans sa poche, prit le paquet sous son bras et quitta la chambre. Dans le couloir, à travers une porte entrouverte, il aperçut une bonne en train de faire une chambre. Il la questionna. Elle n'avait vu personne entrer dans sa chambre le jour précédent. Mais, naturellement, on ne pouvait jamais savoir. Elle surveillait rarement les allées et venues et elle ne restait jamais plus d'une heure par jour à cet étage.

Dans le vestibule, l'employé du bureau ne fut pas plus utile à Dan.

— Nous avons rarement eu des vols, dit-il. Naturellement les gens entrent et sortent toute la journée. Certains habitent ici, d'autres pas. C'est pourquoi? Vous avez perdu quelque chose?

Dan ne se donna pas la peine de répondre. Il entra dans la cabine téléphonique du vestibule et appela le *Journal*.

— Le patron dit que vous avez fait du beau boulot, lui dit Charlie Dixon. Restez sur l'affaire et déterrez-nous quelque chose de nouveau. Ne laissez pas refroidir.

— Un nouveau cadavre, ça pourrait aller?

— Ça serait formidable.

— Et si c'était moi, le cadavre?

— Ne faites pas tant de zèle!

— Je ne plaisante pas. Quelqu'un a glissé une dose de ce fichu poison dans la bouteille de whisky que j'avais dans ma chambre.

— Vous exagérez!

— J'aimerais mieux! J'ai la bouteille sous le bras. Je vais de ce pas la montrer à Gallagher.

Dan lui donna les détails de l'histoire.

— Continuez le boulot, dit Charlie. Ne vous laissez pas effrayer par eux. Ils essayent de vous bluffer.

— Vous auriez appelé ça du bluff, si j'avais avalé une gorgée de ce truc?

— Vous n'allez pas vous dégonfler, non?

— Je les ai à zéro, si vous voulez tout savoir.

— Ne nous laissez pas tomber, Dan. Ne faites pas le lâcheur.

— Lâcheur? Comment voulez-vous que je lâche? L'assassin m'a sur sa liste, maintenant.

— Bien parlé, Dan! Continuez. Mais faites attention à ce que vous buvez.

— Merci du conseil.

Les restaurants étaient comme toujours bondés, à l'heure du coup de feu, mais Dan parvint à se glisser à un comptoir. Manger avec une bouteille de poison sous le bras était une sensation nouvelle. Il se demanda ce que penseraient ses voisins de droite et de gauche, s'ils savaient ce qu'il avait dans son paquet. Tout en mangeant, il lut le compte rendu du *Journal* sur le meurtre de Glotcher, compte rendu qu'il avait téléphoné tôt dans la matinée.

En dépit des réclamations des troupes cantonnées à l'étranger, qui voulaient être rapatriées, des grèves et des grèves en puissance, de furieux débats sur le plafond des prix, et des discussions dont l'objet était de savoir si le monde se ferait lui-même à coups de bombes atomiques, « l'Affaire des lèvres vertes », comme on l'avait baptisée, occupait toujours les manchettes. Le sinistre tueur qui dissimulait les cadavres dans des caisses de spaghettis et qui versait la mort dans des bouteilles de whisky, avait captivé l'imagination du public.

Le voisin de Dan étendit le bras et tapota la page du doigt.

— C'est la poule qui a fait ça, dit-il d'un air entendu à travers une bouchée de saucisse et de choucroute.

Dan n'en revenait pas.

— Quelle poule?

— La môme Cleave.

— Qu'est-ce qui vous fait dire ça?

L'homme prit un air de sagesse morbide, mastiqua avec lenteur, et avala.

— L'amour, dit-il. Tout homme tue la chose qu'il aime.

— Oui, mais vous disiez que c'était la fille qui avait fait le coup.

— Pareil, homme ou femme. Suffit qu'on aime une

chose pour avoir envie de la tuer. Y a des fois, je pourrais tordre le cou à ma femme.

Il transperça férocement une saucisse.

Au palais de justice, Dan trouva l'inspecteur Gallagher assis derrière son bureau; il avait les yeux rouges et était visiblement épuisé, mais très calme.

— Qu'est-ce qu'il se passe, fils? demanda-t-il d'un ton protecteur.

Dan ouvrit une extrémité de son paquet, en sortit la bouteille et la posa sur le bureau, devant Gallagher.

— Vous paraissez fatigué. Vous m'avez l'air d'avoir besoin de boire un coup.

— Merci, Banion. Mais si je buvais une goutte de ça, je me mettrais à roupiller illico. Je suis moulu et ma névrite est en train de m'achever. Merci quand même.

— Ça vaut aussi bien, parce que si vous preniez un verre de ça, vous deviendriez rouge comme un homard et votre âme se débinerait en sifflant par les fentes de votre râtelier.

Gallagher lorgna la bouteille avec méfiance.

— Qu'est-ce que c'est?

— Whisky, avec un rien de leunatine.

— Où avez-vous eu ça?

— C'était sur ma coiffeuse. Hier, quelqu'un s'est glissé dans ma chambre d'hôtel et a collé du poison dans la bouteille. Hier soir, en rentrant — ou plutôt ce matin — l'envie m'a pris de boire un verre. Après l'avoir versé, je me suis ravisé. Seulement j'en avais renversé un peu sur la nappe de la coiffeuse et, en séchant, ça a pris une teinte d'un vert exquis. Tenez. Jetez un coup d'œil.

Dan sortit le foulard du paquet et le jeta sur le bureau.

— Bordel de Dieu!... Asseyez-vous, fils.

— Heureusement que je n'ai pas bu ce truc-là, sans ça à l'heure qu'il est je serais allongé sur mon tapis, et vous seriez en train de me faire les poches.

Gallagher examina de près le foulard.

— Nous allons faire analyser le liquide. Mais je n'ai aucun doute sur sa nature. Vous avez interrogé les gens de l'hôtel?

— Oui, mais ils ne savent rien. Ça entre et ça sort toute la journée, là-dedans.

— Avez-vous une idée?...

— Non. Et vous?

Gallagher poussa le foulard de côté, se renversa dans son fauteuil tournant et prit un ton ironique.

— N'ayez aucune crainte, mon brave. La police s'occupe de l'affaire, et l'arrestation du coupable n'est qu'une question d'heures. Je vous autorise à me citer.

— Qu'est-ce que ça veut dire, au juste?

Gallagher se redressa et le fauteuil grinça furieusement.

— Ce que ça veut toujours dire. A savoir que je suis incapable de distinguer mon fond de culotte d'un ballon rouge. Je ne suis pas plus avancé que quand nous avons commencé. Si ce maniaque, quel qu'il soit, continue à empoisonner les gens, un jour ou l'autre, il fera un faux pas et laissera sa carte de visite. Alors, je lui foncerai dessus, toutes sirènes dehors, et je procéderai à une arrestation. Entre-temps, il n'y a rien d'autre à faire que d'attendre le prochain cadavre. Probablement vous, si vous voulez mon avis.

— A moins qu'il ne vous empoisonne d'abord.

— Impossible, la loi l'interdit... Au fait, tout ça est strictement entre nous, bien entendu.

— Qu'avez-vous appris sur Fallon et Winkleman?

— Ils ont dit qu'ils avaient été invités à une soirée chez Glotcher, et qu'en y arrivant, ils avaient trouvé la porte fermée et personne à l'intérieur.

— Elle est bien bonne.

— Des bobards, je le sais bien. Mais ils n'ont pas voulu en démordre.

— Ils ont dit pourquoi ils nous avaient menti, à Mallory et à moi?

— Parce que ça ne vous regardait pas, ont-ils prétendu. Glotcher avait l'habitude de donner des soirées un peu débraillées et ils ne tenaient pas à ce que ça se sache qu'ils y allaient.

— Plutôt faiblard.

— Ouais. Il y a une autre chose qui n'a pas l'air très bonne pour le dénommé Fallon. Il est avocat, vous le savez.

— Il paraît.

— Eh bien, il se trouve être l'avocat de la Compagnie de Récupération Hogby et Engles. Et il s'est occupé de la partie juridique de certaines transactions concernant le vapeur *Albert C. Decker.*

— C'est le bateau renfloué dont ils ont retiré les spaghettis abîmés.

— Exact. Et, en tant qu'avocat de la compagnie, il était aux premières loges pour savoir tout de l'affaire.

— Qu'est-ce qu'il répond à ça?

— Il prétend n'être au courant de rien.

— L'avez-vous questionné sur ses rapports avec Dorothy Vane, et sur ses achats de tableaux?

— Il dit n'y rien comprendre. Et il prétend ne l'avoir pas vue depuis le jour où Vane les a trouvés au lit.

— Qu'est-il advenu de l'indemnité de cinquante mille dollars que Vane lui avait réclamée?

— C'était ridicule. Il a réglé ça à l'amiable pour cinq cents dollars.

— Et Dorothy Vane? Aucune trace d'elle?

— Rien. Elle a fait sa valise et elle est partie de chez elle. Nous n'en savons pas plus. Nous avons envoyé son signalement partout. On la ramassera.

— Et son mari, Howard Vane?

— Nous le recherchons aussi. Aux dernières nouvelles il dirigeait une maison de jeux à Reno. Nous le trouverons.

— Pendant ce temps-là, vous allez laisser Fallon en liberté?

— Je n'ai rien à retenir contre lui, sauf des détails accessoires, et encore, bougrement peu. Mais je le fais filer. Je fais aussi filer le peintre Winkleman. On va surveiller tous leurs mouvements.

— A propos, vous m'avez fait filer, hier.

— Pourquoi pas? Vous avez le nez, pour les cadavres. Vous en avez déjà flairé deux. Vous savez, Banion, si mon instinct ne me disait pas le contraire, c'est vous que je soupçonnerais.

— Vous croyez que j'essaierais de m'empoisonner moi-même?

— Non, mais si vous étiez coupable, je ne vois pas de meilleure couverture que de vous amener ici avec cette bouteille et de vous plaindre qu'on a voulu vous assassiner.

— Si je voulais empoisonner quelqu'un, je pourrais vous donner les noms d'un tas de gens qui seraient les premiers sur la liste.

— Eh bien ne les nommez pas. Il n'est pas dit qu'en fin de compte on ne les verra pas avec les lèvres vertes.

Dan bouchonna le journal dans lequel il avait enveloppé la bouteille et le jeta dans la corbeille à papiers de Gallagher.

— Alors? En partant d'ici, j'aurai un de vos limiers à mes trousses?

— Ce ne serait pas une mauvaise idée, Banion. Laissez-moi donc vous faire suivre par un de mes gars, pour vous protéger.

— Je n'aime pas ça, figurez-vous.

— A votre aise. Il est impossible de filer un homme s'il sait qu'il l'est. Il y a trop de façons de se débarrasser d'un type.

— Alors, pourquoi voulez-vous me donner cette peine?

— Votre estomac vous appartient, Banion. Si vous voulez qu'il soit empoisonné, je ne peux pas vous en empêcher. TOUT ce que je demande, c'est de vous souvenir de ma névrite et de jouer franc jeu avec moi.

— Alors, pas de filature?

— Pas de filature, Banion. Vous êtes à votre compte.

Dans la salle de presse du palais de justice, Banion chercha le numéro de Guy Foisie dans l'annuaire et l'appela. Une bonne l'informa que Marian Cleave était partie tôt dans la matinée et qu'elle n'était pas de retour. Comme elle avait emporté sa valise, la bonne ne pensait pas qu'elle reviendrait.

Il fit le numéro de Marian, mais n'obtint pas de réponse. Il chercha celui de Mallory et appela son bureau mais il était parti et on ne s'attendait pas à la voir revenir.

Score : zéro. Du moins en ce qui concernait le téléphone. Dan décida de faire un tour aux bureaux du *Journal* et de parler à Hal Swayne, chef de la rubrique sportive.

Comme il pénétrait dans la salle de rédaction, la standardiste dit : « Une lettre pour vous, monsieur Banion », et elle lui tendit une enveloppe.

C'était visiblement une enveloppe de bazar; elle portait

le cachet de Redwood City. Pas d'adresse d'expéditeur. A l'intérieur, Dan trouva une note griffonnée sur une feuille quadrillée de bloc bon marché :

« Le Corbeau, angle rues Laurel et L. Redwood City. Demandez Agnès. Venez seul. »

C'était signé : « Dorothy V. ».

— Où est Redwood City? demanda-t-il à la standardiste.

— C'est dans la Péninsule.

— Loin?

— Oh! moins d'une heure d'autobus. Y a des gens qui préfèrent changer et prendre le train.

Dan empocha la lettre et se dirigea vers Hal Swayne qui était penché sur sa machine à écrire comme un oiseau irrité. Hal avait des cheveux d'un blanc pur, des yeux bleus affectueux et un visage tanné comme un vieux gant de base-ball.

— Quèq, vous dites de ça! fit-il comme Dan s'approchait : Billy Conn touchera cinq cent mille dollars pour rencontrer Joe Louis et le gouvernement lui en prendra quatre cent mille en impôts. Comment voulez-vous qu'un homme sorte du prolétariat à ce taux-là?

— Mystère et boule de gomme, fit Dan en tirant une chaise. Est-ce que vous savez quelque chose au sujet d'un nommé Barney Price, qui a été assassiné hier?

— Barney Price? Je comprends. Il a été poids mi-moyen pendant à peu près un an. Mais c'était un toquard. Ça remonte à loin. Par la suite, il a enseigné la boxe à l'Université de Stanford, mais il s'est fait foutre à la porte pour avoir fait passer du gin en fraude aux étudiants. Pendant la prohibition, naturellement. Après ça, il a dirigé un speak-easy quelque part dans la Péninsule. Ensuite il a organisé des combats pendant un bout de temps et, finalement, il en est venu à monter cette agence de police privée. Ah! oui, à un moment donné, il a été flic aussi. Je crois que c'est avant qu'il monte sur le ring. Je ne suis pas certain.

— A quelle époque était-il professeur de boxe à Stanford? Vous vous souvenez?

— Voyons. Mon fils y était, en ce temps-là. Ça devait être... oui, en 1920. J'en suis sûr. C'est d'ailleurs l'année où il s'est fait vider.

— Votre fils devrait se souvenir de lui.

Hal hocha pensivement la tête.

— Oui, probablement.

— Il est en ville? Je peux l'appeler?

— Non. Hal plongea ses yeux dans sa machine à écrire. Mon garçon a été tué à Iwojima.

— Je suis désolé, Hal.

— Je peux faire quelque chose d'autre pour vous?

— Où était ce speak-easy que dirigeait Barney?

— Je ne pourrais pas l'affirmer, mais je crois que c'était à San-Mateo. Ou, en tout cas, une de ces villes qui bordent la Péninsule.

— Ça devait être vers 1921?

— C'est ça. Juste après qu'il ait quitté Stanford.

— Eh bien, je crois que c'est tout, Hal. Merci mille fois.

— A votre disposition, Dan. Je crois connaître la plupart des anciens du coin. Des boxeurs, des joueurs de base-ball, des jockeys, des flics, des maquereaux. J'ai la tête bourrée de fantômes. Pas étonnant que j'aie des cheveux blancs.

CHAPITRE XXI

Avant de quitter le *Journal,* Dan téléphona à nouveau chez Marian Cleave : il avait une chance de la trouver là. C'est elle qui répondit :

— Oh! Dan. J'espérais que ce serait vous.

— Je voudrais vous voir, Marian.

— Je vous en prie, venez tout de suite. Je suis seule. Je n'ai absolument pas pu rester chez les Foisie. C'était au-dessus de mes forces.

Dan crut percevoir une nuance d'anxiété accrue dans la voix de Marian. Dans le taxi, il fut cahoté, chahuté, ballotté dans un fracas de ferraille, sur un siège dépourvu de ressorts. Finalement, il cria au chauffeur :

— Elle est fin prête pour la foire aux puces, votre guimbarde.

— Vous l'avez dit, camarade! hurla en réponse le chauffeur. Si on ne nous en donne pas bientôt de nouvelles, ce sacré vieux bahut va se déboulonner et tomber en digue-digue. Moi, je vous le dis, elle a véhiculé plus de marins l'an dernier qu'une flotte de croiseurs. Sans parler de leurs poules. Ils ont complètement ratatiné le rembourrage et les ressorts. La seule chose qui ne crie pas au meurtre, c'est l'essuie-glace, et c'est parce qu'il ne marche pas.

Il faisait un froid mordant, mais le soleil brillait. Tandis que le taxi montait en peinant Russian Hill,

Dan jeta un coup d'œil vers la baie mouchetée de bérets blancs. Sur les collines, l'herbe était verte. Les grandes lettres blanches peintes sur le flanc de l'Ile de l'Ange : « BIENVENUE A NOS HEROS, BEAU TRAVAIL! » avaient été partiellement lavées par la pluie, et on pouvait lire : « BIE UE OS ROS, AU TRAVAIL! » Les mots « au travail » prenaient un sens ironique.

Dan aperçut pour la première fois la maison de Marian à la lumière du jour et il lui trouva un aspect tranquille, sans prétention et pratique, quoique très luxueux. Une grande pelouse la joignait à une haie bien entretenue. Plusieurs arbres cachaient presque complètement la construction de galets. On ressentait une impression d'intimité, de confort et de bien-être. Tout était de première qualité et bien tenu.

Marian, en pantalon de soie blanche et blouse paysanne, vint ouvrir elle-même. Elle lui tendit la main et le tira à l'intérieur.

— Je n'ai plus peur, maintenant, chuchota-t-elle.

Dan s'aperçut à peine qu'il se débarrassait de son chapeau et de son manteau. Dans la grande pièce dominant la baie, elle se serra contre lui et lui tendit ses lèvres. Ses mains commencèrent à s'égarer dans la douceur de la soie, mais il réussit à se maîtriser.

— Dan, dit-elle, emmenez-moi. Eloignons-nous de tout cela.

Dan se dégagea sans enthousiasme de son étreinte.

— Vous êtes bouleversée, dit-il. Laissez-moi le temps de respirer.

— Non, dit-elle. Ne réfléchissez pas. Ça ne vaut rien de réfléchir. Ça gâche tout. Partons tout de suite, pendant que nous en avons tous les deux envie.

Ses yeux étaient suppliants.

Dan avait beaucoup de mal à rassembler ses pensées.

— Asseyez-vous une minute, dit-il. Ne perdons pas

le nord. Il y a quelques détails dont il faut que nous parlions.

— Non, Dan. Ne parlons de rien. Partons. Nous pouvons aller au Mexique. Je connais un endroit idéal.

De nouveau, elle se rapprocha de lui.

Dan recula et s'assit dans un grand fauteuil.

— Oui, dit-il. Mais Marian...

— Vous penser à l'argent? J'ai tout l'argent qu'il faut.

Elle s'assit sur le bras du fauteuil et lui posa la main sur la nuque.

Dès le moment où il était entré, elle avait pris l'initiative et il ne savait comment la reprendre à son compte.

— Ecoutez, Marian, trois meurtres ont été commis. Nous ne pouvons pas...

Son visage s'assombrit :

— Dan, j'ai peur. Vous ne comprenez pas? J'ai peur!

— Oui, mais...

— Je ne peux pas partir seule, J'ai *besoin* de vous. Je suis aussi franche qu'il est possible de l'être, Dan. Je ne sais plus que faire. Faut-il que je me jette à vos pieds?

Dans fit un effort pour briser le charme.

— Ecoutez. Allez vous asseoir dans l'autre fauteuil, voulez-vous?

Du doigt, elle lui ébouriffa les cheveux.

— Je vous en prie, ne me grondez pas. Vous pouvez me parler ici.

— Allez vous asseoir là-bas!

Très lentement, avec une moue de dépit et des yeux douloureux et plaintifs, elle lui obéit.

— Décidément la franchise ne paie pas. J'aurais cru que vous comprendriez.

Dan sentit qu'à cette distance il aurait un meilleur contrôle des événements.

— Marian, dit-il, trois personnes ont été assassinées. On ne peut pas prendre ça à la légère.

— C'est pour ça que je veux partir. J'ai peur.

— Mais vous ne pouvez pas partir. Vous êtes impliquée dans l'affaire.

— Impliquée!

— Oui.

Elle eut l'air perplexe.

— Mais comment?

— A cause de vos relations avec Kipper. — Il fit une pause. — Et à cause de Glotcher.

— Mais je vous ai tout dit au sujet de Glotcher.

Il y avait de la conviction dans son regard.

— Ça ne signifiait rien. Je l'ai rencontré. Je suis sortie avec lui deux fois. C'est tout. J'ai été folle d'aller même jusque-là. Mais j'étais si seule et si bouleversée à l'époque. Ça ne vaudrait même pas la peine d'en parler s'il n'y avait eu la terrible jalousie de Kent. Vous ne me croyez pas?

Dan se dit qu'il n'avait jamais vu des yeux aussi sincères et aussi suppliants. Malgré lui, il la crut presque. Alors, il laissa tomber le pavé :

— Il y a un point important, dit-il. Une enveloppe jaune, une photo et un négatif.

Elle devint cramoisie. Elle se leva vivement et prit une cigarette dans un coffret d'ivoire. Ses mains tremblaient. Elle dut appuyer plusieurs fois sur le briquet avant que la mèche s'enflammât. Le dos tourné, elle alla au petit bar et se versa un peu de cognac dans un verre. Quand elle se retourna pour revenir, elle avait repris ses couleurs normales. Ses yeux étaient insolents et durs.

Elle resta debout devant lui.

— C'est vous qui avez pris cette enveloppe dans mon sac?

— Oui, dit Dan.

Elle plissa les yeux. Dan leva la main assez vite pour balayer le verre dont elle essayait de lui lancer le contenu à la figure. Le verre s'écrasa sur le plancher. Dan se leva. Elle se jeta sur lui et se mit à le gifler des deux mains. Dan lui saisit les poignets et les maintint. Elle tenta de lui mordre le poignet, mais il la frappa durement d'un revers de main et la maintint à bout de bras. Marian secoua ses cheveux qui avaient envahi ses yeux.

— Lâchez-moi, ou je crie! dit-elle entre ses dents.

— Allons, Marian, cessez!

Elle cria si fort qu'il lui lâcha les mains. Instantanément, elle fut sur lui de nouveau, le giflant et le griffant. Dan essaya de lui serrer les deux poignets dans une seule main et de lui fermer la bouche de l'autre. Ne pouvant y parvenir, il l'envoya rouler sur le tapis d'une bonne poussée sur la figure.

Comme elle ouvrait la bouche pour crier, il dit :

— Ne faites pas l'imbécile. Si quelqu'un vient, je serai obligé de donner cette photo à la police.

Elle s'assit sur le tapis, soufflant fortement, mais elle ne cria pas. Soudain elle se mit sur ses pieds et courut au tisonnier.

Dan saisit une petite chaise et la brandit comme un bouclier. Elle essaya de passer sa garde, mais il avait toujours les pieds de la chaise pointés dans sa direction. Elle balança sauvagement le tisonnier et le bout affûté manqua de peu son nez. Il l'agrippa et le lui arracha des mains.

— Bon Dieu, soyez raisonnable! dit-il.

Elle se jeta de nouveau sur lui, et Dan la gifla si fort qu'elle en perdit le souffle; il la secoua violemment et la jeta dans un fauteuil.

— Si vous n'arrêtez pas ça, je vous colle sous une douche froide, dit-il.

Elle le défia du regard :

— Donnez-moi cette enveloppe!

— D'abord, vous allez me dire où vous l'avez eue, quand vous l'avez eue et comment vous l'avez eue.

— Donnez-moi cette enveloppe! hurla-t-elle.

— Ça ne vous servira à rien de gueuler.

Durant un instant, elle le fixa avec colère, puis alla en boitillant jusqu'au bar et se servit un autre cognac.

— Combien en voulez-vous? ricana-t-elle.

— Pas un sou. Tout ce que je veux, c'est savoir comment vous l'avez eue.

Dan mit de l'ordre dans ses cheveux et rentra sa cravate à l'intérieur de son gilet.

— Je vous donnerai mille dollars.

— Je ne veux pas de votre argent.

Il se rassit dans le fauteuil. Une lueur bizarre apparut dans les yeux de Marian, et les commissures de ses lèvres se relevèrent en un léger sourire. Elle remplit un autre verre de cognac. Quand elle lui fit face à nouveau, elle tenait un verre dans chaque main et elle riait.

— Nous nous conduisons comme des enfants, dit-elle.

— Vous voulez dire que *vous* vous conduisez comme une enfant. Comme une enfant ou comme un puma, je ne sais pas trop.

— Et vous aussi.

Elle vint en boitant jusqu'à son fauteuil et fit une grimace.

— Ouille! Vous m'avez fait mal.

— Je ne pouvais quand même pas vous laisser me décoller la tête avec votre tisonnier.

Elle rit et lui tendit le verre.

— Tenez, sale bête.

Il accepta le verre et sans lui laisser le temps de respirer, elle se blottit sur ses genoux, lui passa la main dans les cheveux et colla ses lèvres aux siennes.

— Nous nous comprenons, tous les deux, dit-elle d'une voix douce.

— Vous croyez? Je me le demande.

— Je suis mauvaise. Je n'ai pas dû être faite pour être bonne. Cela vous ennuie?

— Ce qui m'ennuie, dit-il, c'est de ne pas savoir comment vous avez eu cette enveloppe.

— J'aime que vous soyez dur avec moi.

Elle l'embrassa de nouveau et de telle façon qu'il crut sentir ses chaussettes se retourner.

— Allons nous étendre dans l'autre chambre.

— Vous n'avez pas répondu à ma question.

— Vous ne voulez pas venir dans l'autre chambre avec moi? Nous ne répondrons pas si la porte ou le téléphone sonnent. Rien que nous deux.

— Tous mes réflexes sont parfaitement normaux, dit Dan. Mais où avez-vous eu cette enveloppe?

— Je serai toute à vous. Tout entière.

Elle l'embrassa encore.

— Donnez-moi l'enveloppe.

— Je veux toujours savoir comment vous l'avez eue.

Elle le gifla et se mit debout.

— C'est tout l'effet que je vous fais?

— Pourquoi ne me le dites-vous pas?

— Ça vous importe plus que moi?

— C'est très important.

Elle prit une nouvelle cigarette et l'alluma.

— Je l'ai eue par Glotcher. Vous le savez bien.

— Quand?

— Quelle importance?

— Simplement que Glotcher a été assassiné hier.

— Dan, les deux choses n'ont aucun rapport. Vous le savez très bien.

— Alors, pourquoi êtes-vous si cachottière sur la façon dont vous vous êtes procurée le négatif?

— Je l'ai payé cinq cents dollars à Glotcher. Il menaçait de faire circuler des épreuves partout si je ne payais pas, alors j'ai marché. Il en a montré une à Kent.

— Je sais ça.

— Comment le saviez-vous?

— Peu importe. Quand avez-vous vu Glotcher pour prendre livraison de la photo et du négatif?

— Je ne l'ai pas vu. Il m'a envoyé le tout par la poste.

— Vous mentez!

Ses yeux s'ouvrirent tout grands.

— Voilà que je suis une menteuse, maintenant?

— Tout ce que je veux savoir, c'est comment vous l'avez eue.

— Vous croyez sans doute que je l'ai empoisonné?

— Pas nécessairement.

— Vous avez peut-être peur que je vous empoisonne aussi? Dans ce cas, pourquoi buvez-vous mon cognac?

— Je n'y ai pas touché.

Elle lui prit son verre, en but une gorgée et le lui rendit.

— Vous êtes convaincu?

— Oui.

Il porta le verre à ses lèvres. Il en avait besoin.

— Si je vous dis comment j'ai eu l'enveloppe, vous me la rendrez?

— Ça dépend.

— J'ai retrouvé Glotcher hier après-midi. Je lui ai donné l'argent et il m'a donné la photo et le négatif.

— Vous êtes allée à son studio?

— Non. Je l'ai retrouvé dans un bar.

— Quel bar?

— C'était un bar... au... au Bali. Le bar « Le Bali », dans Montgomery Street.

— A quelle heure?

— Vers... euh... vers les quatre heures.

— A quatre heures, j'ai rencontré Glotcher dans l'ascenseur de l'immeuble où Barney Price avait son bureau.

— Ça devait être plus tôt, alors. Vers les trois heures.

Dan se leva et se mit à arpenter la chambre. Marian le suivait anxieusement des yeux.

— Une autre question, dit-il. Si vous vous souvenez, quand nous étions chez Kipper, avant-hier soir, il y a eu un coup de téléphone. Vous avez répondu. Vous m'avez dit que c'était Kipper et qu'il ne rentrerait pas ce soir-là. Ça ne pouvait pas être Kipper. Qui était-ce?

Elle contempla son poing.

— Vous devez me trouver horrible?

— Qui était-ce?

— Je voulais vous ramener chez moi. Je savais que tout était fini entre Kent et moi. Alors je voulais vous ramener chez moi. Je ne voulais pas être seule. C'est pour ça que j'ai dit que c'était Kent. Comme ça, vous ne l'attendriez pas.

— Qui était-ce?

— Lance.

— Comment savait-il que vous étiez là?

— Il ne le savait pas. Il voulait parler à Kent. Il a été surpris quand j'ai répondu. Et, plus tard, en rentrant chez lui, il a vu de la lumière chez moi et il est passé me voir.

— Il fait ça souvent?

— Oh! Dan, ne dites pas de bêtises! Je connais Lance depuis toujours. Il habite à cent mètres d'ici. Bien sûr qu'il vient souvent. Il a été un chou avec moi. Surtout ces derniers temps quand il m'a vue si bouleversée.

Elle eut un sourire espiègle.

— Quelquefois, c'est un peu gênant.

— Si vous saviez comme vous le dites, que tout était fini entre Kent et vous, pourquoi êtes-vous allée à son atelier l'autre soir?

Elle écrasa sa cigarette dans le cendrier et secoua la tête avec impatience.

— S'il faut chercher des motifs à tout ce qu'on fait! Je ne sais pas. J'ai dû penser que si nous avions une autre conversation, les choses pourraient changer. Ou peut-être avais-je dans l'idée de le trouver avec une autre femme et de lui faire une scène. Quoi qu'il en soit, je vous ai rencontré là-bas. Et alors...

Elle hésita.

— Et alors, quoi?

— Alors je me suis beaucoup moins inquiétée de perdre Kent. Si vous me trouvez ignoble à cause de ça, possible que je le sois. Mais je m'en fiche.

— Je n'ai pas dit que vous étiez ignoble.

Elle prit une voix angoissée.

— Dan, je vous en prie, rendez-moi la photo.

— La photo est en sûreté. Ne vous inquiétez pas pour ça. Si vous dites la vérité, je vous la rendrai plus tard.

— Mais, Dan, je vous assure que je dis la vérité! Je vous ai tout dit. Je vous en prie, donnez-la-moi.

— Vous l'aurez en temps voulu. Et quand je vous la rendrai, j'espère que vous aurez assez de bon sens pour la brûler, et ne plus la promener dans votre sac.

Elle se mit à pleurer avec l'abandon disgracieux d'un enfant malheureux. C'était un spectacle stupéfiant de voir soudain son visage sophistiqué se tordre en une grimace juvénile. Elle courut se jeter à plat ventre sur le canapé, et se mit à pleurer en secouant les épaules.

— Personne ne m'aime, gémit-elle à travers ses sanglots, personne ne m'a jamais aimée.

Dan hocha la tête.

— Je ne sais vraiment pas ce qu'on peut faire de vous.

— Je ne veux plus vivre! gémit-elle.

Dan vida son verre et le posa sur le bar.

— Je voudrais bien que Dieu s'occupe lui-même de ses brebis.

— Vous vous fichez de tout ce qui peut m'arriver.

— Ce qu'il vous faudrait, dit Dan en enfilant son manteau, c'est une bonne fessée.

— Bon, eh bien, battez-moi, dit-elle en sanglotant. Allez-y, battez-moi, si vous en avez envie.

— L'ennui, dit Dan, c'est que vous aimeriez probablement ça.

Il sortit dans le vestibule et elle courut derrière lui.

— Ne me laissez pas seule! hurla-t-elle. Je ferai tout ce que vous voudrez, Dan. Tout. Mais ne me laissez pas seule.

Elle se jeta contre la porte et étendit ses bras en croix pour lui boucher le passage. Son visage était rouge et trempé de larmes.

— Ne faites pas la folle.

Dan essaya de la repousser.

Elle l'enlaça.

— Vous me voulez, Dan. Prenez-moi. Prenez-moi, Dan.

Il parvint à se dégager et à ouvrir la porte.

— Je me tuerai, hurla-t-elle.

Il descendit en courant les marches du seuil.

— Vous le regretterez! lui cria-t-elle.

Il se dirigea vivement vers le portail, puis s'arrêta et se retourna. Elle était debout, immobile, le regardant s'éloigner. Soudain, elle se précipita à l'intérieur et claqua la porte derrière elle.

Dehors, sur le trottoir, à la lumière tendre et gaie de cette belle journée, il eut du mal à s'empêcher de courir.

CHAPITRE XXII

Dan sortit des quartiers chics et pénétra dans une agglomération d'habitations à bon marché : seulement alors, il ralentit son pas et son esprit commença à revenir aux réalités ordinaires.

Si quelqu'un lui avait dit, avant de quitter l'armée, qu'il s'arracherait un jour des bras d'une femme ravissante pour s'enfuir en courant de chez elle, il aurait traité ce quelqu'un de fou. Pauvre Kipper! Elle avait dû lui faire une sacrée vie. Et Gregory Fallon. Rien d'étonnant à ce qu'il soit complètement timbré.

La rue descendait par des rampes si inclinées qu'il était difficile de marcher. La plupart des maisons avaient des fenêtres rondes en saillie qui surplombaient le trottoir.

Dan se dit qu'il n'était pas très raisonnable de trimbaler l'enveloppe jaune dans sa poche. Au bas de la colline, il se trouva dans une grande artère passante. Au coin, il vit un drugstore dont la devanture était remplie de bouteilles de whisky. Dan entra et demanda une enveloppe. Le préposé, un vieil homme avec des bajoues de Saint-Bernard, le scruta d'un regard étrange et dit qu'il ne pouvait pas vendre une enveloppe au détail. Elles allaient par paquets de vingt et il fallait acheter le paquet.

— Alors, donnez-m'en une, dit Dan, et je vous la paierai le prix d'un paquet.

— Je ne peux pas faire ça. Ce ne serait pas honnête vis-à-vis de vous.

— Bon, alors donnez-moi le paquet, dit Dan. J'achète le paquet.

Tout en continuant à scruter Dan de façon étrange, il mit les enveloppes dans un sac en papier, les poussa à travers le comptoir et prit la pièce que Dan lui tendait.

Intrigué par la façon dont l'homme le regardait, Dan se retourna pour voir s'il y avait quelque chose derrière lui.

— Il y a quelque chose qui ne va pas? demanda-t-il.

Sans quitter Dan des yeux, il porta sa main à ses lèvres. Dan se regarda dans une glace. Autour de sa bouche s'étalait une magnifique tache de rouge à lèvres. Il l'essuya avec son mouchoir.

— Merci.

Il sortit l'enveloppe jaune de sa poche, la mit dans une des enveloppes qu'il venait d'acheter, cacheta celle-ci, se l'adressa à lui-même à son hôtel, acheta un timbre dans un distributeur automatique, colla le timbre, et sortit du drugstore en laissant le reste des enveloppes. Le vieil homme hocha la tête, dégoûté.

En glissant la lettre dans la boîte du coin, Dan se souvint que c'était un délit passible de prison que d'envoyer une telle photo par la poste, même à sa propre adresse. Il la fit cependant partir.

Cent mètres plus loin, il eut la chance de trouver un taxi. Marian avait certainement menti sur la façon dont elle s'était procuré l'enveloppe jaune, mais ça valait la peine d'être vérifié.

Le « Bali Bar », dans Montgomery Street, était censé représenter une hutte tropicale ouverte à tous les vents. Ses brillantes portes rouges étaient garnies de bambous. A l'intérieur, une douce lumière orange éclairait des palmiers en pots et de grandes fresques où s'ébattaient des femmes à la peau brune dont les seins alertes pointaient de façon menaçante vers le client, où qu'il portât son regard. Plusieurs couples de buveurs bavardaient tranquillement ou se délassaient en silence dans des fauteuils rembourrés rangés autour de petites tables qui voulaient ressembler à des tonneaux sciés en deux. Le pick-up automatique jouait : *Kiss me once and kiss me twice, kiss me once again. It's been a long-long-time.*

— Qu'est-ce que ça sera, patron? demanda le barman à Dan.

Dan commanda une bière et lui demanda s'il avait été de service à trois heures de l'après-midi, la veille.

— Oui, patron. Pourquoi?

— Vous connaissez une nommée Marian Cleave, ou un type du nom d'Armand Glotcher?

— Non, patron. Jamais entendu parler.

Dan les décrivit et demanda s'il avait vu quelqu'un répondant à leur signalement.

— Non, patron, je ne peux pas savoir. Ça va, ça vient. Vous savez ce que c'est...

Dan demanda à parler à l'autre barman.

— Il ne pourrait pas savoir, patron. C'est un fait. Vous savez ce que c'est. C'est peut-être votre femme. J'sais pas, moi. Peut-être vous voulez faire un recoupement. Vous savez ce que c'est, patron. Peut-être que votre femme viendra demain nous demander si vous êtes venu. Nous ne savons pas, nous aut'. Nous ne nous rappelons pas. Compris, patron?

Dan avait compris.

— Sans rancune, patron. C'est comme ça; que voulez-vous.

De la cabine téléphonique en bambou, Dan appela Lance Mallory. Un accent philippin l'informa que M. Mallory n'était pas là et qu'il ne rentrerait pas coucher.

— Il dit lui partir maison Burlingame dans Péninsule. Vous laisser message?

— Non, dit Dan. Merci bien, patron.

Dan sortit de sa poche la lettre qu'il avait reçue le matin et la relut :

« Le Corbeau, carrefour rues Laurel et L. Redwood City. Demandez Agnès. Venez seul. Dorothy V. »

Il n'y avait que quelques centaines de mètres entre le « Bali » et l'Exeter Building, où était logée la station de radio KZY. Dan les parcourut à pied. L'employée du bureau de renseignements du dixième étage lui dit que Ike Miller était en train d'émettre dans le studio C, au bout du couloir.

— Il aura fini dans cinq minutes, précisa-t-elle.

Dan flâna le long du couloir et trouva une porte marquée « C ». A travers une vitre il vit Ike assis devant un micro. Il lisait un tas de papiers et ses lèvres remuaient tandis qu'il gesticulait de sa main libre. Pas un son ne franchissait la vitre.

Ike eut bientôt fini et sortit.

— Il ne vous arrive pas d'en avoir assez de radoter dans un micro? demanda Dan.

— Eh quoi! bon Dieu, faut bien gagner sa vie, non?

Il fit entrer Dan dans la salle des dépêches où les téléscripteurs tapotaient frénétiquement.

— Ike, je voudrais que tu me rendes un service, dit Dan. Que tu me conduises à Redwood City.

— Ce soir?

— A quelle heure as-tu fini?

— Ça y est. C'était ma dernière émission. Mais j'ai rendez-vous avec Lorna.

— Laisse tomber le rendez-vous.

— Pourquoi n'emmènerions-nous pas Lorna? suggéra Ike.

— Ce ne serait pas une très bonne idée.

— Pourquoi donc?

— Il s'agit de boulot. Elle ne ferait que nous gêner.

— Mais au fait, dans quoi veux-tu m'entraîner?

— Ne t'inquiète pas. Je veux seulement aller voir quelqu'un là-bas.

— Alors, qu'est-ce qui nous empêche d'emmener Lorna avec nous?

— Ça te briserait le cœur de la laisser tomber pour une soirée?

— C'est pas la question, Dan.

— Quelle est la question.

— J'ai peur qu'elle se saoule.

— Depuis quand tu te fais du mauvais sang pour la santé des autres?

— Si je la laisse, elle va faire des blagues.

— Alors, emmène-la, si c'est tellement tragique.

— Je n'ai pas dit que c'était tragique.

— Ça ne fait rien, on l'emmènera quand même.

— C'est une brave gosse. Il est question qu'on se mette en ménage.

— Tant que tu y es, tu pourrais l'épouser.

— Pourquoi pas? Je suis foutu de le faire rien que pour t'embêter.

— Ça me ferait sûrement un effet bœuf.

— On se fatigue de vivre comme un Peau-Rouge.

— Prends donc ton chapeau et partons.

Ike fouilla dans un placard, à la recherche de son chapeau et de son manteau.

— Se saouler tous les soirs. Vivre dans la pouillerie et rentrer chez soi pour trouver le vide.

— Je sais, je sais. Filons.

Ike mit son chapeau et se débattit avec son manteau.

— A tel point que la vie finit par n'être plus que de la connerie.

— Viens, tu vas me faire pleurer.

Ils passèrent prendre Lorna Cargill au « Chat de Fer ». Dan attendit dans la voiture pendant que Ike courait la chercher. Elle arriva, engoncée comme à son habitude dans un halo de rêverie et dans un imperméable bleu de coupe masculine. Et sur son chignon fait à la diable, était perché un béret bleu.

Elle s'assit entre les deux hommes et replia ses longues jambes autour du levier de changement de vitesses.

— Qui vas-tu voir à Redwood City? demanda Ike.

— Ne t'occupe pas de ça, dit Dan. Si ça devient intéressant, je vous mettrai au courant.

— J'ai compris. Mystère et boule de gomme.

— Quelque chose comme ça.

— Si tu nous mets dans le pétrin, prépare-toi à payer la caution. Il faut que je sois au boulot demain matin.

Au coucher du soleil, ils étaient déjà loin de la ville et roulaient sur une grand-route bordée d'auberges, de bars, de postes d'essence et de panneaux d'affichage. Droit devant eux, de longues traînées d'or montaient à l'assaut du ciel. Tandis que la lumière s'effaçait peu à peu, Lorna se mit tout à coup à chanter d'une voix douce et claire :

« *Le ménestrel à la guerre est parti,*
Dans les rangs de la mort vous le trouverez;
L'épée de son père il a ceint
Et pendu sa harpe barbare derrière lui. »

Quand elle eut poussé la dernière et triste note de la ballade, Ike se mit à chanter d'une voix beaucoup moins claire :

« *Fusillez-moi comme un soldat irlandais*
Ne me pendez pas comme un chien. »

Lorna reprit et aussitôt Dan fit chorus. Les ballades

se succédèrent tandis que les phares de la voiture fonçaient en avant sur la route obscure. Pour la première fois depuis des mois, Dan se sentait envahi d'une ardeur chaude et réconfortante. Il sentait que le fait de mêler sa voix à d'autres voix dissipait sa solitude. On n'était vraiment l'ami de quelqu'un qu'après avoir chanté avec lui. Lorna n'était plus un porte-manteau étriqué avec un torchon de cheveux sur l'œil, mais un être humain. Il formula l'espoir que Ike l'épouserait. Alors, peut-être, pourrait-il leur rendre visite de temps en temps. Ils s'assiéraient dans la cuisine, ouvriraient quelques bouteilles de bière et chanteraient ensemble. La vie aurait peut-être un peu de sens.

Leur chant s'interrompit quand Ike s'arrêta pour prendre de l'essence.

— Quel est ce patelin? demanda Dan en regardant les maisons par la portière.

— Burlingame, répondit Ike. Redwood City est un peu plus loin sur la route.

— Ce n'est pas ici que Lance Mallory a une maison?

— Ouais. C'est une vieille maison de famille. Mais il n'y passe pas beaucoup de temps.

— Qu'est-ce que vous diriez si on s'arrêtait chez lui au retour?

— Oh! il ne serait pas là. Il n'y vient pas souvent.

— Il y sera ce soir. Je le sais.

— Parfait. Voilà qui est parlé! Nous sommes sûrs de boire un bon coup, si Lance est là.

— Tu y es déjà allé?

— Je comprends. Il m'a emmené une fois passer le week-end.

Quand ils furent arrivés à Redwood City, Ike demanda :

— On mange? Je commence à avoir faim.

— Dépasse le carrefour des rues Laurel et L, dit Dan. Là, nous mangerons un morceau.

Au carrefour, Ike dit :

— Voilà, où est-ce que je range la voiture?

Dans une rue voisine, Dan aperçut une enseigne au néon : « Le Corbeau ».

— Continue tout droit, dit-il. Ça doit être le quartier des affaires là-bas. Nous pourrons peut-être trouver un restaurant.

— De plus en plus mystérieux, fit Ike.

Deux cents mètres plus loin, à côté de l'entrée étincelante d'un cinéma, un restaurant affichait du poulet rôti et des biftecks cuits sur la braise.

— Ça m'a l'air parfait, dit Ike.

— Commencez à dîner, vous deux, dit Dan en descendant de voiture. J'ai une petite affaire à régler.

Ike lui jeta un regard soupçonneux.

— Tu es sûr que tu n'as pas besoin d'un coup de main?

— Allez vite. Commencez à manger. Je ne serai pas long.

— Je serais curieux de savoir...

— Ce n'est rien. Va commander le dîner. Je te demande ça comme un service.

— J'ai l'impression de passer mon temps à te rendre service.

— Dis-toi que c'est comme du pain qu'on trempe dans l'eau : un jour je te le rendrai double.

— Ouais. Ce sera appétissant. Qu'est-ce que j'en ferai? Je farcirai une oie avec, peut-être?

Dan attendit de les avoir vus entrer dans le restaurant pour retourner dans la direction de la rue L.

CHAPITRE XXIII

« Le Corbeau » était une taverne-gargotte au sol en ciment. Le bar était l'œuvre d'un bricoleur et les tabourets n'étaient pas assortis. Des générations de fessiers fourbus avaient laminé les coussins. Les murs étaient décoré de panneaux-réclame en carton, distribués par les marques de liqueurs.

La moitié des tabourets étaient occupés par des gens qui avaient l'air d'être installés là pour l'éternité. A peine entré, Dan aperçut Dorothy Vane. Elle était assise au bout du comptoir et parlait à un gros homme en costume rayé. Elle portait une jupe pied de poule et un sweater rouge floconneux qui la moulait comme une peau de saucisson.

Dan attira un tabouret et attendit qu'elle remarquât sa présence. Quand elle le vit, elle avala d'un seul trait ce qui restait dans son verre, dit quelque chose au gros homme et vint trouver Dan.

— Fichons le camp d'ici et allons quèq' part où on puisse causer.

Ils sortirent du bar.

— Vous n'avez amené personne avec vous?

— Non. Je suis seul.

— Tant mieux. Parce que je veux vous dire qui c'est qu'a fait le coup.

Côte à côte avec Dan, elle suivit la rue et s'arrêta devant un drugstore.

— Vous payez une bouteille?

— Whisky?

— Ouais.

Dan haussa les épaules.

— Faut ce qu'il faut.

Il entra et en acheta un litre.

— On va à la taule où je crêche, dit-elle quand il fut ressorti. On pourra causer, là-bas.

— Qu'est-ce qui vous a pris de vous enfuir? demanda Dan tout en marchant.

— Vous croyez pas que j'ai envie de me faire tuer, non?

Elle ouvrit une porte pratiquée dans une palissade de bois et escalada les marches branlantes d'un petit pavillon. Un homme, en manches de chemise, était vautré sur un canapé dans la pièce de devant. Il remua légèrement et grogna.

— Te dérange pas, Monty, dit-elle.

Le plancher était semé de jouets d'enfants mutilés, les meubles étaient éraflés et démantibulés et l'air raréfié sentait les langes de bébé. Un étroit couloir les conduisit à une cuisine où une femme brune au regard mauvais repassait du linge. Deux enfants à la mine grave, un garçon et une fille, à quatre pattes sur le linoléum, levèrent les yeux vers eux quand ils passèrent. La fille lisait un album d'animaux illustré. Le garçon faisait passer un petit tank sous les pieds du poêle.

— On va causer dans ma chambre, dit Dorothy à la femme.

— C'est bon, ne faites pas de bruit, répliqua la femme d'une voix irritée. Le bébé dort.

Comme Dorothy atteignait la porte de sa chambre, la voix de la femme se fit plaintive :

— Dotty!

Dorothy se retourna.

— Quoi?

— Monty est encore saoul.

— Ouais. Je sais.

La femme poussa un profond soupir et reprit son fer.

— Faites pas trop de bruit, hein?

— Non, Elvira.

La chambre de Dorothy était tout juste assez grande pour contenir un petit lit de fer, une chaise et une coiffeuse en émail blanc... rien d'autre.

— Elvira est une vieille copine, dit-elle. Je suis arrivée ici hier soir. Mais je vais devenir folle si je reste un jour de plus. Ouvrez le whisky qu'on boive un coup.

Dan s'assit sur le lit er sortit la bouteille du sac en papier. Dorothy la lui prit des mains.

— Ça vous ennuie que j'en donne un coup à Elvira?

Dan approuva de la main. Elle alla dans la cuisine et revint quelques minutes plus tard avec des verres et de l'eau.

— Ça devrait représenter pas mal de valeur pour votre journal s'ils savaient qui a fait le coup, dit-elle en versant le whisky.

— Vous croyez le savoir.

— Et comment que je le sais.

Elle lui tendit un verre.

— Qui est-ce?

— Ça vaut combien, à votre avis? dit-elle en buvant une gorgée.

— Pas un sou.

Dan tendit le bras, lui prit son verre et lui donna le sien à la place.

— Dites donc, qu'est-ce qui vous prend?

— Puisque vous prétendez savoir qui est l'assassin et que moi je ne le sais pas, je ne tiens pas à prendre de risques.

— Vous ne pensez tout de même pas que c'est moi qui ai fait le coup?

— Vous ne m'avez encore rien dit.

— Ah! vraiment? Et qu'est-ce qui me dit que vous n'avez pas fourré quelque chose là-dedans?

Elle scruta le verre avec méfiance.

— Si vous connaissez l'assassin, vous devez savoir que ce n'est pas moi.

— Je *sais* qui c'est.

— Accouchez. Qui pensez-vous que ce soit?

— Je ne parle pas avant d'avoir vu du pognon.

— Ne faites pas l'imbécile. Ça serait plus malin de me le dire à moi que de laisser les flics vous le soutirer à coups de savate.

— J'ai salement besoin d'argent.

— Qui n'en a pas besoin?

— Vous ne pouvez pas me filer un ou deux dollars quand même? Vous pourriez les mettre sur votre note de frais.

— Dites-moi ce que vous savez. On parlera de ça après.

Elle se prépara à boire au verre que Dan lui avait donné, puis elle hésita.

— Vous savez, vous m'avez foutu les jetons.

— Allez-y, buvez. Ce verre est parfaitement normal.

Elle y colla prudemment sa langue, prit quelques gorgées à titre expérimental, puis fit cul sec et s'essuya le menton.

— On peut plus avoir confiance en personne.

— Qui est l'assassin, d'après vous?

Elle réfléchit un moment.

— Ils ont lancé un mandat d'arrêt contre moi, pas vrai?

— La police vous recherche. Ils veulent vous interroger.

— Dites, s'ils trouvent l'assassin, est-ce qu'ils me rechercheront encore, ou bien est-ce qu'ils laisseront tomber?

— Ça dépend.

— Ecoutez, si je vous dis qui a fait le coup, est-ce que vous serez obligé de dire aux flics qui vous l'a dit?

— Pas nécessairement.

— C'est une promesse?

— Non.

— Je croyais que vous aviez dit que vous m'aideriez.

— Si vous n'êtes vraiment coupable de rien, je veillerai à ce qu'on soit correct avec vous. C'est tout ce que je puis dire.

— C'est promis?

— Ecoutez... Je ne puis rien vous garantir, je ne sais même pas ce que vous avez à dire. Mais il serait beaucoup plus raisonnable de votre part de parler maintenant et de saisir votre chance, que d'attendre que la police vous attrape. Ou pis encore, que l'assassin vous attrape. Parce que, si vous avez vraiment des renseignements, l'assassin va essayer de vous retirer de la circulation avant que vous ayez le temps de l'ouvrir. Ça, vous pouvez en être sûre.

Elle parut épouvantée.

— C'est Gregory Fallon.

— Qu'est-ce qui vous le fait croire?

— Il avait une raison de tuer Barney Price.

— Quelle raison?

— Barney a tout combiné pour... enfin, vous connaissez le genre de bizness que faisait Barney.

— Il était détective privé.

— Ouais. Mais il faisait surtout dans les affaires de divorce. Si quelqu'un avait besoin de motifs de divorce, il goupillait l'affaire.

Une lueur se déclencha dans l'esprit de Dan.

— Vous voulez dire que Barney Price vous a payés, vous et votre mari, pour coincer Fallon en le faisant surprendre dans votre chambre?

— Ben quoi! c'est comme ça que se font ces choses-là!

— Et celle-là, en particulier?

— Eh ben! oui. J'avais déjà fait des petits boulots pour Barney, et Howard, mon mari, venait d'être démobilisé. C'était une occasion pour nous de faire un peu d'argent. On n'avait pas pensé à mal.

— Vous voulez dire que quelqu'un a payé Barney pour qu'il coince Fallon et que Barney vous a fait faire, à vous et à votre mari, le travail dégueulasse?

— Vous n'avez pas besoin de dire ça sur un ton aussi insultant. Ça se fait tous les jours. On a autant le droit de gagner notre vie que n'importe qui. Si on ne l'avait pas fait, Barney l'aurait fait faire par un autre. Alors, qu'est-ce que ça aurait changé?

— Qui a payé Barney pour faire ça?

— Je ne sais pas. Je ne lui ai jamais demandé. Peut-être que c'était la femme de Fallon. Peut-être que c'était le nommé Kipper, ce type qui peignait les tableaux.

— Qu'est-ce qui vous fait croire que c'était Kipper?

— Fallon l'a tué aussi, non? Il devait avoir une raison. Vous m'avez dit que la femme de Fallon avait été mariée avec Kipper. Peut-être que Kipper la revoulait. Peut-être qu'il a payé Kipper pour monter le coup fourré et les séparer. Fallon l'a découvert. Alors il a tué Kipper, et puis il a tué Barney, et si la police ne l'arrête pas, il est capable de me tuer, moi aussi. Bon Dieu, vous parlez d'une bande de cloches! Ils ne sont pas fichus de voir qui qu'a fait le coup?

— Si c'est Fallon l'assassin, pour quelle raison croyez-vous qu'il ait tué Glotcher?

— Glotcher? C'est le type qui a été empoisonné hier soir, pas vrai?

— Oui.

Elle haussa les épaules.

— Je ne sais pas, moi.

— Vous ne connaissiez pas Glotcher?

— Je n'avais jamais entendu parler de lui avant de lire son nom dans le journal, ce matin.

— Bon. Maintenant dites-moi pourquoi vous avez acheté des peintures de Kipper.

— C'était pour Barney. Je faisais des tas de petits boulots comme ça pour lui.

— Bon. Et pour qui Barney achetait-il les peintures?

— Je ne sais pas. Je ne lui ai jamais demandé. Peut-être pour la femme de Fallon. Peut-être pour Kipper.

— Pourquoi dites-vous ça?

— J'ai essayé de trouver. Il doit y avoir un lien. Je pense que c'est la même personne qui a payé Barney pour acheter les tableaux et qui l'a payé pour coincer Fallon. C'est logique.

— A votre idée, la femme de Fallon voulait-elle acheter les peintures?

— Peut-être qu'elle voulait les acheter en douce parce qu'elle aimait bien Kipper et qu'elle voulait pas que son mari le sache. Peut-être qu'elle en voulait à Kipper et que c'était pour les brûler. Je ne sais pas, moi.

— Bon. Et pourquoi pensez-vous que Kipper aurait pu acheter ses propres peintures?

— Je dis ça comme ça, notez bien, mais peut-être qu'il voulait faire croire que ses trucs se vendaient bien.

— Dites-moi. Que faisiez-vous des peintures après les avoir achetées?

— Barney me disait où aller les acheter et quel nom donner. C'était au poil de travailler pour lui. Tout était prévu. Il me prêtait sa voiture et je mettais les tableaux sur le siège arrière. Et puis je le retrouvais quelque part et il me reconduisait chez moi. Je ne sais pas où il les emmenait. — Son front se plissa. — Ah! oui. Je me souviens, maintenant. Un soir, je l'ai retrouvé dans un parc à autos, près de son bureau. Il y avait là quelqu'un dans une « station-wagon (1) ». J'ai pas pu voir si c'était un homme ou une femme. Il faisait noir et la personne est restée dans la voiture. Barney a pris les tableaux et il les a mis derrière. Après, ils ont parlé un moment.

— Avez-vous remarqué quelque chose de spécial, concernant la voiture? De quelle marque c'était, ou autre chose?

— Non, juste que c'était une « station-wagon ».

Dan se leva et se remplit son verre.

— Maintenant que vous savez qui qu'a fait le coup, dit-elle, vous pourriez pas le dire aux flics et les faire ramasser Fallon? Ils ne me rechercheront plus, s'ils tiennent l'assassin.

— Ce que vous m'avez dit ne prouve pas que Fallon ait fait le coup, dit Dan. Tout ce que ça prouve, c'est que Fallon s'est fait entôler dans une affaire de divorce. Je crois que vous devriez aller trouver la police et leur dire tout ce que vous m'avez dit.

— Vous êtes malade? Ils me mettraient en cabane.

— Vous auriez dû penser à ça avant de rouler Fallon.

— Pourquoi le défendez-vous? C'est un assassin, non?

— Ça, nous ne le savons pas encore. S'il en est un, c'est en partie votre faute.

— J'ai jamais tué personne, moi!

— C'est vrai. J'oubliais. Il faut bien gagner sa vie, n'est-ce pas?

— Je comprends.

— Soyez raisonnable. Laissez-moi vous ramener en ville. Parlez-en à l'inspecteur Gallagher. Il y a des chances pour qu'il se montre compréhensif.

— J'ai pas confiance dans les flics.

— Ils vous ramasseront de toute façon. Ce n'est qu'une question de temps.

(1) Station-wagon : Camionnette de luxe.

— Je vous ai dit qui qu'a fait le coup. Ça suffit pas?

— Non. On a besoin de vous comme témoin.

— Ça va pas mieux! Les flics sont tellement cloches! Il faudrait que je leur fasse un dessin!

— Ils ne peuvent rien faire sans preuves formelles.

— Mon œil qu'ils ne peuvent pas! Vous ne les connaissez pas, ces gars-là.

— Je n'aurai qu'à leur dire tout ce que vous m'avez dit et où vous vous cachez.

— Ordure, fumier de mouchard!

— Faites travailler un peu votre cervelle. Un assassin est en liberté. S'il n'est pas arrêté, il continuera à tuer. Et vous serez probablement la prochaine victime. Vous serez plus en sûreté en prison que nulle part ailleurs.

— Sans blague! C'est vous qui le dites!

— Allons, voyons. Habillez-vous et revenez en ville avec moi. Au pire, vous n'aurez qu'un petit temps à tirer.

Elle réfléchit.

— O.K.! Je vous suis.

Elle ouvrit le tiroir supérieur de la coiffeuse, et se retourna brusquement, un petit revolver nickelé à la main.

— Allons, écoutez... fit Dan.

Elle tendit son bras libre et ouvrit un placard.

— Entrez là-dedans.

— Ecoutez-moi. Baissez ce revolver.

— J'ai dit, entrez là-dedans.

— Vous ne seriez quand même pas assez bête pour vous enfoncer davantage dans le pétrin.

— J'ai dit : entrez dans ce placard. Vous vouliez me faire boucler, hein?

— Vous êtes en train de faire une sacrée blague.

— Vraiment? Je connais les types de votre espèce. Au moins j'aurai un peu d'avance d'ici que vous fassiez venir les flics. Entrez dans ce placard, avant que je me mette à tirer.

— Bon. J'espère que vous savez ce que vous faites.

Dan fit un pas en direction du placard. La pièce était si petite qu'il dut passer à moins d'un pouce d'elle. Ce faisant, il se fendit en avant, l'aplatissant contre le mur de telle façon qu'elle ne put se servir de son revolver. Il lui saisit le poignet et commença à le tordre.

— Monty! hurla-t-elle. Monty!

— Lâchez ce revolver, grogna Dan.

— Monty!... Elvira!... Monty!

Le revolver rebondit sur le plancher. Dan se baissa vivement pour l'empoigner et le glissa dans sa poche Au même moment, Dorothy saisit la bouteille sur la coiffeuse et la lui assena sur le sommet du crâne. La bouteille ne se cassa pas, mais dévia et, lui échappant des mains, roula sur le plancher. Dan fut un instant étourdi par le coup. Elle se mit à le frapper à coups de poing, et il se cramponna à elle. Elvira franchit la porte, un marteau à la main. Dan la vit déboucher juste à temps. Il se baissa et le marteau manqua son oreille d'un poil. Il repoussa Dorothy pour se colleter avec Elvira et son marteau. Dorothy franchit la porte en courant et traversa la cuisine. Dan força Elvira à lâcher le marteau. Il la saisit à bras-le-corps, la jeta sur le lit et se précipita dans la cuisine à la poursuite de Dorothy.

Monty chargea dans le couloir, tête baissée. Dan le reçut d'une droite à la mâchoire qui l'envoya se répandre sur le plancher. Les deux enfants avaient rampé sous le poêle et pleuraient. Quelque part dans la maison, Dan entendit le bébé brailler. La porte d'entrée claqua violemment.

Il parcourut le couloir au pas de course, traversa la chambre du devant et se précipita dehors. Il vit le sweater rouge de Dorothy disparaître à un coin de rue. Il courut jusqu'au tournant et explora la rue. Le trottoir était vide. Il le longea pendant quelques minutes, inspectant l'intérieur des portes et jetant un coup d'œil derrière les palissades; puis il réfléchit qu'elle ne ferait que le gêner, s'il la trouvait. Que les flics se débrouillent pour la ramasser.

Il revint au pavillon. Monty était debout sur le seuil, les poings serrés, se balançant sur ses pieds.

— Foutez le camp de mon jardin, salaud! dit-il.

— Donnez-moi mon chapeau.

— Foutez-moi le camp d'ici avant que j'appelle les flics!

Elvira parut à la porte.

— Non, Monty. Pas de flics. Nous avons déjà assez d'ennuis.

— Tout ce que je veux, c'est mon chapeau, dit Dan.

— Je vais chercher son chapeau.

Elvira disparut à l'intérieur.

— Je devrais vous filer une dérouillée, dit Monty.

— Vous repasserez.

Elvira revint avec le chapeau. On entendait toujours les enfants pleurer à l'intérieur. Monty lui arracha le chapeau, le chiffonna entre ses mains, et le jeta sur le sentier, aux pieds de Dan.

— Espèce de... nom de Dieu de...

Dan fit un pas vers la porte. Monty s'enfuit à l'intérieur de la maison en trébuchant.

Elvira fixa sur Dan des yeux hagards.

— Je vous en supplie, partez. Nous avons déjà assez d'ennuis comme ça.

Dan ramassa son chapeau, tourna les talons et passa la porte du jardin. La rage lui brûlant les oreilles, il essaya tout en marchant de remettre son chapeau en forme.

CHAPITRE XXIV

Ike Miller et Lorna Cargill avaient fini de manger et buvaient paresseusement leur café quand Dan entra dans le restaurant.

— Qu'est-ce qui est arrivé à ton chapeau? demanda Ike.

— Votre cravate est sortie, dit Lorna.

Dan lança son chapeau bouchonné sur une patère.

— Je viens d'avoir un petit tête-à-tête avec une bête fauve.

— Où étais-tu? Nous allions partir.

— Peu importe. Voyons le menu.

— T'as l'air crevé. Ça ne va pas?

— Je viens de me faire assommer d'un coup de bouteille, voilà tout.

Dan se tourna vers la serveuse qui attendait près de la table.

— Apportez-moi le steak spécial et une salade.

— Qui t'a assommé?

— Rentrez votre cravate, dit Lorna.

— Ce n'est rien.

Dan fourra la cravate vagabonde dans son veston.

— Je suis un peu trop curieux, voilà tout.

— Je suis bien content de ne plus être reporter, dit Ike. A mon bureau, tout ce que j'ai à faire c'est de m'asseoir et d'arracher les dépêches du téléscripteur à mesure qu'elles arrivent. Tu as le crâne dur, dis donc.

— A moins qu'il ne soit mou, répliqua Dan. La bouteille ne s'est pas cassée.

Ike poussa vers lui la corbeille de petits pains.

— Dépêche-toi de briffer. Nous passons chez Lance en revenant. Tu te souviens?

Le dîner calma Dan. Tandis qu'ils suivaient la route, il disposa à nouveau les faits dans son esprit, en fonction des nouvelles données qu'il avait tirées de Dorothy. Les morceaux commençaient à s'assembler de façon définitive.

Lorna gardait le silence et regardait les phares danser sur la route.

— Ça va vous souffler, la maison de Lance, leur dit Ike. C'est démodé. Il doit la conserver pour des raisons sentimentales.

En arrivant à Burlingame, Ike prit sur la gauche une route étroite et bombée. A la distance qui séparait les fenêtres allumées, Dan devina que les maisons étaient assez éloignées les unes des autres. Ike arrêta la voiture au bord de la route. Au-delà d'une pelouse obscure on apercevait un groupe de hautes fenêtres illuminées.

— Tu avais raison, dit Ike. Lance doit être là.

Tout en suivant le sentier de gravier, Dan estima que la forme obscure d'où se détachaient les fenêtres devait être une résidence de bois à un étage. L'odeur de l'herbe emplissait l'air froid. De larges marches les conduisirent à une grande véranda.

Lance Mallory vint ouvrit. Il eut l'air étonné.

— Ça, par exemple Ike... Dan... et Lorna!

— Nous passions par là, dit Ike. Nous revenions de Redwood City, et nous avons pensé à venir vous voir.

— Eh bien! c'est une surprise!

La voix de Mallory était un peu indécise.

— Entrez. Pour dire vrai, nous ne sommes là que depuis dix minutes environ.

— Nous n'arrivons pas en intrus, j'espère? dit Ike.

— Ma foi, non, pas exactement. Voyez-vous, Marian est avec moi. Elle a été pas mal secouée et je l'ai décidée à venir passer quelques jours ici. Pour se calmer les nerfs.

Il les fit passer dans un vestibule sombre où quelques statues de marbre blanc se détachaient dans leur nudité. Une panoplie de lances primitives disposées en éventail hérissait le mur sous l'escalier. Un épais tapis à fleurs étouffait le bruit de leurs pas.

La pièce où ils entrèrent était tapissée d'un papier rouge foncé et éclairée par des lustres de cristal. Il y avait dans des cadres dorés une quantité de peintures à l'huile représentant des moutons, des montagnes et des lacs ou de vieux bonshommes barbus. Sur des chenêts de cuivre, le feu commençait juste à prendre.

— Il ne fait pas encore bien chaud, dit Mallory en se frottant les mains. Marian est dans sa chambre. Donnez-moi vos affaires.

— Nous ne restons qu'une minute, dit Ike; mais il enleva son manteau.

Dan remarqua qu'une pellicule de poussière recouvrait la table. Le feu tirait mal, car la grille était surchargée de cendres.

— Vous voulez boire quelque chose? proposa Mallory.

— Ah! ça c'est parler! dit Ike en s'asseyant dans un fauteuil menaçant, dont la tapisserie était maintenue par de gros clous.

Mallory revint bientôt, porteur d'un grand plateau où tintaient une quantité de verres et de bouteilles.

— La génération précédente n'a jamais songé à mettre un bar dans le salon. Eau de Seltz ou eau ordinaire? Choisissez votre pois... euh, votre boisson.

— Vous n'avez qu'à donner à Dan un coup de bouteille sur le crâne, dit Ike. Ça lui fera le même effet.

— Vous savez, Dan et moi avons eu une sacrée

aventure, hier soir. Je crois que c'était un tout petit peu trop pour mes nerfs.

Mallory leva les yeux du plateau.

— Venez donc près du feu, Marian.

Dan, qui se chauffait les mains à la cheminée, se retourna. Marian s'était arrêtée sur le seuil et le regardait avec une légère moue de mépris. Lorna Cargill soupira, grimaça et regarda dans la direction opposée. Ike fit mine de se lever.

— Ne vous levez pas, dit Marian en venant se placer à côté de Mallory. Puis-je vous aider, chéri?

Mallory parut étrangement mal à l'aise.

— Mon Dieu, oui. Donnez un verre à Lorna, voulez-vous? Et prenez-en un pour vous.

En tendant le verre à Lorna, elle dit :

— Ce tailleur vous va admirablement bien, depuis que vous avez enlevé ces horribles pompons.

— Tout le monde ne peut pas s'habiller chez Dior, répliqua sèchement Lorna.

Mallory leva son verre.

— On boit à la paix? Plus de guerres?

— Et à nous, fit Marian.

— Oh!... euf... c'est ça, bafouilla Mallory qui parut troublé.

— Vous ne leur avez pas dit, chéri?

— Je croyais que c'était peut-être encore un peu prématuré.

Mallory était visiblement embarrassé.

— Nous allons nous marier.

Marian avait dit cela d'un ton de défi en regardant Mallory.

Un silence stupéfait suivit sa déclaration.

Marian regarda Mallory.

— N'est-ce pas que nous allons nous marier, chéri?

— C'est exact, dit Mallory, plutôt penaud. Maintenant, vous le savez.

— Eh ben, ça alors! dit Ike.

Ike se prépara à porter son verre à ses lèvres, puis, un peu tardivement, il le leva.

— Félicitations. Comme de juste. Félicitations.

— Félicitations, répéta Dan.

Lorna ne dit rien.

Ils burent.

Comme pour confirmer plus avant leur intimité, Marian prit la main de Mallory, l'attira sur le divan et mit sa tête contre son épaule. Mallory la caressa avec des gestes contraints.

— Il y a longtemps que ça se préparait? demanda Ike.

— Il me l'a demandé aujourd'hui. Ou plutôt c'est moi qui le lui ai demandé. N'est-ce pas chéri?

— Exact, dit Mallory.

— Eh bien... Ike s'interrompit, comme pris de court. C'est parfait, finit-il lamentablement.

De nouveau, un silence embarrassé envahit la pièce. La sonnette de la porte les délivra. Mallory s'excusa et les quitta. Quand il fut hors de vue, Marian adressa à Dan un de ces regards suppliants et désespérés. Dan détourna les yeux.

Dans le hall, une voix tonitrua :

— Je me fous que ça te plaise ou non, Mallory! Je sais qu'elle est ici et je vais lui parler.

— C'est Greg Fallon, annonça Ike.

Marian paraissait épouvantée. Lorna souriait. Trois hommes entrèrent, poussant littéralement Mallory devant eux. Gregory Fallon était le premier. Arnold Winkleman, les yeux fatigués et rougis, comme à l'habitude, suivait de près. Mark Wiener, le psychiatre que Dan avait rencontré chez les Hobart, venait derrière.

— Dites donc! hurla Mallory. Vous êtes ici chez moi. Et je vous défends d'y entrer!

Fallon repéra Marian.

— La voilà.

— Je t'avertis, Fallon!

Mallory était rouge de colère.

— Marian, il faut que je te parle.

Fallon paraissait à jeun, mais surexcité.

— Pourquoi ne me laisses-tu pas tranquille? supplia Marian.

Mark Wiener dit à Mallory :

— Je suis désolé que nous ayons eu à vous bousculer ainsi. Mais je vous assure que c'est de la plus haute importance. Autrement, je ne serais pas venu.

Les yeux de Fallon étaient véhéments.

— Marian, je t'en supplie, sois raisonnable. Il faut que je te parle en particulier.

— Non, Greg. Je t'ai déjà dit que je ne voulais entendre parler de rien.

— C'est pour ton propre bien, Marian.

Mallory s'interposa :

— Je t'avertis pour la dernière fois, Fallon. Elle en a déjà trop supporté.

— Pour l'amour de Dieu, Lance, dit Fallon en désignant Winkleman et Wiener. Ces hommes ont découvert quelque chose et si tu ne te montres pas raisonnable, ils iront en faire part à la police. Je les ai suppliés de venir ici et de laisser à Marian une chance de s'expliquer.

La sonnette de la porte retentit de nouveau. Fallon se laissa tomber avec désespoir dans un fauteuil.

— C'est probablement la police.

Winkleman et Wiener échangèrent des regards atterrés. Mallory hésita un moment, puis se dirigea lentement vers la porte, comme s'il ne savait pas s'il devait l'ouvrir ou non.

D'autres voix résonnèrent dans le hall. Un instant plus tard, l'inspecteur Gallagher entrait en trombe, suivi de Mack et du civil à chapeau gris. Il examina rapidement l'assistance, les coins de ses yeux se plissèrent quand il aperçut Dan. Sans un mot, il alla se placer devant la cheminée et se chauffa le derrière. Tous les yeux étaient fixés sur lui, pleins d'appréhension. Quand le silence eut fait assez d'effet pour satisfaire son goût du drame, il dit calmement à Marian :

— Faites vos paquets, ma petite dame. Vous venez avec nous.

Mallory devint livide.

— Non mais dites donc, il doit y avoir une erreur!

— Désolé, Mallory.

Gallagher se retourna pour se chauffer les mains.

— C'est comme ça.

Marian écarquilla les yeux. Elle pointa son doigt vers sa poitrine.

— C'est moi qu'il veut dire?

— Mais je ne comprends pas! fit Mallory en agitant les mains en des gestes futiles.

Mark Wiener s'avança, l'air malheureux.

— Je tiens à préciser, inspecteur, que cette jeune femme est malade.

Gallagher la jaugea d'un œil critique.

— Qu'est-ce qu'elle a?

— Son mal n'est pas physique.

— Vous êtes son médecin?

— Je suis son psychiatre.

— Oh! ça!

Les mains de Gallagher mimèrent la confusion.

— Vous voulez dire qu'elle est un peu...

— C'est un cas pathologique classique.

— Nous en sommes tous là, j'ai l'impression. Et Gallagher se retourna vers le feu.

— Je ne plaisante pas.

— Vous pourrez déposer au tribunal, dit Gallagher d'une voix indifférente. Tout ça, ce n'est pas ma partie.

Mallory prit un ton autoritaire :

— Dites-moi, vous avez un mandat d'amener?

Sans un mot, Gallagher produisit son mandat. Il avait l'air aussi désabusé qu'un général à cinq étoiles présentant ses pièces d'identité à une sentinelle.

Dan n'avait pas quitté Marian des yeux. Elle était devenue d'une pâleur maladive, et ses yeux étaient affolés. Elle était restée assise, parfaitement immobile. Soudain, son corps se pencha de côté. Dan la rattrapa à temps. Mallory fut à ses côtés immédiatement et Dan la fit passer dans ses bras.

Ike se précipita avec un verre d'eau.

Tzz...tzz...tzz...tzz!

Gallagher hocha la tête.

— Vaudrait mieux l'emmener en haut et rassembler ses affaires.

Il fit un signe de tête à ses assistants.

— Un de vous, allez-y.

Marian reprit ses sens; elle était exsangue. Mallory lui tapota la main.

— Ne vous inquiétez pas, ma chérie. Laissez-moi faire. Je vais vous trouver un avocat. Il y a erreur, voilà tout.

— Rassemblez ses affaires, répéta Gallagher.

Les yeux de Mallory lancèrent un éclair féroce :

— Mais bon Dieu! vous ne voyez donc pas qu'elle est malade?

— Je suis désolé, Mallory, mais il faut qu'elle vienne avec nous.

— Eh bien, donnez-lui le temps de se remettre.

Mallory l'aida à se lever et la guida jusqu'au vestibule.

— Et ne vous inquiétez de rien, dit-il. Je me charge de tout.

Il se retourna vers Gallagher :

— Vous allez le regretter. Il se trouve que je connais deux membres de la commission de la police.

Quand ils furent sortis, Gallagher attrapa Dan par le

revers de son veston et l'entraîna à l'autre bout de la pièce pour qu'on ne puisse les entendre.

— Eh bien, vous m'avez presque coiffé sur le poteau.

— Je n'ai jamais essayé de vous coiffer, dit Dan.

— Je parierais que vous n'étiez pas loin d'avoir tout compris.

— Pas tout à fait.

— En tout cas, c'est fini, sauf le micmac du tribunal. Elle va probablement plaider l'aliénation mentale. Ce spécialiste en cinglés est en train de lui paver sa route.

— Racontez-moi ça, dit Dan.

— Savez-vous pourquoi elle a brûlé Glotcher? Il la faisait chanter. J'ai fouiné dans son studio, aujourd'hui. Ce que j'y ai trouvé vous ferait sortir les yeux de la tête. Ces poules respectables vous réservent de ces surprises!

— Vous voulez parler de photos?

— Une photo en particulier.

— Ça ne signifie pas qu'elle l'ait tué.

— Non? Attendez la suite. Vous savez quel était le lien entre elle et Barney? Barney était spécialisé dans les divorces. Il a fait coincer Fallon en compagnie de Dorothy Vane, la blonde, de façon que Marian Cleave puisse obtenir le divorce. C'est pour ça que la blonde a filé après que vous êtes allé la voir. Vous n'allez pas me dire que vous n'aviez pas compris la combine?

— Pas exactement. Et les peintures de Kipper? Pourquoi Barney les achetait-il?

— Ça devait être pour Marian Cleave aussi. C'est par dépit qu'elle les faisait acheter par Barney, pour pouvoir les brûler après. Elle en avait deux chez elle et elles ont été brûlées.

— Elle accuse Fallon de les avoir brûlées, non?

— Ouais. Mais vous connaissez les femmes...

— Je croyais qu'elle se trouvait au lac Tahoe au moment où les peintures ont disparu de chez elle.

Gallagher eut l'air ennuyé.

— C'est vrai, cette histoire?

— J'en suis presque sûr. Vous feriez bien de vérifier.

— Hmmmm! C'est embêtant. Peut-être qu'elle est descendue en ville un jour. Faudra que je vérifie.

— Vous ne m'avez toujours pas expliqué pourquoi elle a tué Kipper.

— Oh! ce n'est pas compliqué. Il l'avait balancée. La lettre qu'il a laissée dans sa piaule l'indique assez.

— Vous savez peut-être ce que vous faites, mais à votre place, j'irais doucement.

— Sacré nom d'un chien, Banion! Je ne peux pas attendre de tout avoir jusqu'au moindre détail pour procéder à une arrestation. La photo que j'ai trouvée chez Glotcher est une pièce à conviction suffisante. Croyez-moi : elle avouera dès que nous commencerons à accumuler les preuves sous ses yeux.

— Vous oubliez la caisse de spaghettis, il me semble? Je ne pense pas qu'elle ait pu soulever une de ces caisses toute seule, ni y coincer un cadavre. Et comment aurait-elle découvert tous les détails sur l'endroit où les caisses étaient emmenées?

— Ne vous basez pas là-dessus. Ces poules ont plus de muscles qu'on ne le croit. J'ai été pris plusieurs fois à ce truc-là. Je me souviens d'une bonne femme qui avait monté cinq étages avec un macchab sur le dos et qui l'avait parqué sur le toit. Et elle pesait tout au plus quarante-cinq kilos.

Gallagher regarda dans la direction de la cheminée.

— Au fait, que font ici tous ces personnages?

— Je suis venu avec Ike Miller et son amie. Pour les autres, demandez-leur.

Gallagher revint à pas lourds vers l'autre bout du salon. Il s'arrêta d'abord devant Marck Wiener.

— Comment se fait-il que vous soyez ici à une pareille heure, doc?

Wiener était en train d'examiner un vieil album de famille, s'émerveillant du nombre de cas pathologiques qu'il était né trop tard pour étudier.

— Je suis venu avec ces messieurs, dit-il en désignant de la tête Fallon et Winkleman.

— Pourquoi?

— Je crois vous avoir expliqué que j'étais le psychiatre de la jeune femme. J'ai cru de mon devoir de venir.

— Votre devoir?

— Dans une affaire comme celle-ci, on n'a jamais aucune certitude. J'ai cru judicieux de venir. J'aurais pu découvrir quelque chose. La jeune femme est encore une de mes patientes.

— Je vous demande pourquoi vous êtes venu ici au juste? Epargnez-moi tout ce galimatias.

— C'est peut-être à moi d'expliquer, coupa Arnold Winkleman. Il est venu avec moi. Je lui ai dit que je venais ici, et...

— Et vous, pourquoi êtes-vous venu? interrompit Gallagher.

Winkleman se tourna vers Fallon, qui était toujours assis, la tête dans les mains.

— Greg, il va falloir que je sois tout à fait franc.

Quand Fallon leva la tête, ils virent que ses yeux étaient remplis de larmes.

— Je ne sais pas quoi dire, Arnie, fit-il. Je voudrais bien pouvoir expliquer, mais je ne sais pas quoi dire.

— J'avais lu les journaux et j'avais un peu réfléchi à l'affaire, dit Winkleman à Gallagher, et il m'avait paru qu'un certain nombre de points concernant Marian Cleave demandaient à être éclaircis. Je n'avais aucune preuve. Je ne l'accusais pas. Je veux que vous compreniez bien ça. Mais je pensais...

— Vous pensiez qu'elle aurait pu commettre les meurtres, dit Gallagher.

— Je n'ai pas dit ça!

— Quelle était la véritable raison de votre visite à Glotcher, hier soir?

— Eh bien, voyez-vous, on m'avait parlé d'une certaine photo qui était en sa possession. J'en ai parlé à Fallon. De toute évidence, Glotcher l'avait montrée à la ronde. Fallon m'a demandé de le retrouver chez Glotcher. Nous pensions pouvoir lui faire entendre raison.

— Je suis au courant, pour ce qui est de la photo.

— Ah!

— Alors, pourquoi êtes-vous venus ici?

— Eh bien, après l'empoisonnement de Glotcher, nous avons étudié la question avec Greg. Il y avait aussi l'histoire de Dorothy Vane et de cet individu... Barney Price. Il m'a semblé que Greg aurait bien pu être entôlé dans cette histoire de scandale avec Dorothy. Nous savions que Mark Wiener était le psychiatre de Marian, et nous avons décidé de lui demander conseil.

— Pourquoi n'êtes-vous pas venus me trouver?

— Mais vous n'êtes pas psychiatre.

Gallagher parut sur le point d'exploser.

— Sacré bon Dieu! Chacun va trouver le premier venu, tout le monde s'adresse à tout le monde, sauf à la police!

— Nous ne voulions rien dire avant d'être sûrs.

— Vous feriez aussi bien de venir avec moi tous les trois.

Gallagher jaugea Ike du regard.

— Ne me regardez pas comme ça, dit Ike. Je me suis juste arrêté ici pour boire un verre à l'œil.

— Je suis avec Ike, dit Lorna, quand les yeux de Gallagher se posèrent sur elle.

La voix affolée de Marian se fit entendre dans le hall.

— Mais Lance, je n'ai rien fait! Qu'est-ce qu'ils peuvent bien me vouloir?

— Ils veulent probablement vous questionner, dit Mallory d'une voix apaisante. Je vais m'assurer immédiatement les services de Phil Wernham : il arrangera tout.

Gallagher boutonna son pardessus.

— Bon. Allons-nous-en.

Il les précéda en direction de la sortie.

Mallory portait le petit sac de week-end de Marian.

— Laissez-moi au moins l'emmener dans ma voiture, insista-t-il.

— Désolé, Mallory. C'est comme ça que ça doit être. Allons les enfants.

Mallory les suivit dehors en protestant. Fallon, Winkleman et Wiener emboîtèrent le pas. Ike et Lorna se préparèrent à partir, mais quand ils virent Dan sortir sa pipe et retourner dans le salon, ils hésitèrent.

CHAPITRE XXV

Quand Mallory revint, il était bouleversé. Il ne cessait de frapper nerveusement son poing dans la paume de l'autre main.

— Il faut que je touche Phil Wernham immédiatement. Voyons un peu... Je me demande s'il est chez lui maintenant?

— Je peux faire quelque chose? demanda Ike.

— Non, je ne pense pas. Si je peux toucher Phil, il saura ce qu'il faut faire.

— Pourquoi ne revenez-vous pas en ville avec nous?

— Merci, Ike. J'ai ma voiture.

— Vous n'avez pas l'air d'être en état de conduire.

— Ne craignez rien, ça ira. Dites-moi, Dan; vous pourriez peut-être revenir avec moi? Ça vous ennuie?

— Pas du tout, répondit Dan. Tu peux partir, Ike.

— La première chose à faire, dit Mallory, c'est d'appeler Phil.

Il sortit dans le vestibule.

Dès qu'il fut sorti, Ike dit :

— Tu ferais bien de conduire, Dan. Il est drôlement secoué.

— Je ne le lâcherai pas, promit Dan.

Quelques minutes plus tard, Mallory revint :

— Je n'ai pas pu avoir Phil. On va le chercher et lui dire de me rappeler.

— Ils ont simplement emmené Marian pour la questionner, dit Ike. C'est presque toujours ce qui se passe. Ils amènent quelqu'un au poste comme s'ils avaient des preuves, en espérant qu'il avouera quand ils le mettront sous la lampe.

Mallory s'alarma.

— Vous ne supposez pas qu'ils vont lui faire subir le troisième degré ou quelque chose de ce genre?

— Oh! non. Pas à ce point-là.

— Elle est à bout de nerfs. Elle en a déjà vu assez comme ça.

— Je ne pense pas qu'ils jouent aux durs avec elle.

— Mais au fait, dit Mallory. Je connais Trent Green, le procureur. Je ferais bien de l'appeler.

— Eh bien, Lance, si je ne peux être d'aucune utilité. dit Ike, je crois que Lorna et moi, nous ferions aussi bien de partir.

— Merci, Ike. Je crois que je me débrouillerai. Vous restez, n'est-ce pas, Banion?

— Bien sûr, je ne vous lâche pas.

Mallory reconduisit Lorna et Ike, puis il resta dans le hall et téléphona au procureur. Dan se retrouva seul dans le salon. La cheminée, encombrée de cendres, tirait mal. Dan saisit le tisonnier, et repoussa les cendres pour créer un appel d'air. Quand il retira le tisonnier, il remarqua qu'un petit morceau de bois carbonisé, en forme de L, était resté collé au bout. Il avait dû être recouvert par la couche de vieilles cendres.

Dan ramena le morceau de bois sur l'âtre. Il voulut le ramasser mais se brûla les doigts. Il entendit Mallory crier du hall :

— Trent n'est pas chez lui non plus, bon Dieu! Naturellement, à un moment pareil, il faut qu'ils soient tous sortis.

Dan repoussa le morceau de bois dans le foyer, mais sur le côté, à un endroit où les flammes ne pouvaient pas l'atteindre; puis il ramena un peu de cendre pardessus.

— Ne ranimez pas le feu, dit Mallory. Nous allons bientôt partir. Phil Wernham devrait rappeler dans quelques minutes.

— C'est votre avocat?

Dan remit le tisonnier dans le râtelier et s'installa dans un fauteuil.

— Oui. Et un bon. Vous voulez un verre en attendant?

— Non, merci.

Mallory déboucha une bouteille.

— Moi, j'en ai besoin.

Il se versa une ration d'alcool bien tassée et ajouta un jet d'eau de Seltz.

— Vous avez dû être étonné en apprenant que j'allais épouser Marian.

— Un peu.

Il s'installa dans un fauteuil en face de Dan.

— J'y ai pas mal réfléchi et je pense que c'est ce qu'il y a de mieux pour nous deux. Elle a besoin de la compréhension d'un homme plus âgé qu'elle.

— Vous n'êtes pas tellement âgé.

— J'ai connu Marian quand elle avait seize ans. Notre différence d'âge était plus évidente alors que maintenant.

Dans secoua les cendres de sa pipe contre la grille du foyer.

— Vous vous attaquez à un sacré problème, avec Marian. Je suppose que vous vous en rendez compte?

Mallory contempla l'intérieur de son verre et eut un sourire ironique.

— Banion, quand on connaît la vie aussi bien que moi, on devient beaucoup plus tolérant. On peut rire de tas de choses qu'un homme plus jeune prendrait au sérieux.

— Je ne sais pas pourquoi vous vous entêtez à vous trouver si vieux. Vous ne l'êtes pas vraiment. Au fait, vous êtes allé à l'Université de Stanford, n'est-ce pas?

— C'est exact. Pourquoi cette question?

— En quelle année y étiez-vous?

— En 1922. Pourquoi?

— Je me le demandais. C'est tellement près.

Mallory regarda sa montre.

— Je voudrais bien que Phil appelle. Il serait temps de partir.

— Quel genre de voiture avez-vous? Un « station-wagon »?

— Mais non. Vous la connaissez ma voiture. Vous êtes monté dedans hier soir.

— Oh! je croyais que vous en aviez une autre?

— Pourquoi cette question?

— J'avais l'impression d'avoir entendu dire que vous aviez un « station wagon ».

Mallory lui lança un regard étrange.

— Qui vous a dit ça?

— Je ne me souviens pas. Vous avez bien un « station-wagon », n'est-ce pas?

— Oui, j'en ai un. Et après?

— Rien. J'en ai toujours désiré un moi-même. C'est très commode, n'est-ce pas?

— Oui, en un sens.

Le téléphone sonna.

— Ça doit être Phil.

Dès que Mallory fut sorti de la pièce, Dan saisit le tisonnier et ramena le petit morceau de bois hors du foyer. Cela semblait être le coin carbonisé d'un cadre de tableau. Il était maintenant assez froid, et Dan le mit dans sa poche. En fouillant dans les couches inférieures de cendre, il amena un bout de bois noirci auquel adhérait encore un morceau de toile brûlée, fixée par des semences. Il le tira sur l'âtre, pour le laisser refroidir. Les semences lui donnèrent une idée. Il se mit à ratisser la brique avec le bout du tisonnier et en eut bientôt ramené une bonne douzaine. Comme il étendait la main pour les ramasser, il entendit tout contre sa nuque, la voix de Mallory :

— Laissez donc ces choses-là où elles sont, Banion.

Mallory avait à la main un petit pistolet automatique.

— Otez-vous de là.

Dan se redressa. Mallory tendit le bras et tâta ses poches et ses aisselles.

— Ça va. Asseyez-vous!

La voix de Mallory était parfaitement calme. Il alla jusqu'au plateau se verser à boire. Son pistolet restait pointé à bonne hauteur sur Dan.

— Vous n'avez pas envie de boire, j'imagine?

— Non, merci, fit Dan avec force.

— Voyez-vous, Banion, à partir du moment où vous avez commencé à m'interroger sur ma vie d'étudiant et sur mon « station-wagon », je me suis dit que ça ne tarderait pas à finir comme ça.

Il versa un peu d'eau de Seltz dans son verre.

— Vous avez connu Barnez Price à Stanford, dit Dan.

— Exact.

— Il était professeur de boxe.

— Exact.

— Plus tard, vous avez probablement commandité le speak-easy qu'il avait ouvert à San-Mateo.

— Exact. En fait, j'ai prêté l'argent à Barney pour qu'il monte la boîte.

L'air vaguement amusé, Mallory se déplaça vers la cheminée et s'assit dans un fauteuil en face de Dan. D'une main, il tenait son verre et de l'autre, son pistolet qui menaçait Dan de son petit mufle rond.

— En un sens, c'est vraiment dommage que vous m'ayez trouvé en train de fouiller dans ces cendres. Je n'avais pas besoin de ça pour vous coincer. Vous étiez fait de toute façon.

Mallory eut un sourire sardonique.

— Oh! mais non. Je vous avais préparé quelque chose pour plus tard, dans la soirée. Ça ne change rien, vraiment rien.

Dan regarda le feu.

— Quand avez-vous commencé à brûler les toiles de Kipper?

— Oh! il y a environ un an et demi.

— Qu'est-ce qui vous a pris?

Mallory haussa les épaules.

— Ça m'a amusé. Je n'avais jamais aimé Kipper, ni ses toiles d'ailleurs. Je n'avais jamais pensé à le tuer, bien sûr. En fait, je m'attendais à ce qu'il soit tué à la guerre.

— Qu'espériez-vous gagner à brûler ses tableaux?

— Il m'avait pris quelque chose. Je ne pardonne pas facilement, Banion.

— Marian, vous voulez dire?

— Oui, Marian et moi étions très intimes, avant ça.

— Ainsi, en brûlant ses tableaux, vous vous vengiez, en quelque sorte?

— Oh! pas tout à fait. Comme je vous l'ai dit, ça m'amusait. J'en avais assez d'entendre les gens parler de son œuvre. Un soir, j'ai donné un dîner. C'était mon anniversaire. Une de ses toiles était accrochée dans le restaurant. J'ai dû rester assis pendant des heures à écouter une discussion stupide à son sujet. A tel point que j'ai acheté la toile et que je l'ai brûlée. Ça m'a donné une sorte de satisfaction. Par la suite, l'idée m'est venue de les brûler toutes. Ça devenait une sorte de jeu. Les grands travaux, à rebours.

— Et vous avez payé Barney pour qu'il vous les achète?

— Oui. Barney cherchait du travail. Je lui ai donné quelque chose à faire.

— Vous vous trouvez très intelligent, hein?

— La chose importante en ce bas monde, Banion, c'est d'obtenir ce que l'on veut. La plupart des gens n'ont pas ce qu'ils veulent. Ils n'ont pas le courage de le prendre.

— Mallory, vous n'êtes qu'un immonde salaud!

Mallory cessa de ricaner et sa mâchoire se serra.

— A votre place, je surveillerais mon langage, Banion.

— Je parierais que quand vous lui avez refilé le poison, c'était dans un verre que vous lui offriez en ami. C'est bien ça, n'est-ce pas?

— La ferme, Banion!

— Vous lui aviez dit : « Tenez, Kent, prenez un verre. Montez dans la voiture, et prenez un verre. » Et vous lui avez tendu une bouteille de poison.

Mallory se leva. Il était rouge de colère et ses yeux s'étaient faits tout petits. Le pistolet tremblait dans sa main.

— Ça suffit!

Dan se leva pour lui faire face.

— C'est bien ce que vous avez fait, hein? sale petite larve.

Mallory fit un geste avec le pistolet.

— Avancez.

— De quel côté, Mallory?

Dans son agitation, Mallory braqua le pistolet vers le vestibule. Dan utilisa ce dixième de seconde. Il fut sur Mallory avant même que ses sens aient pu réagir. Il lui agrippa le poignet et le pistolet partit sans danger pour personne. En même temps il lança un violent coup de genou dans l'aine de Mallory. Celui-ci ouvrit la bouche toute grande et grogna de douleur. Tenant toujours son poignet, Dan se mit à cogner le bras de Mallory contre le bord de la lourde table d'acajou jusqu'à ce qu'il sentît l'os craquer. L'automatique tomba sur le tapis. D'une droite, Dan expédia Mallory au tapis comme une vieille chiffe. Le tout avait duré moins de trente secondes.

Dan ramassa le pistolet et le mit dans sa poche. Mallory s'assit, complètement sonné, tenant de l'autre main son bras fracturé. Dan se baissa vers lui, le saisit par le nœud de sa cravate, le traîna jusqu'au divan, le hissa sur les coussins. Mallory gémissait à chaque secousse, mais Dan le maniait avec autant d'indifférence qu'un quartier de bœuf.

— Oh! gémit Mallory. Mon bras!

— Maintenant, nous allons aller au bout des choses,

dit Dan. La nuit où Foisie et Winkleman sont restés ici, vous avez drogué leur whisky, n'est-ce pas?

— Pour l'amour de Dieu, Banion, mon bras!

Dan abaissa le bras, attira Mallory à sa portée et le gifla à cinq ou six reprises.

— Allez-vous répondre?

— Oui! oui!

Mallory se mit à geindre et tenta de détourner son visage. Dan le rejeta sur les coussins.

— Vous avez drogué leurs boissons pour être sûr qu'ils ne se réveilleraient pas au cours de la nuit. Après ça, vous avez fait semblant de tomber dans les pommes et vous les avez laissés vous mettre au lit. Quand ils se sont sentis patraques et qu'ils sont allés se coucher, vous êtes sorti en douce et vous êtes allé jusqu'à San Francisco en voiture, probablement dans votre « station-wagon ». C'était bien le vôtre, hein?

— Oui.

— Quand Kipper est revenu de la guerre et que Marian a recommencé à lui courir après, vous n'avez pas pu encaisser ça, hein?

— Voyons, Banion, tout ça ne nous mène à rien. Ecoutez, j'ai une proposition intéressante à vous faire.

— D'ailleurs, Kipper recherchait ses toiles et s'il découvrait que vous les aviez brûlées, vous auriez passé un mauvais quart d'heure. A propos, où vous êtes-vous procuré ce poison insensé?

— En Europe, il y a des années.

— Et vous l'avez toujours gardé?

— Il me fascinait. Je ne sais pas pourquoi. Qu'est-ce que ça fait?

— Demandez à Kipper ce que ça fait. Demandez à Barney Price.

— Ecoutez-moi, Banion : cinquante mille dollars, qu'est-ce que vous en dites?

— Quand le corps de Kipper a été découvert, Barney

Price a commencé à tiquer, hein? alors il fallait qu'il y passe?

— Ça peut vous rapporter gros, Banion. Pensez-y.

— Barney était un petit bonhomme bien pratique pour vous. Il a embobiné Fallon, et il a obtenu pour vous cette photo et ce négatif. C'est bien ça?

— Cinquante mille dollars, ça fait une somme, Banion.

— Allez-vous répondre, ou faut-il que je vous casse l'autre bras?

— Oui. C'est Barney qui m'a eu la photo.

— A propos, Glotcher vous a roulé. Il a livré le négatif et une photo, mais il a gardé une épreuve pour lui. L'inspecteur Gallagher l'a trouvée dans son studio. C'est pour ça qu'il a arrêté Marian.

— Le salaud!

— Vous avez eu peur que Glotcher ne fasse un rapport entre la photo et le meurtre de Barney, surtout qu'il l'avait livrée juste avant l'assassinat de Barney.

— Il l'aurait fait. C'était sûr.

— Alors vous vous êtes faufilé dans le studio de Glotcher et vous avez mis du poison dans sa bouteille de whisky.

— Vous êtes un homme du monde, Banion. Tout ceci ne vous regarde pas. Vous pourriez faire des tas de choses avec cinquante mille dollars.

— Quoi, par exemple?

— Voyager. Jouir de la vie. Avoir des tas de femmes. Vous pourriez cesser de travailler.

— Cesser de travailler. C'est ça l'idée que vous vous faites de la félicité?

— Des femmes, Banion! Vous pourriez avoir toutes les femmes que vous voudriez.

— Sauf celles que je voudrais, et comme je les voudrais. Ecoutez, Mallory, c'est vous qui avez des emmerdements avec les femmes, pas moi.

— Disons soixante-quinze mille.

— C'est déjà mieux, bien sûr, mais les prix montent tellement vite...

— Cent mille, Banion. C'est le maximum.

Dan se leva.

— Oh! là là! Si vous vous mettez à chipoter sur le prix, ça ne m'intéresse pas.

Il se baissa et empoigna de nouveau la cravate de Mallory.

— Cent cinquante mille! gémit Mallory.

Dan le tira hors du divan et le traîna à travers le salon en direction du vestibule.

— Banion, mon bras! Pour l'amour du ciel, mon bras! Deux cent mille. Tout ce que vous voudrez. Dites votre prix.

— Vous avez plus que ça.

Dan le traîna dans le hall, le jeta à terre, et décrocha le téléphone.

— Dites votre prix.

— Qu'est-ce que vous diriez d'un million de dollars, fit Dan.

Puis il parla au téléphone.

— Donnez-moi la police de San Francisco.

— Banion, je peux aller jusqu'à sept cent cinquante mille, mais c'est tout.

— Si je ne peux pas être millionnaire, je préfère ne pas être un minable petit bourgeois. Branchez-moi sur l'inspecteur Gallagher, Brigade criminelle.

— Je pourrais peut-être réunir sept cent cinquante mille. Je n'en suis pas sûr. Il faudrait que je vende cette maison et ma maison en ville.

— Là, vous voyez! Je ne voudrais pas vous jeter à la rue.

Et dans l'appareil :

— Dites-lui que c'est urgent. Dites-lui que c'est Dan Banion, du *Journal,* et que c'est très important.

— Pour l'amour de Dieu, Banion, ne faites donc pas l'imbécile! Vous repoussez une fortune.

— Je crois bien que je fais ça parce que votre tête ne me revient pas, Mallory... Gallagher? Gardez la ligne une minute, voulez-vous?

Mallory était arrivé à se mettre debout et s'était précipité sur la collection de lances et de couteaux qui était accrochée au mur sous l'escalier. Il parvint à se saisir d'un grand kriss malais, mais avant qu'il ait eu le temps de se retourner pour l'utiliser, Dan lui donna un tel coup de pied dans les fesses qu'il s'affaissa sur les genoux en geignant de douleur. Le kriss lui échappa de la main. Dan l'attrapa par sa cravate et le ramena en le traînant jusqu'au téléphone.

— Oh! mon Dieu! Vous m'avez cassé les reins!

— Je ne crois pas, dit Dan. Mais j'ai l'impression qu'il va falloir que je vous casse une jambe.

— Non, Banion, non!

Dans l'attrapa par la cheville et lui serra la jambe contre son genou, comme pour la briser.

— Pas ça! pas ça! Mon Dieu! Banion, pas ça!

Dan lâcha prise.

— Pensez-vous pouvoir rester tranquille assez longtemps pour que je finisse ma conversation téléphonique?

— Banion, je vous donnerai n'importe quoi! Soyez raisonnable. Pensez à vos intérêts.

Dans défit la boucle de la ceinture de Mallory et la retira du pantalon. Il fit un nœud et le passa autour de son cou comme un collier de chien. Puis il attacha l'autre bout au pied d'une lourde table.

— Si vous essayez de vous dégager, je vous écartèle.

— Réfléchissez, Banion. Sept cent cinquante mille dollars!

Dan retourna au téléphone.

— Gallagher?

— Qu'est-ce qui vous prend de me faire poireauter au bout de cette ligne?

— Juste une petite interruption. Ça rend, le troisième degré?

— Nous venons d'arriver. Je n'ai pas de temps à perdre, Banion. Qu'est-ce que c'est?

— Pas grand-chose. Je tiens votre assassin. Il m'offre sept cent cinquante mille dollars si je le laisse partir. Qu'est-ce que je fais? J'accepte? Entre nous, on pourrait partager tous les deux.

— Cessez de dérailler!

— Je ne déraille pas. C'est un fait. Je suis toujours à Burlingame. C'est Lance Mallory.

— Quoi! Lance Mallory?

— C'est lui l'assassin.

— Vous vous fichez de moi?

— C'est du tout cuit, je vous dis. Si vous ne voulez pas me croire, j'appelle le shérif du coin. Seulement j'ai pensé que vous aimeriez procéder à l'arrestation vous-même.

— Où êtes-vous?

— Ici, chez Mallory. Je l'ai attaché à un pied de table. J'ai été obligé de lui casser un bras. Possible que je lui aie cassé les reins par la même occasion; je ne sais pas trop.

— Restez-là, Banion. J'arrive.

— Prenez votre temps.

— Et qu'est-ce que je fais de cette fille? Marian?

— Lâchez-la de nouveau sur l'humanité. Ou bien rendez-la à Wiener. C'est son rayon.

CHAPITRE XXVI

Chuck Leary, le barman de *L'Epave,* leva les yeux vers la reproduction en sépia du séquoia géant, accrochée au-dessus du bar.

— Vous auriez dû voir ça, dit-il. Mignonne à croquer. Allongée là-haut, toute rose et toute délicieuse. On aurait dit qu'elle vous demandait de monter lui dire deux mots. Y en avait qui s'amenaient ici tout flapis et tout flagadas, les yeux aussi rances que des mégots de six mois. Ils la guignaient un coup et hop! Z'étaient requinqués et frétillants comme du goujon. Comme si ça leur donnait envie de continuer à vivre. Comme si ça leur redonnait de l'espoir, ou que ça leur rappelait pourquoi la vie est faite.

— Vous retrouverez un autre tableau, dit Ike.

Chuck soupira.

— Pas comme celui-là. Le salaud est capable de brûler une peinture comme celle-là; on devrait le pendre.

Il remit son cigare dans sa bouche et le mordit un bon coup pour indiquer qu'il venait d'énoncer une vérité importante.

— Videz vos verres, dit Dan. Je paye une tournée en l'honneur des mariés.

Chuck protesta.

— Non. Pas ce soir. C'est la maison qui régale. Uniquement la maison.

Lorna laissait sa main appuyée sur le bras de Ike. Elle avait au doigt un anneau d'or flambant neuf.

— Ça me rappelle un peu quand la mienne et moi on s'est amarrés ensemble, dit Chuck en laissant tomber des morceaux de glace dans les verres. J'avais loué un de ces déguisements à la mords-moi-le : queue de pie, chapeau-claque et tout le toutîme. J'en ai jamais reporté un depuis. Mais on nous a tiré en portrait. Je pourrais vous le montrer. En ce temps-là, je croyais qu'un jour j'aurais le sac et que je passerais mon temps à me les rouler.

Il secoua la tête avec regret :

— Ça ne s'est pas goupillé comme ça.

— Ça vaut aussi bien, dit Ike. Vous seriez probablement devenu un enquiquineur. Vous êtes très bien tel que vous êtes.

— Je n'ai jamais eu le temps de faire de l'argent, médita Chuck. J'ai toujours été trop occupé à gagner ma vie. Enfin, à l'avenir!

— Buvons ça à la mémoire de Kipper, dit Dan. Un brave type qui voulait trouver un sens aux choses.

— C'est vrai, acquiesça Ike.

— Et à la poupée qu'est partie en fumée, ajouta Chuck en levant son verre en direction du sequoia.

Ils burent à l'unisson.

— Sale coup pour la môme Marian Cleave, dit Chuck en s'essuyant le menton.

— Elle se débrouillera, dit sèchement Lorna.

— Peut-être qu'elle retournera avec Fallon, suggéra Ike. Je les ai vus ensemble, cet après-midi. Qu'est-ce que t'en penses, Dan?

Dan haussa les épaules.

— Le monde est grand, et il est froid, froid, froid!

Lorna secoua la tête :

— Elle ne retournera pas avec Fallon; pas si elle

arrive à engluer quelqu'un d'autre avec ses yeux de chambre à coucher.

A quelques tabourets de là, un client à l'air agacé tambourinait sur le bar en faisant des gestes à l'adresse de Chuck.

— Excusez-moi, dit Chuck. Larry veut sa baguette.

Il pêcha le bout de bois de dessous le bar et se dirigea vers le client impatient.

Sur le seuil, apparut un petit homme grisonnant qui se parlait à lui-même. Il prit un tabouret à quelques pas d'eux.

— Allez ouste! fit-il. De l'air! Dehors, tous! Le gros bonnet aussi. Toute la séquelle! Dehors! Croyez-vous qu'ils m'auraient écouté? Jamais. Des clous, oui. Des noix... des noix de coco. Qu'est-ce que c'est ça, des noix de coco? Enfin, bon Dieu, quoi! ça court les rues, les noix de coco. Attention à la soupape! C'est ce que je leur ai dit : Attention à la soupape. Vous en faites pas pour les noix de coco. Pan! Un vrai feu d'artifice. Croyez-vous que quelqu'un m'écouterait? Jamais. Très bien. Dehors! Allez, ouste, tout le monde! Dehors! C'est tout ce qu'on récolte.

Lorna frotta sa tête contre l'épaule de Ike.

— Ne bois pas trop, hein, chéri.

Ike parut surpris.

— Comment, mais je ne bois jamais trop!

— Rien que ce soir, pour moi. Je ne veux pas que tu sois trop saoul.

Momentanément délaissé, Dan sortit de sa poche quelques papiers et les étudia. L'un d'entre eux était l'adresse de Janey Navarro, qu'il avait griffonnée sur le dos d'une enveloppe. L'autre était une lettre adressée à lui-même de sa propre écriture, qui avait été apportée à son hôtel dans l'après-midi. Tandis qu'il les considérait, les accents d'une danse de Tchaïkovski, jaillirent du pick-up.

Larry dessinait des hiéroglyphes dans l'air avec sa baguette et se penchait d'un air persuasif pour tâcher de tirer le maximum de chaque instrument.

Dan glissa la lettre dans sa poche, mais garda à la main l'enveloppe portant l'adresse de Janey. Il en tapota un moment ses phalanges, d'un air méditatif, puis il sauta de son tabouret.

— Attends une minute, dit Ike. Tu ne vas pas nous quitter comme ça!

— Prenez un autre verre, dit Chuck. C'est toujours la maison qui régale.

— Merci. Une autre fois, dit Dan. J'ai une petite visite à faire.

— Tu choisis un foutu moment pour me laisser tomber, gémit Ike. Je viens de me marier.

— Oui, dit Dan. Mais pas moi.

DU MÊME AUTEUR

Aux Éditions Gallimard

Dans la collection Série Noire

DES MONSTRES À LA PELLE, *n° 25.*

TU MENS, BETH, *n° 190.*